娘子馴夫放大絕 3

風文創 1037

淺語 著

目錄

第七十九章

楊妧有意放慢了腳步，可視線卻不受控制地朝那邊望去。

楚昕走在最前面，楚映和廖十四錯後一個臺階，手挽著手有說有笑，後面跟著藤黃、藕紅和兩個面生的丫鬟，應該是廖十四的貼身丫頭。最後面是含光，另有四個侍衛護在旁邊，以免上香的信眾衝撞了他們。

楚映並不信佛，平常多吟誦詩詞，從不讀經，也不知為何竟然來寺廟？想必是陪廖十四吧？楚映喜歡詩詞歌賦，又能作畫，廖十四也素有才名，兩人肯定合得來，只是廖十四心機太深……可心機深又如何，如果嫁到楚家能一門心思對楚昕好，有心機倒比沒心機強。

楊妧胡亂思量著，冷不防見楚昕轉過身，似是搜尋著什麼。她心頭一驚，猛地別開頭。

好在有信眾們遮擋著，楚昕並未瞧見她。

楊妧深吸口氣，專心往上走，可這臺階好像比往常更陡峭似的，還沒走到一半就覺兩腿痠軟，後背心一片汗濕，她忙把披風褪了下來。

清娘接在手裡笑道：「妳身體也太弱了，每天跑上十里地，不到兩個月，身體就能強壯起來。」

青劍淡淡開口。「從四條胡同跑到雙碾街，來回兩圈差不多就十里。」

「我不去……」楊妧喘著粗氣咕噥。「一個姑娘家在大街上，跟瘋子似的，丟死人了。」說著話，她呼哧帶喘地上了臺階。秋風蕭瑟，適才熱汗已消，倒有些寒涼，她忙又把披風穿好。

幾人隨著人群走進正殿，各自在佛像前敬獻了香火。

初一、十五是淨空大師講經的日子，想聽經可以到殿後的講經室等候，不想聽經可以隨意在寺裡走動。

楊妧帶著關氏等人徑自往西側殿走，不期然在殿門口又遇到了圓真。

圓真記性極好，竟然還認得她，單手豎在胸前。「楊姑娘一向可好？妳又要點長明燈嗎？」

「是。」楊妧點頭，從懷裡掏出個油紙包。「松仁糖。淨明大師可在？」

圓真飛快地把油紙包塞進袖袋，瞇起眉眼笑。「在，師叔除了用齋和安置，從不離開這裡。」

話音剛落，只聽殿內傳來沙啞的聲音。「多話！」

楊妧回頭去看，窗扇半開，身穿灰衣的淨明提著油壺正站在窗口。他身後一排排油燈發出微弱的火苗，火苗被風吹動，好像下一息就要熄滅，偏偏仍是燃著。

楊妧從門口走進去。「大師，我想點長明燈。」

淨明依舊那句話。「給別人點還是自己點？」不等楊妧回答，扔給她一塊木牌。「香油錢五兩。」

楊妧先在阿彌陀佛像前拜了三拜，一筆一劃地寫上何文雋的名字，恭敬地掏出個五兩的銀元寶。

淨明在最後排的燈臺上點了燈，將何文雋的名牌擺在燈前，青劍和清娘順次拜了三拜。

楊妧找到楊洛的長明燈，對關氏道：「我給爹也點了燈，希望爹在那世能得佛光護佑，康泰平安。」

緊挨著楊洛是寧姐兒的長明燈。楊妧目光溫柔地掃過木牌上「婉寧」兩個字，掉頭走出門外。

圓真仍在，口中塞了滿嘴糖，含混不清地說：「世子爺到後山摘柿子了，姑娘要去找他嗎？」想必以為她跟楚昕仍舊是一道來的。

楊妧笑著搖頭。「不去了，我們在寺裡隨便走走。」

圓真把糖嚥下。「上次含光拿來的《往生咒》是圓能師兄持誦的，現在我也能讀經了，妳要不要我誦讀？」

「是嗎？」楊妧真誠地誇讚。「那你認識很多字了，能不能幫我讀《往生咒》，迴向給何文雋何公子和楊洛。」隨手撿根樹枝，在地上寫下兩個名字。「楊洛是我父親，何文雋是我義兄，剛才的長明燈就是給何公子點的。」

圓真認真地把字記在心裡。「我能讀《往生咒》，也能讀《金剛經》和《觀無量壽佛經》，每天得空我就會讀……楊姑娘中午要不要在寺裡用齋飯？膳房做了素雞，可好吃了，跟真雞的味道差不多。」

「咦，你吃過真的雞肉？」

「沒有。」圓真搖搖頭。「是圓能師兄說的，他吃過烤野雞和烤兔子，還烤過青蛙。」

楊妧臉上露出不可思議的表情。「你們不是要戒葷腥？」

「世子爺在後山抓了兔子偷偷烤的，圓能師兄、圓光師兄還有智如師姪都吃過，好幾年以前的事，那時我還沒到寺裡。可惜現在世子爺已經不抓兔子了。」圓真不無遺憾地說。

好幾年前，楚昕大概十二、三歲吧？他從小嬌生慣養，任性妄為，完全能幹得出這種事。想到那張意氣風發卻略顯嬌縱的漂亮臉龐，楊妧彎了唇，打趣道：「世子爺行事沒有規矩，故意讓別人犯戒，你不要跟他學。」

「楊姑娘此言差矣。」窗內傳出輕卻冷肅的聲音。「理佛在心不在跡。六年前楚世子才剛十歲，圓能等人年紀亦小，稍沾葷腥並非罪大惡極。如今他們能恪守誡命，專心向佛，何談故意而為？」

楊妧鬧了個大紅臉。她並非有意在背後編排楚昕，只是隨口說了這麼一句而已。

她低聲對圓真嘟囔。「既然在心不在跡，那你也可以吃肉，下次我給你帶肉乾，一罐牛肉一罐豬肉，可香了。」

圓真兩眼亮晶晶的。「姑娘幾時再來？」

楊妧想一想。「下個月初一。你還想吃什麼？」

圓真壓低聲音。「能再帶些糖來嗎？」

「能。」楊妧毫不猶豫地答應，又隨口問道：「後山不是種了桃樹，還有柿子樹嗎？柿子可以隨便摘嗎？」

圓真道：「有十幾棵柿子樹，不過世子爺可以摘，別人想摘得看看有沒有這個本事。」

清娘聽著兩人對話，突然來了興致。「要什麼本事？」

圓真掀著眼皮，一副「連這個也不懂」的神情。「底下的都讓師兄們摘了，只剩下高處還有。柿子樹兩丈多高，世子爺能爬上去，妳行嗎？」

清娘嗤笑。「不就爬個樹嗎？今兒我讓你好生開開眼，看嬸子我怎麼上樹摘柿子。」

圓真滿臉的不相信。

清娘道：「你帶我過去，要是我爬不上去，以後見了你恭恭敬敬喊大師，行不行？」

圓真想像著眼前婦人朝自己行禮的樣子，咧著嘴道：「好，妳跟我來。」

關氏看著清娘身上薑黃色的裙子，不由來了好奇心，笑著道：「咱們也去看看。」

楊妧不太想去。「娘去吧，我在寺裡轉轉，過會兒在這裡等。」

青劍道：「我陪姑娘。」

清娘和關氏跟在圓真後面繞過殿宇，拐過幾個彎來到後山。已是暮秋，層林盡染，遠遠望去紅的槭樹黃的銀杏，又有蒼松翠柏夾雜其間，色彩斑斕美不勝收。

關氏讚一聲。「真是好景致。」

圓真指著旁邊的林子。「這些是桃樹，春天桃花開了更漂亮，還有棵五百年的桃樹呢，專門有人看著不給碰。」

關氏驚嘆。「五百年？怕是要成精了。」

說笑著，圓真停住步子，仰頭盯著清娘問：「妳能爬上這棵樹？」

清娘仰頭。眼前的樹已經有了年歲，足足有合抱粗，底處的枝椏上已不見柿子，唯有高處還掛著六、七顆，黃澄澄的，像是一只燈籠，在秋風裡顫顫巍巍地晃動。

上樹沒有問題，但是高處的樹枝太細，稍用力就會折斷一般，怕是承不住她的重量。

清娘吸口氣，看向不遠處的另一棵樹。樹下圍著一群人，正仰頭看著樹上的男子摘柿子。男子年紀很輕，不過十六、七歲，眉眼精緻皮膚白皙，石青色錦袍一角塞在腰間，露出玄色褲子包裹著的兩條大長腿。

他像是沒有重量般，輕鬆自如地踩在樹杈上，左手攀著旁邊枝椏以穩定身體，右手靈巧地抓著柿子輕輕一掰，隨手往樹下一扔，含光在底下接住。

清娘認出來，進京那天，站在桂花樹下跟楊妧說話的少年，就是他。也認出他學的是正宗的內家功夫，是自小練成的童子功。

內家功夫需得請名師指點，廣平府的人多習外家功夫，仗的是一身蠻力和手腳靈便。

清娘甘拜下風，屈膝朝圓真福了福。「大師！」

圓真小臉漲得通紅。「妳真叫啊？」

「願賭服輸，我確實沒本事，技不如人。」清娘爽朗地回答。

圓真張張嘴，不知道該說什麼，一溜煙跑到含光身邊，看著地上堆著的柿子，驚訝地問：「世子爺摘了這麼多？」

含光笑笑，側眸瞧見清娘，走近前拱手揖了下。「妳來上香？」

清娘頷首回禮。「給公子點長明燈。」

事關何文雋……楊妧必然也會來。含光低聲問：「姑娘呢？」

「寺裡，青劍陪著。」清娘面露幾分赧然。「我本來打算摘幾個柿子，沒想到……不好摘。」

含光微笑。「上面樹枝太細，又脆，穩不住，如果沒有習過吐納調息，確實不太容易。」回頭看眼楚昕。「世子爺只能算是略有心得，再過兩年會更精進。」話雖如此，臉上卻是一副與有榮焉的驕傲。

那邊，楚昕已將滿樹柿子盡都摘下來，縱身一躍，樹葉般輕飄飄地落在地上。

廖十四目光火熱，滿臉都是仰慕，悄聲對楚映道：「妳哥功夫真好。」

楚映得意地說：「那當然，我還不會走路的時候，我哥就天天扎馬步練功夫……哎呀，哥，你摘這麼多柿子，怎麼帶回去？」

廖十四興高采烈地出主意。「世子爺，不如用帕子結成包裹兜回去吧？咱們六、七張帕子，足夠了。」

含光掃一眼廖十四，低低跟楚昕說了幾句。楚昕目光驟亮，彎起唇角歡快地吩咐圓真。

「你回去拿兩個籃子。」

廖十四笑著插話。「用不著兩個，一個籃子就夠。」

話音未落，圓真兩腿挪得飛快，已經撒丫子跑遠了。

廖十四並不在意，細聲細氣地說：「生柿子發澀，熟透了才甜，拿回家之後埋在米缸裡，沒兩天就能吃了。」

「真的嗎？」楚映驚訝地問：「這是什麼道理？」

「我也不知道，祖父這樣說的，以往家裡買回來柿子也是放到米缸裡。」廖十四面對著楚映，眼睛卻瞟向楚昕。

楚昕壓根兒沒聽到她說什麼，四下打量一番，身姿輕巧地攀上另一棵樹，伸長胳膊挨個捏了捏最上頭的柿子，摘了兩顆下來，微笑道：「這兩個軟了，應該可以吃了。」

廖十四不由自主地雀躍起來——他特意摘了兩個軟的，肯定是她跟楚映各一個。待會兒她是要羞答答地說「不要」，還是爽快地說「多謝」呢？

楚世子是習武之人，定然喜歡開朗的性子……

第八十章

等待的過程如此漫長又煎熬。

廖十四忍耐不住，她深吸口氣，大大方方地伸手去接。「多謝世子。」

「妳幹什麼？」楚昕極快地縮回手。

廖十四尚未反應過來，笑問：「這不是給我……和阿映的嗎？」

「不是。」楚昕冷冷地說：「阿映腸胃不好，吃不得柿子。妳想吃自己去摘。」

一眾丫鬟齊齊看過來，廖十四僵在當地，臉色驟然漲得通紅，囁嚅道：「我……阿映竟然不吃，我以為柿子香甜，她應該會喜歡。真的，阿映，熟軟的柿子可甜了，要不妳稍嚐兩口？」

楚映搖頭。「我知道很甜，但柿子性寒，吃了不消化。」

廖十四欲言又止。她已經暗示得很明白了，楚映為什麼不懂？

楚映完全可以說「我吃了不消化，讓十四吃一個吧」，而楚昕不可能駁楚映的面子，而她不但可以圓了臉面，還能乘機接近楚昕。她吃了他摘的柿子，改天還幾個秋梨回去，順理成章。

楚映根本沒打算給她梯子下，廖十四不好明說，只得訕訕地站著，心裡卻是疑惑。

這裡除了含光就是丫鬟，楚昕總不會摘給丫鬟吃吧？旁邊兩個三十歲左右的婦人也不可能，楚昕根本都沒往那邊看過。那是給誰的呢？

廖十四偷眼覷著楚昕，見他從懷裡掏出帕子，小心翼翼地將柿子兜了起來。

這時，圓真拿著兩個籃子氣喘吁吁地跑來，楚昕將柿子分成兩份，一個籃子仍交給圓真。「放幾天，等軟了再吃。」手裡提著另一個籃子，不徐不疾地往寺廟裡走。

他腿長，步子邁得大，圓真腿短，一溜小跑地跟著，擠眉弄眼地問：「世子爺要送給楊姑娘？」

楚昕輕輕「嗯」了聲。

圓真「嘻嘻」笑著。「楊姑娘在西側殿，她說下次帶肉乾給我吃。」

楚昕垂眸，唇角翹起個美好的弧度。「她幾時再來？」

「下月初一。今天她給我帶了糖，下次也帶。」

楚昕低笑。「那我給你做個彈弓。」

圓真熱烈地歡呼一聲。「好呀！」

廖十四遠遠地看著兩人有說有笑的模樣，既覺氣惱又覺歡喜。惱的是楚昕對她不假辭色，甚至連句敷衍的客套都沒有。她又不是饞嘴的人，難道他讓她一下，她真會吃？喜的卻是能夠這樣光明正大地看著他，哪怕只是個背影。

前幾天，她藉口娘親精神不濟，睡眠不安，給楚映寫信，說要在佛前敬獻兩卷經書，問楚映要不要一起，順便登高望遠對詩聯句。楚映欣然答應，說秦老夫人最近夜裡也不得安睡，正好也替祖母上炷香。

令她意想不到的是，楚昕竟然也要來。

在國公府門口見到楚昕的那一刻，她歡喜得差點落淚。一路上，她從車簾縫偷偷瞧著馬上那道頎長挺拔的身影，只恨不得這條路通向天涯海角，永遠沒有盡頭。

廖十四從來沒有這般喜歡一個人。

從懂事開始，祖父就說廖家是棵大樹，能夠庇護每一個人，相應的，大家都要為廖家的昌盛盡力。男人要努力讀書取得功名，女人則要嫁進對廖家最有利的門戶。

前面幾個堂姊都是從進士榜上挑的名字，輪到廖十四，她本想自己也會在前五十名裡挑個人嫁了，可祖父又說，廖家在士子圈地位已定，以後要有選擇地結交武將。

廖十四不喜歡武夫，言語粗魯行為鄙陋不說，性情也暴躁，動不動揮拳頭掄菜刀，哪裡比得上讀書人知情識趣溫文爾雅，卻沒想到會遇見楚昕。

他容貌俊美、氣度高華，就連上樹摘柿子的舉動都那麼瀟灑率性，牽絆著她的心。

廖十四打定主意，不管怎麼樣，她一定要嫁給楚昕，哪怕是做小！

只思量這會兒，楚昕已經繞過藏經樓。圓真指了指槐樹旁攏著天水碧披風的身影。「就在那兒，我先把柿子送回去。」

楚昕放慢腳步，突然有些情怯，又很想念。以往，他每天都能見到她一、兩回，而現在，兩人已經半個月沒碰面了。

含光跟上來，低聲提醒。「世子爺頭髮上沾了片草屑。」

楚昕抿抿唇，搖頭道：「沒事。」大踏步朝楊妡走過去。

青劍先見到他，朝楊妡身後努努嘴。

楊妡轉回身，就瞧見沐浴在溫暖秋陽裡的楚昕。

他穿石青色錦袍，筆直的身姿像是原野裡的白楊樹，一手托著方帕子，另一手拎著只籃子，錦袍的一角被風揚起，呼啦啦地飄動。

她微笑。「表哥。」

楚昕放下籃子。「在後山摘的柿子，妳帶回去。這兩顆是軟了的，妳嘗嘗甜不甜？」將帕子解開，兩手托著遞到楊妡面前。

灰色的素面帕子，兩顆金黃近乎紅色的柿子被陽光照著，晶瑩透亮，看起來很好吃的樣子。

但是大庭廣眾之下……柿子軟軟塌塌的，說不定會黏得滿嘴都是汁液。

楊妡有些猶豫，抬眸瞧見楚昕烏黑閃亮、殷勤期盼的眼眸，又不想拒絕他，遂應聲「好」，拿起一顆。「那個表哥吃吧？」

楚昕眸中閃過不容錯識的喜悅。他就知道楊妡會留一顆給他。兩人一人一個，面對著面吃柿子，多麼令人開心的事！

楊妧扯掉柿子皮，彎腰小心地咬一口，不由彎起眉眼。軟滑的柿肉像是裹了一層蜜，果然很甜，也果然很狼狽，嘴邊感覺黏糊糊的。

她忙掏帕子擦了擦，心裡暗想，柿子這種東西真心不適合在外面吃。

楚昕眸中含笑，告訴她。「下巴沒擦乾淨，再往左邊一點。」

楊妧紅著臉，索性把整個下巴都細細擦過一遍。

楚昕促狹地打量她好一陣子，點點頭。「乾淨了……這個妳要不要吃？」

「不要，你吃吧。」楊妧瞪他兩眼，慢慢散了臉上的熱辣，問道：「表哥最近差事可順利？」

楚昕三兩口吞掉柿子，不慌不忙地擦著嘴。「還算順利，中間出了點狀況，本來想去找妳……在妳家門口溜達兩次，沒看見妳出來。」

「啊？」楊妧失笑。「你為什麼不進屋？」

「妳說有緊要的事情才能找妳，這事算不上緊要。」楚昕略帶委屈地抿抿唇，繼續道：「量具分發出去之後，保定府出現了尺寸形狀一樣的量具，用的木材也一樣，要不是有經驗的手藝人很難分辨出來。我去找印綬監的工匠刻了套印章，印章在官府備了案，凡是我們製作的量具，都在顯眼處蓋有紅漆印章。」

仿製量具不過是罰銀入獄，可要仿製朝廷印章，追查起來可是砍頭掉腦袋的大罪，有些人未必敢鋌而走險。

楊妧誇讚他。「這樣處理很妥當，如果表哥不嫌麻煩，還可以把分銷量具的店鋪登記造冊。要有說不出來歷的量具，儘管重金懲罰。」想一想，又道：「我聽說西北糧米貴，一石米差不多貴三百文，絲綢和斜紋布也貴，倒是枸杞、甘草、三七等藥材便宜，如果運些糧米過去，販點藥材回來肯定能賺不少銀子。」

楚昕仔細思量著。「確實能賺錢，只是路途遙遠，一來一回最少兩個月，不知道路上有哪些關口。我跟秦二打聽一下，問他去寧夏走的是哪條路。」

楊妧道：「表哥不用著急，年前必定來不及，倒不如仔細謀算好，開春之後跑一趟。我家隔壁的范真玉好像認識許多商販，找五、六家商行組織商隊，多雇幾個鏢師，路上可以有個照應。」

楚昕連連點頭。「改天我找他談一談。長這麼大，我還沒出過京都，最遠只到過大興和昌平……不知道祖母肯不肯讓我出門？」

楊妧笑道：「年底鋪子對帳、田莊來送年節禮，還有過年祭祖，表哥好生應付著，姨祖母看見你穩重能幹，八成會應允。再不成，請貴妃娘娘幫你求個情。」目光掃見楚昕髮梢，抬手指了指。「表哥頭上有根草。」

「在哪兒？」楚昕扭著脖子看兩眼，沒看到，矮了身子。「妳幫我拿下來。」

隔著老遠，廖十四看到楚昕跟個女孩子親親熱熱地站在一起就覺得心裡泛酸，待楚昕往女孩跟前湊了湊，又特地矮了身子讓她摸頭髮，怒火蹭蹭往上躥。

她扯扯楚映衣袖。「妳哥旁邊那女的，真不要臉，孤男寡女站一起……我覺得有點像楊四，妳看是不是她？」

闞氏恰好聽見，抬腳擋在廖十四面前，氣勢洶洶地說：「妳說誰不要臉，妳瞪大眼看看，哪來的孤男寡女？旁邊四、五個活生生的人都是擺設？」

楊妧後面站著青劍，含光則眼觀鼻鼻觀心地站在楚昕身旁，有對夫妻帶著孩子在槐樹另外一側。再稍遠點，三個書生模樣的人搖頭晃腦地談論著什麼。

護國寺香火盛，初一這天信眾更是多，到處都能遇到人，哪裡有孤男寡女的地方？

廖十四見闞氏穿著普通，髮間只插了柄丁香頭的銀簪，沒放在眼裡，譏笑道：「男女有別，即便不是孤男寡女也不能挨那麼近。也難怪，想必妳沒讀過書，不懂道理。」

「呸！」闞氏差點要啐上她。「妳倒是讀過書，看著挺體面，死乞白賴跟別人要柿子，要不到就滿嘴胡唚。」

路上行人驚訝地看過來。

廖十四沒法像闞氏這般潑辣，低聲對楚映道：「一個上不得檯面的鄉野村婦，還敢指責咱們，真是多管閒事。」

楚映沒接這個話茬，兩眼盯著那抹天水碧的身影驚訝道：「真的是阿妧！」拉著廖十四的手。「咱們走快點。」

走得近了，楚映歡喜道：「阿妧，妳什麼時候回京都的，怎麼不住家裡？我都沒人玩。」

廖十四用力攥緊帕子。楚映會不會說話，難道她不是人？

可楚昕在面前，她再生氣也不會發火，反而掛出個親切的笑容。「老遠就看著像，果然是妳！楊姑娘，聽說妳回濟南府侍疾，怎麼又回來了？妳祖母的病可是大好了？」

第八十一章

此時此刻，張夫人正端了燕窩粥小心翼翼地奉到秦老夫人面前。「熬了小半個時辰，已經糯軟了，娘嚐嚐。」

秦老夫人捧著碗，拿羹匙舀兩口。「大姑娘約好了廖十四去護國寺？昕哥兒也去了？」

「我吩咐昕哥兒照看阿映。」張夫人左右看兩眼，屏退了屋內伺候的丫鬟，彎了唇輕聲道：「娘，我看廖十四對昕哥兒頗有意思，而廖家根基深厚，不管在江西還是京都，名聲都非常好。如果兩人能成，倒是樁極好的親事……」

「妳覺得是好親事？」秦老夫人面色沈了沈。「廖十四心思重，真要嫁進來，怕給府裡惹禍害。」

「哪會呢，廖家姑娘可是個個知書達禮賢名在外，別人求都求不來。再者，還有娘呢，娘掌著家裡的舵。」

秦老夫人長嘆口氣。「我已經五十六，撐死再活十年，不知能不能看見昕哥兒成親生子。」

前世，她就是剛過了六十六歲生辰死的，死在離京五百里的滄州。

「肯定能看到，還有十年呢！昕哥兒下個月滿十七，現在開始張羅，滿了十九歲就成親。昕哥兒親事不用愁，只有咱們挑別人，沒有別人挑咱的。」張夫人臉上隱隱顯出幾分得意。

單是她知道的就有張珮、靜雅，現在又多一個廖十四，那些暗地裡藏著小心思的姑娘就更不知多少了。

這話說得……太不中聽了，好像巴望著她十年之內早點死似的。秦老夫人無奈地搖頭，若非早知道張夫人是什麼德行，肯定又是一肚子氣。

但聽張夫人誇楚昕，秦老夫人還是緩和了神情。「不管是誰，總得讓昕哥兒順心順意，再就貴妃娘娘那邊能過得去……依我看，四丫頭不錯。」

張夫人搖頭表示不滿。「四丫頭相貌比廖十四強，但論起行事穩重、才學的淵博都不如廖十四，再有家世……濟南府同知的姪女，說起來好像是官家出身，可如今分了家，三房要人沒人要錢沒錢，豈不是白白拖累昕哥兒？」

「那也比張家強。」

聽秦老夫人提到娘家，張夫人立刻認慫。「不是說四丫頭不好，可娶進門總覺得不太悅意。要不這樣，昕哥兒娶廖十四為正妻，四丫頭抬成姨娘——」

話音未落，秦老夫人已重重地將瓷碗頓在炕桌上。「阿釗整年累月在宣府身邊沒人伺候，妳先張羅著給他納兩房姨娘。」

張夫人嚇白了臉，立刻站起身，垂手立在炕邊。「娘，我沒別的意思，這不是見您喜歡四丫頭，咱家人丁又不旺盛，昕哥兒身邊多個人，能多生個孩子。」

秦老夫人道：「楚家沒有納妾的例。先國公爺就是根獨苗，輪到阿釗這輩，本來是兄弟兩人，可惜只剩了阿釗，到昕哥兒這輩又是根獨苗。妳要有本事，就給昕哥兒添個弟弟，妳要是沒本事，就別摻和。妳要是敢挑動昕哥兒納妾，我立刻挑兩個人送去宣府。」

「媳婦不敢。」張夫人老老實實地說。

楚釗待她情深，自從成親兩人都沒紅過臉，她才不捨得往他身邊塞人。可到底有些意難平，支支吾吾地說：「我想讓昕哥兒早點成親，可國公爺說他練的是童子功，不能早破身。林家幾位哥兒都成親早，二爺跟三爺都是十六歲成親，十七就有了孩子……娘的意思呢？」

秦老夫人道：「看昕哥兒什麼想法。馬上就十七了，他心裡有主意。妳多攢點好東西留著給兒媳婦添妝就好。」

楚映搖著楊妧胳膊。「妳到底住在哪裡？讓我去妳家看看唄？」

楊妧扒開她的手。「不是不讓妳去，而是我最近很忙，顧不過來。」眼看過年了，她得趕著給真彩閣做幾身喜慶的衣裳賺點銀子，還要抽空置辦過冬的菜蔬。家裡本來有個菜窖，可太小，不夠用，她正打算明兒找人挖寬三尺，哪裡還有工夫招待楚映？

楚映道：「我不用妳招呼，跟小嬋玩。」側過頭，可憐兮兮地看向關氏。「表嬸，好不好？」

闞氏抿著嘴笑，楊妧無奈道：「那妳回去問問姨祖母，定下日子提前給我個信。表哥知道地方，讓表哥帶妳去。」

楚映喜笑顏開。「行行，我把秋水綠波帶給妳，開得極茂盛，廖十四還以此為題作了畫，我畫的是瑤臺玉鳳，我的畫也可以送給妳。」

楊妧道：「不要妳的畫，妳若是得空就練習寫大字，我家過年的春聯就不用花銀子請人寫了。」

楚映頓時垮了臉。

廖十四暗暗高興。楚映的脾氣，她多少摸透了點，往好裡說是直率，說難聽點就是不懂人情，想生氣就生氣，壓根兒不考慮對方的感受。如果楊妧惹惱楚映就好了，楚昕很疼這個妹妹，想必也會厭憎她。

只是不等她咧開嘴，楚映又笑著問：「妳中午在哪裡吃，去吃燒羊肉好不好？你們上次吃了，我都沒嚐過。」

楊妧拒絕她。「我要在寺裡吃素齋，圓真小師父說膳房做了素雞。」

「這裡的素齋不好吃，真想吃的話就去隆福寺，隆福寺的素雞才道地，還有八寶鴨、素火腿都值得一嘗。」

楊妧笑道：「可我娘是第一次來護國寺，我肯定要陪她嘗嘗這裡的素齋。妳們去吃燒羊肉好了。」

楚映沮喪地說：「那我也在寺裡吃。」

廖十四鬱悶得不行。楊妧處處跟楚映對著來，先是不讓她到家裡拜訪，又拒絕一起吃羊肉，楚映為什麼不發脾氣呢？而她跟楚映玩這兩次，都是小心翼翼地捧著楚映、順著楚映，才贏得楚映的一絲絲好感，這也太氣人了！

用過午飯，楊妧陪關氏去講經室聽了卷《心經》，估摸著快到申初，一起下了山，原先約定的騾車已經在等著了。

楊妧正要上車，瞧見含光快馬加鞭地過來，翻身下馬，將手裡陶瓷罐子遞給清娘。「麻花胡同的燒羊肉，姑娘上次吃過。」又朝楊妧跟關氏拱拱手，飛馳離開。

陶罐用油紙封著口，清娘解開麻繩，掀開油紙，一股濃香撲鼻而來。

「真香。」清娘深吸口氣，瞇眼往裡瞧了瞧。「是整隻羊頭，回去搗點蒜泥蘸著，再燙一壺燒酒，絕了。」

關氏掃一眼陶瓷罐，看眼笑靨如花的閨女，再掃一眼腳底下的半簍柿子，笑容慢慢漾出來。

正如楊妧所說，楚家人當真對她不錯。非但不錯，那位漂亮的世子爺恐怕還對她存了心思。

她可沒錯過楊妧引見自己時，楚昕驚訝的神情和驟然泛紅的臉龐，然後手足無措地跟自己行禮，那份侷促與拘謹，跟楊洛頭一次進他們關家的表現毫無二致。

自己家的閨女長大了，已經被人惦記上了。

關氏眼前不由浮現出楚昕的樣子，身材頎長、容貌昳麗，舉手投足間自然而然地流露出驕矜不羈，可又因生得漂亮，並不讓人反感或者討厭。單是人才就這般出色，又是鎮國公府的世子……齊大非偶！

關氏輕輕嘆一聲。嫁到這種門戶，倘若楊妧受了委屈，她們怎麼說理去？

關氏打算好生跟楊妧談一談。

第八十二章

楊妧淡然地說：「我沒想法。退一萬步來說，即便我有那個心思也沒用。世子的親事可不是一、兩個人說了算的，宮裡有個貴妃娘娘呢！」

關氏仔細打量她的神情，見她神情恬淡並非作偽，長長舒口氣。「咱們低門小戶即便攀上富貴人家也不是好事。本來我跟妳伯父商議，明年春闈過後，從榜上挑個品行好、懂得上進的，只是咱們這家室……」

關氏一個婦人帶著三個孩子，小嬋又無法開口說話，家裡人都心疼她，可外頭的人不免會瞧不上；若是家中有積蓄也好說，偏偏錢財上也不寬裕，還欠著一千多兩銀子的外債。

楊妧笑道：「娘別胡亂打算了，每科三甲取士二百多人，已經成家的占半數還多，剩下的百餘人個個都是香餑餑，多少人盯著呢！娘別操心我的事，先把弟弟照顧好，弟弟有了出息，咱們才有依靠。」

「那妳呢？」關氏長長嘆口氣。「論虛歲都十四了，現在相看起來，六禮走完差不多兩年，剛好成親。」

楊妧無奈地說：「娘，我這麼聰明的人，難道不會給自己打算？小嬋的厚棉襖還沒做，您要是得空，把去年的拆洗了，棉花曬兩天，重新絮件大的。我趕完這兩條裙子，給弟弟也做件厚棉襖。」

關氏瞪她兩眼，站起身。「行，姑奶奶，妳說了算……先前妳就主意大，這半年更是長了本事。」

楊妡笑了。

隔天，國公府來人送帖子，楚映已經請示過秦老夫人，打算初四跟楚昕一道來拜訪。

楊妡放下手中活計，找劉嫂子商議宴請的菜式。

劉嫂子家常菜做得很可口，但既然請客，就需要上幾個排面菜，菜式至少八道，四葷四素再加個湯水。

劉嫂子毫不含糊地報出八道菜名，有魚有肉有雞有鴨，楊妡大喜過望，讓她得閒去市場備菜，免得到時候買不到。

菜式問題解決了，她去隔壁商議范二奶奶，問范真玉初四是否得閒，請他幫忙待客。范二奶奶滿口答應，而且提出讓廚房做兩樣點心送來。

先前買的一百零八頭的碗碟有了用武之地，楊妡找出來仔細地清洗乾淨擺在架子上，又把幾個丫鬟叫來。

春笑和念秋負責在外院端茶倒水，問秋和憶秋則在內院伺候。

家裡首次宴請，楊妡極其嚴厲地給她們訓了話，一是要謹言慎行，客人們談話要離遠點，不能豎著耳朵聽，更不能隨便插嘴，即便聽到一、兩句也不得外傳。二是要有眼色，別等茶壺裡的水空了也不知道續，或者客人的接碟滿了不知道更換。

初四那天，辰正剛過，楊妧正點了茶爐準備燒水，吉慶樂顛顛地跑進來稟報說客人到了。

楊妧哭笑不得，通常做客都是巳初時分，哪有這麼早的？

她吩咐憶秋看著茶爐，整了整裙裾和關氏一道往外迎，剛到二門，瞧見楚映提著裙子往裡面走，身後跟著顧常寶。

顧常寶搖著摺扇，大剌剌地喊：「楊四，妳幾時在這裡置辦了房子，前天我大外甥還惦記著往濟南府送貓。」

楊妧給關氏引見。「忠勤伯府顧三爺，跟表哥一起辦差，是極好的朋友。」

顧常寶向關氏揖了揖。「我去找楚霸王……楚世子，正好半路遇到，叨擾楊太太了。」

關氏笑道：「不叨擾，請都請不來的貴客，快進屋喝杯茶。」

顧常寶毫不客氣地走進二門，倒沒進屋，站在院子裡高談闊論。「外面看著不顯，院子還挺大。這棵桂花樹好，在樹下擺桌小酒，幾多逍遙。」

說話這空檔，楚昕和范真玉並肩走進來。眾人互相見過禮，寒暄幾句，楊嬋走到楚昕面前張開手。

關氏剛想斥一句，楚昕已彎腰將她抱起來，笑問：「這幾天長胖了，聽阿姊話沒有？」

楊嬋兩隻短胳膊親暱地環住他的脖頸，用力點點頭。

含光和李先以及范家的兩個小廝一趟趟往裡搬東西，楊妧詫異地問：「都是什麼？」

楚昕一手抱著楊嬋，另一手指著麻袋。「先前買的米怕是吃完了，又拿了兩袋子來。那兩個麻袋裡是木炭，京都比濟南府冷，過幾天屋裡該生起火來，還有些雜七雜八的東西，都能用得上。」

楊妧便沒多問。

顧常寶扯著嗓子道：「堆在院子裡也不像回事，倒是找個屋子放起來。」

楊妧想一想，米可以放進廚房，木炭確實沒處放，放屋後空地怕下雨潮了，還有這四個大火盆。

顧常寶指著東邊的夾道說：「這塊地方空著可惜，不如蓋間庫房。」

關氏道：「夾道通著後院。」

「西邊不也有夾道？從西邊繞過去就是。」顧常寶走過去邁開步子量一量，五步不足四步有餘。「蓋間庫房正好，前面開門後面開窗，屋裡搭兩排木架子，能放不少雜物。」

楚昕看向楊妧。「這主意不錯，明天我找營繕司的人來瞧瞧怎麼個蓋法。」

范真玉不由瞪大雙眸。營繕司是工部專管土木興建、工匠調撥的機構，楊家只是蓋間小庫房，哪裡用得著營繕司？

他曾經跟官府打過交道，每次都是求爺爺告奶奶，還得隨時備著封紅。可楚昕這口氣，提到營繕司就好像自己家的下人一樣隨意。

楊妧也道：「不用麻煩，隨意找幾個匠人就行。」

「找營繕司才省事。」顧常寶拿摺扇點著楊妧。

楚昕伸手將他扇子扒開。「別亂指人。」

顧常寶「嘿嘿」一笑，續道：「他們就是做這行的，一眼就知道需要多少石頭多少木料，匠人也都是熟手，看在小爺的面子，肯定給妳蓋得又快又好。」

楊妧笑道：「那就麻煩三爺了。」

顧常寶「嘩啦」展開扇子。「小事，不值一提。以後妳再有什麼這種活計，儘管打發人找我。」

眼看著含光等人搬完了東西，楚昕將楊嬋放下，引著顧常寶等人去了外院。

楊妧忙吩咐春笑和念秋跟去伺候，她則指揮問秋和憶秋把各樣東西先歸置起來，免得堆在院子裡礙事。最後只剩下兩袋子米，每袋足足有七、八十斤，兩人卻是抬不動。

清娘道：「我來。」兩手分別抓住麻袋的兩角，輕而易舉地搬進了廚房。

楚映驚得眼珠子快掉出來了。「妳怎麼這麼大力氣？」

清娘拍拍裙子上的土。「我最多扛個百十來斤，肯定不如妳哥。」

楊妧笑道：「表哥說他能開兩石弓。」

「是個高手。」清娘讚一聲。「我勉強能開一石弓，何參將軍裡弓箭手大約百人，開兩石的不到四十人；有三人能開三石弓，一箭射過去，誰都擋不住。」

楚映張大嘴巴。「妳從過軍打過仗？」

清娘點頭。「我相公是何參將麾下的軍醫，我給他打下手。我相公死後，我跟著照顧何公子，何公子也死了，我來找楊姑娘。」

楚映大咧咧地說：「妳也太不吉利了。」話出口，隨即意識到不妥，連忙道：「我隨口說的，沒有別的意思，妳別生氣。」

清娘笑道：「我沒生氣，我相公是嘗草藥試毒死的，何公子是打仗受了重傷，要是沒有我，說不定三年前就死了……戰場上死的人多了，這樣說起來誰都不吉利。」

她越這樣說，楚映越過意不去，對著她端端正正行個福禮。「我向妳道歉。」

清娘無謂地揮揮手。「沒事，我不在乎這個。」

楊妧聽著她們的話，突然就想起前世。楚釗戰死，五千多士兵被瓦剌人俘虜，據說是一排排跪在地上用弓箭射死的。

而她鼓動楚昕去參軍，到底對不對？

楊妧不敢多想，深吸口氣，笑著招呼楚映。「別在院子站著吹冷風，進屋喝杯茶，或者妳到我屋裡看看？」

楚映頓時來了興致，跟在楊妧身後走進東廂房。

東廂房朝西，只對著院子開了窗戶，光線有些暗，廳堂靠東牆擺了張四仙桌，兩邊各一把官帽椅。

官帽椅下首，北牆邊擺座百寶架，上面供著花斛梅瓶等物，是以前霜醉居見過的。百寶架旁邊是通往北屋的門，房門開著，只垂著石青色棉布門簾。

北屋靠牆擺著架子床並衣櫃、箱籠，靠窗則橫一張長案，長案上既有文房四寶，又放著針線笸籮，還有件做了一半的衣裳。擺設簡單而且雜亂，遠不如霜醉居敞亮。

楚映咕噥道：「這裡多憋屈啊，去我家住多好，還能跟我做伴，我整天閒得無聊。」

楊妧笑道：「我可是忙得團團轉。」伸手抻開長案上的衣裳。「這是給弟弟做的冬衣，好看吧？做完這件還得絮棉襖，再做幾雙厚襪子。冬月裡，姨祖母生辰，我打算做身中衣，再然後就要到臘月，臘月要清掃除塵……想一想有做不完的事情。」

楚映道：「妳送中衣，我送什麼好？對了，還有我哥呢，我哥也是冬月生日，冬月初九……」

第八十三章

楊妧給她出主意。「長輩不在乎多貴重多稀奇，在乎的是孝心。我通常是做件針線活、抄兩卷經書，妳畫副百壽圖吧，要是不耐煩寫就畫壽星騎鶴，或者松下鶴舞。至於表哥……妳按他的喜好來，或者一盒墨錠一個筆筒都可以。」

楚映蹙眉想一想。「百壽圖太麻煩，一個寫壞了就得全部重寫。壽星佬也不好畫，畫不好臉上是凶相。那我還是畫仙鶴吧……我哥喜歡那些刀槍劍戟的，我弄不來，就是送了他也不稀罕。妳打算送他什麼？」

「我？」楊妧十分為難。

如果她不知道楚昕的生辰也就罷了，既然知道了，而且先先後後接受過楚昕那麼多好意，不送賀禮確實過意不去，況且楚映當面巴巴地提出來。

可是送什麼呢？楊妧想起那個被自己剪壞了的香囊。荷包手帕等針線活必然是不能送的。至於筆墨文具，剛搬家時楚昕送來許多，總不能再原樣送回去。

思量會兒，楊妧開口。「那我寫一副字吧，三更燈火五更雞，正是男兒讀書時。」

「算了吧。」楚映「噗哧」一笑。「我哥肯定不喜歡，他最討厭被人指點。」

「『少年心事當拿雲，滿腔熱血報社稷』，怎麼樣？」

楚映道：「也不好……不過寫字是個好主意，我打算寫壯志凌雲四個字，妳送別的吧。」

楊妧氣惱道：「我要寫壯志凌雲。」

「我先說的，我現在就寫。」楚映頭一次在楊妧面前占上風，得意到不行，黑亮的眸子流光溢彩——跟楚昕的眼眸足足有七、八分像。

楊妧心底驟然軟下來，無奈道：「讓妳一次好了，誰讓我年紀比妳大。我跟劉嫂子學著做酥餅吧，正好讓姨祖母也嘗嘗。」

「可以、可以。」楚映連聲道：「別做紅豆沙的，我不喜歡吃，我喜歡核桃仁加冰糖。」

楊妧佯怒。「又不是做給妳吃，容得妳挑三揀四？」

楚映笑得開懷。「阿妧，妳真不回我家住了嗎？我都無聊透了，要不我在妳家住幾天？」

「哪裡有妳住的地方？」楊妧毫不留情地拒絕了她。

單是楚映一人倒也罷了，還有藤黃藕紅呢，家裡也沒那麼多鋪蓋。

話鋒一轉，她勸道：「妳要真閒著，多往瑞萱堂跑一跑，跟姨祖母學著管家理事吧，以後自己過日子總能用得上。」

「那多沒意思啊！」

「有意思。」楊妧一邊做針線一邊道：「妳看我們今天宴客，原先劉嫂子打算做清蒸鰱魚，但是昨兒去市場發現鰱魚十八文一斤，而活蹦亂跳的鯽瓜子十文錢半簍子，所以臨時換成了鯽瓜子；個頭小的刮鱗去腮剁成肉餡炸魚丸，幾條大點的養在盆裡，明天燉豆腐吃。還有妳哥送來的米都是遼東產的精白好米，劉嫂子又去買了祿米回來，蒸飯時候一把白米兌一把祿米混著吃，味道也很不錯……國公府不必這般節省銀子，但是妳看帳本就會知道每月的銀錢花在哪裡；這個月為什麼比上個月花費多？幾年連下來看，甚至能知道哪年糧食歉收、哪年發了豬瘟。」

楚映一臉的不可置信。楊妧耐心地解釋。「歉收的年頭，糧米必然貴，如果發豬瘟，豬肉價錢也會高得離譜。看久了，底下的管事娘子就糊弄不了妳。姨祖母如今精力不濟，妳娘身體也不太好，妳現在開始學，過年就能幫上大忙。」

楚映抿抿唇，不甚情願地說：「那我試試吧。」

楊妧鼓勵她。「要是妳做得好，我就繡兩個荷包給妳。」從抽屜裡將那一摞花樣子拿出來。「妳隨便挑，看中哪個就繡哪個。」

楚映慢慢翻著，腦子裡突然蹦出廖十四的話。

她說，姊妹間要毫無保留，有了好樣子沒有藏著掖著的。

楚映試探著問：「妳能不能借我描一份？」

「可以呀。」楊妧絲毫沒有猶豫。「妳把想要的挑出來，如果不嫌我慢，我描好了找人送過去，或者妳帶回去描也行。不過妳得當心點，別給我扯壞了。」
楚映大為歡喜，聲音清脆地說：「我喜歡這兩張，茶白色絹面繡百里香，旱金蓮搭配寶藍色錦緞，妳覺得好不好看？」
「茶白色做荷包容易髒，不如用墨綠色緞面，繡雛菊或者玉簪花，旱金蓮配寶藍色卻是極好的。」
「聽妳的吧！」楚映要來兩張明紙，拿起炭筆俯在案前描花樣子。「阿妧妳真好，難怪余家大娘子喜歡跟妳玩。」
楊妧大言不慚。「我也是這麼認為的。」
楚映撇嘴。「呿！」卻忍不住彎起了唇角。
之前，她跟張珮玩得好，張珮經常奉承她。
「阿映，妳的梅花畫得越來越有風骨了。」
「阿映，妳這兩句詩對得工整極了。」
「阿映，這疋湖綠色縐紗最襯妳膚色，清雅出塵。」
可就是張珮，每每在有事情的時候就會把她推到前面。而這陣子，她跟廖十四走得近，廖十四喜歡貶低別人。
「林二娘的畫固然逼真，但勾畫之間太過匠氣，我祖父說過，作畫講究神韻，最忌諱中規中矩。」

「明三娘才思算是敏捷，但用韻不講究，要說對仗工整還得讀杜工部。之前我在江西，曾經整理了三大本杜工部詩集，祖父說我都魔怔了。」

當時她只覺得廖十四學識淵博，評點詩詞頭頭是道，過後回味起來才發現，廖十四都是在暗中抬高自己。

母親卻說廖家姑娘教養好，待人處事穩重大方，要她多跟廖十四學。

楚映放下筆，歪頭看著楊妧。「上次廖十四來家，給祖母和娘都做了額帕，給哥送了扇子套，祖母誇她針腳密實。妳覺得她怎麼樣？」

楊妧正好縫完一根線，湊在嘴邊把線頭咬斷，乘機斟酌了一下措辭。「剛才妳一時嘴快說錯話，只是給清娘行禮道歉，為什麼不把手鐲送給清娘賠禮呢？」

「啊？」楚映兩眼懵懂。「我需要送手鐲嗎？會不會小題大做了，清娘並非錙銖必較的人，這樣不好吧？」

楊妧道：「菊花會時，廖十四只是認錯了茶葉，區區小事，卻說開罪了我，非要拔下簪子往我手裡塞。這樣算不算小題大做？」說別人不祥比起認錯茶葉還更嚴重。

楚映蹙了眉。「確實過分。」

楊妧笑道：「說錯話，誠心誠意道個歉就足夠，但廖十四太在乎名聲，她覺得失了面子，想在我身上找補回來，我才不給她這個機會……不過她學識的確不錯，這點不能否認。」

楚映點點頭。「她心機真深，不過妳也一肚子心眼。」

「我都是好心眼。」楊妧笑著站起身。「乾坐著沒意思，帶妳到後院去看看。」經過西屋，往半開的窗欞裡探了探。「這是我弟弟的房間，待會兒下了學就回來了。」

楚映好奇地問：「就是妳家收養的兒子，他性情怎麼樣？」

「眼下看起來還不錯。」楊妧簡短地介紹了楊懷宣的身世。「只是他待我還很生疏，說話非常謹慎，問他什麼事情都是先想好了才作答，生怕我不高興……所以他的衣物我想親手做，能盡快熟起來。」

吃過午飯，楚映又拉著清娘問了好半天打仗的事，眼瞅著已經到了申時，才百般不捨地離開。

楚昕已在門口等著了，白淨的面頰略帶三分酒意，更顯唇紅齒白。黑眸映著暖陽的光芒，宛如仲夏夜的星子，熠熠生輝；眉梢高挑，神采飛揚，漂亮極了。

關氏喜歡得不行，走近前關切地問：「中午喝了多少、能不能騎馬？要不就坐車回去？」

楚昕目光閃亮，恭敬地回答。「表嬸放心，只飲了三兩桃花釀，不妨事。」

關氏道：「那你騎慢點。」回過頭又問顧常寶。「顧三爺可能騎馬？」

顧常寶拍著胸脯。「沒問題，楊太太儘管把心放到肚子裡，我跟楚世子平常都是一斤的量，今天只潤了潤嗓子。」

范真玉臉上倒是已經有了醉意，拱手笑道：「是我的不對，沒能讓兩位盡興，改天定當請世子和三爺痛飲一回，不醉不歸。」

「隨叫隨到。」顧常寶豪爽地回答，探了頭尋到楊妧，喊道：「楊四，明天我找人過來蓋庫房，辰正時分一準兒到。」

楊妧笑著謝過他，又瞧兩眼楚昕，見他目光清明並無醉意，心中稍鬆，卻仍叮囑含光。「路上慢點，別當街縱馬傷了人。」

含光低低應著。「這位范二爺是個明白人，並沒有多勸酒。」

一時看著各人上馬離開，楊妧跟范真玉道了謝，回屋收拾用過的杯碟碗筷。

范真玉卻在門口略站片刻，放大步走進正房。

范二奶奶正歪在大炕上歇晌，聽到腳步聲，剛想起身，范真玉摁著她不許動，薄帶酒意的唇便壓了上去，膩歪片刻，笑道：「這會兒咱們要發了。」

「一股子酒氣。」范二奶奶故作嫌棄地推開他，起身倒了半盞茶遞給他。「要怎麼發了，是不是喝糊塗了？」

范真玉沒接，就著她的手喝兩口。「今天除了楚世子，忠勤伯府的三爺也來了，他們提起開春想往西北販糧米，問我要不要一道，我應了……上好的雲錦在金陵是二十兩銀子一疋，在京都能賣到二十八兩，可在寧夏賣到四十兩都有人搶。」

「話是這樣說，可也得有命賺有命花。八、九月去的話，路上能太平，可開春……又是販糧米，這一路怕是少不了波折。」范二奶奶不太贊成。

范真玉笑道：「富貴險中求，我倒是覺得可行。有那兩位爺坐鎮，沿路誰敢不敬著？我今兒才知道，隔壁那位不太愛說話的門房是何文雋何公子的人，楚世子身邊的侍衛是從宮裡出來的……顧三爺說，明兒帶了營繕司的人給隔壁蓋庫房。楊家還真不能小瞧了，妳往後跟楊太太和楊姑娘說話客氣點。」

「用得著你叮囑？」范二奶奶斜睨他兩眼。「我何曾是那種看人下菜碟的人？楊姑娘聰明，行事老道，我原先跟她就合得來，否則也不會跟繆先生說項，讓她弟弟跟著讀書了。我看她弟弟是個有出息的，楊家熬過這幾年，往後說不定修哥兒要靠楊家人拉拔。」

又思及楚昕看向楊妧時掩飾不住的溫柔溫存，想說什麼卻沒敢多言。

此時的國公府，瑞萱堂。

楚映也正興高采烈地跟秦老夫人說話。「阿妧家裡真是太好玩了，後院有個地窖，順著臺階下去，裡面地方很空闊，要全部用來裝白菜和蘿蔔。還有片空地，我建議種棵石榴樹蓋座小亭子，夏天好有個乘涼的去處。清娘想夯一塊硬地教楊懷宣習武，阿妧卻說要闢出來種菜，還得種向日葵……祖母，您見過向日葵嗎？跟大盤子似的，上面的瓜子摳出來可以吃。」

藤黃忙找出只小小的布袋遞過去，楚映將瓜子盡數倒進碟子裡。「這是阿妧親手炒的，炒的時候放了白糖，比南瓜子好吃。可惜太少了，她還留了一把種子打算開春種，要是明年結得好，她就多炒一點。對了，她還說哥生日的時候做餡餅送來，她家廚子炸的魚丸格外好吃，阿妧說花十文錢買了半簍鯽瓜子剁的餡，裡面加了肥肉丁。哥，你吃著怎麼樣？」

楚昕彎起唇角，黑眸閃亮亮的。「我覺得也不錯……四姑娘怎麼知道我生辰？」

「我告訴的，她答應做冰糖核桃仁餡。」

秦老夫人一邊嗑著瓜子，一邊饒有興致地聽著楚映說話，目光掃見楚昕眉間的歡喜，心裡暗笑了下，對張夫人道：「幾時咱們請三太太來家玩一天，順便看看那個小的。」

楚映插話道：「我想再去阿妧家，她說她忙，不讓我去。」

張夫人臉上顯出薄怒，不滿地說：「她們一家四口在府裡待了半年，咱們都沒說過什麼……而且用鯽瓜子待客也太簡慢了，咱們哪次不是山珍海味地上？」

楚映鼓鼓腮幫子。「阿妧是真的忙，家裡的事情都是她管著，還得指點弟弟讀書，阿妧待她弟弟非常好。」

張夫人道：「要真好，就該幫他把家仇報了。楊溥是五品官員，這點事都辦不成？」

秦老夫人慢悠悠地說：「強龍難壓地頭蛇。濟南府的官員能管到兗州府的事？再說有族長偏幫，族人作證，即便是兗州知府親自去查案，也未必能查得清楚。倒不如把哥兒教養出息了，他有了能力自己替爹娘報仇……就我生日那天吧，叫四丫頭他們一家都過來吃頓飯。」

張夫人道：「要不再多請幾家？請別的勛貴人家怕三太太不自在，不如請上廖太太，正好十四跟四丫頭她們都熟悉，一起熱鬧些。」

秦老夫人默一默，應了……

第八十四章

營繕司的人用了兩天蓋好庫房，粉刷了白灰，東西兩邊牆各做了一個頂天立地的木架子，又在後院簡單地壘了座柴屋，免得落雨淋濕柴火。

闞氏把火盆、木炭等雜物搬進庫房地上，曬乾的長豆角、醃好的蘿蔔皮則盛在罐子裡擺上架子。

青劍買回一車蘿蔔白菜，去掉爛葉子晾半天，開始往地窖裡擺。楊嬋和楊懷宣兩人一趟趟地搬，忙得不可開交，團團也跟著上躥下跳。

下過一場雪粒子之後，真正是入了冬。

楊懷宣換上厚棉襖，整個人圓鼓鼓的，平白多了幾分可愛。

這幾天，楊懷宣終於脫去拘謹，楊妧問他想吃什麼飯的時候，會回答「米飯」或者「湯麵」，而不是像以前那樣說「都行」。

楊妧在廳堂點了火盆，晚飯後，一家人圍在八仙桌旁，楊懷宣看書寫字，楊嬋玩七巧板，楊妧則做針線。闞氏看著三個孩子打心眼裡歡喜，燒了開水沖幾碗炒麵，挖一勺糖，熱呼呼的炒麵下肚，從頭到腳都是暖的。

臨近月底，楊妧買十斤牛肉和十斤豬肉，跟劉嫂子做成肉粒，攤在蓆子上風乾兩天，用罐子盛起來，兩罐留在家裡吃，兩罐打算帶到護國寺給圓真。

豈知前一晚落了雪，雪不大，落地即化，及至天明，地面結了一層薄冰，踩上去嘎吱作響，既濕又滑。

青劍主動請纓，把兩罐肉粒和一包窩絲糖送到了護國寺。他辰初出門，巳正方回，額頭沁出一片熱汗，鬢髮也濕漉漉的。「回姑娘，東西已經送到了。」他頓一頓。「在護國寺門口遇到了楚世子，他說給圓真送彈弓，我們一起進去的。」

楊妧心頭顫了顫，很快壓下那股異樣的情緒，笑道：「辛苦你了，快回去把衣裳換了，免得受寒。」

青劍揖了下，轉身離開。

楊妧垂眸，看著牆腳兩隻麻雀發呆。

這麼冷的天氣，楚昕到護國寺卻不進去，而是在門口等。

他知道她打算去護國寺，所以在等她？

上次家裡宴客，顧常寶都穿夾棉袍子了，楚昕仍穿一件單衫，今天都是落雪的天氣，也不知道他會不會多加一件？

她正神思不屬地想著，聽到關氏喊道：「也不穿大襖子，站在門口幹什麼呢？」

楊妧這才回過神，忙掩好門，走到火盆前，笑道：「看麻雀啄食呢。先前淘米挑出來的壞米粒，兩隻麻雀在爭搶。」說著話，只覺得鼻孔發癢，忍不住打了個噴嚏。

她自覺不好，忙捅開茶爐的火，醺醺地煮了一碗薑糖水，一口氣喝完，這才抵住了渾身的冷意。

楊妧沒生病，楊懷宣卻病了。

他早晨醒得早，披著衣裳起來讀書，又捨不得點火盆，結果凍得頭昏腦熱，可他偏偏忍著不肯說。

吃飯時，楊妧看出不對勁，問道：「阿宣熱嗎？臉這麼紅。」伸手摸了下他額頭，燙得灼人，當下就讓青劍去請郎中。

關氏守著他照顧兩天，楊懷宣還沒好，楊嬋也倒下了，小臉燒得通紅，再接著吉慶又生病。

劉嫂子照顧孩子，灶頭上有點忙不過來，清娘就到廚房幫忙，楊妧也會挑著楊嬋愛吃的東西給她單獨做。念秋和憶秋輪班守著煎藥，青劍不是在請郎中的路上，就是在到藥鋪抓藥的路上。

楊家一片手忙腳亂。

等到三個孩子終於好起來，關氏卻累倒了，躺在床上蔫蔫的。楊懷宣下課回來便在床前端茶倒水。

楊妧勸他。「你才剛好，回屋多休息，別再生病了。」

楊懷宣低著頭，手指下意識地揉搓著袍邊。「姊，對不起，是我連累娘和姊辛苦。」

楊妧笑道：「不怪你，生病哪能由得自己做主？不過以後別晚睡早起。其一，學問是長久的工夫，並非一日蹴成；其二，你現在正長身體，如果身體不好怎能捱得過一場接一場考試？何況以後若是外放為官，每天處理不完的公事，沒有好體魄怎麼能行？」

楊懷宣低聲回答。「是。」

楊妧又道：「以後也別再說『對不起』之類的話，姊年歲長，理應照看你。莫不是你仍舊把姊當外人？」

楊懷宣淚眼婆娑地搖搖頭。

隔天，莊嬤嬤親自來送帖子，說秦老夫人冬月二十的生辰，請楊家過府賞梅。

楊妧霍然想起楚昕。今天是冬月十二，楚昕的生日已經過了三天，而她應允的酥餅並沒有做。

她懊惱不已，楚昕是個孩子脾氣，定然會生她的氣，她得想辦法哄哄他才好。

那就等老夫人賀生的時候把酥餅補上，再給他謄抄一份《治國十策》。這本冊子她看了都覺得有所收穫，楚昕定然會受益匪淺。

接下來幾日，楊妧白天忙著給秦老夫人做中衣，晚上則抄錄《治國十策》。

楊懷宣得了教訓，夜裡早早上床歇下，若是清晨醒得早，會先點上火盆再開始溫書。

清娘道：「我看懷宣和六姑娘身子都不太壯實，乾脆跟我學打拳吧，別的不說，能少生兩場病。」

楊妧欣然答應。

關氏卻在為秦老夫人的壽禮發愁。中衣是楊妧的孝心，她身為外甥媳婦也得有自己的孝敬，像荷包香囊之類，都是小姑娘家學了針線互相送，她送不太合適。而古玩玉器之類的東西，她買不起，也沒那個眼力價。思量來思量去，關氏決定蒸幾樣花餑餑。

楊妧覺得這個主意不錯，可又懷疑關氏是否有這個手藝，畢竟印象裡，關氏沒怎麼下過廚房。

關氏傲然道：「我只是不想做給別人吃而已，不等於我不會。我年輕時候也是個心靈手巧的，要不怎麼能生出妳來？」

楊妧捧腹，覺得把關氏接出來再正確不過。

在楊家，關氏可不曾這般意氣風發，而她們母女也不曾這般親近玩笑。

楊家接連吃了三、四天花餑餑，關氏終於湊齊了想要的壽禮，一對大壽桃和三對小餑餑。小餑餑分別是象徵著連年有餘的蓮籽，代表著富裕飽足的元寶和意喻著甜蜜順心的棗餑餑。

楊懷宣在上面點了紅點，看著非常喜慶。

生辰當天，關氏穿了蜜合色祥雲暗紋杭綢褙子，蔥綠色馬面裙，裙子上鑲了半尺寬的裙邊，繡著金黃的忍冬花、粉紫的芙蓉和大紅的海棠花，色彩鮮亮卻不落俗套。

楊妧將視線投向她手裡的細棉布包裹，不由抿唇微笑。她喜歡這樣的關氏。

前世，她怕陸知萍嘲笑，每次婆婆過生日都會千叮嚀萬囑咐，讓關氏準備貴重的賀禮，有幾次還偷偷買了上好的羊脂玉把件，假作是關氏送的禮。

關氏每次去陸府都陪著小心，生怕行差踏錯落了她的面子。可關氏越拘謹，楊妧越氣惱，覺得關氏舉止不大方。

現在想想，過去的自己才真正是個笑話！本來娘家不富裕，卻要打腫臉充胖子，平白便宜了陸家人。

楊妧低嘆，親暱地靠在關氏肩頭，喚了聲。「娘。」

關氏推她一把。「去，兩個小的都坐得端端正正，妳怎麼還斜著歪著？別把我衣裳壓出褶子來，今天頭一遭上身。」

楊妧不滿地抱怨。「娘，這是我給您做的衣裳。」

「不應該嗎？之前妳的衣裳可都是我做的。」關氏低笑，伸手幫她正一下金釵。「剛梳齊整的頭髮又蹭毛糙了。」順勢摟住楊妧肩膀輕輕拍了兩下。

楊嬋刮著小臉蛋，做個「不知羞」的表情。

楊妧輕斥。「敢笑話姊，以後不對妳好了。」

說笑間，馬車停在國公府角門，正巧廖家的馬車也剛到。

廖十四站在門口，別有意味地看著楊妧先抱下楊嬋，又抱下楊懷宣，然後扶著關氏下來。最後，春笑提著只大包裹從車裡鑽出來。

楊妧跟廖十四見禮，分別引見了各自的娘親。

廖十四盈盈笑道：「府上馬車真是寬敞，我家的就不行，最多坐四人就側不開身。」

楊妧神情坦然地說：「這是從茂安車馬行雇的車，擠一擠能坐得下。」

黑漆車身上明晃晃的「茂安」兩個白漆字，難道她看不見？

兩家人互相謙讓著往裡走，莊嬤嬤跟紅棗小跑著迎出來，臉上帶著得體的笑。「真是巧，廖太太跟三太太趕一塊了。原該早些往外迎，老夫人又吩咐廚房加菜，不承想讓貴客久等了，是老奴的不是。」說著就要往地上跪。

廖十四眼疾手快，一把扶住她。「嬤嬤切莫如此，說起來竟是我們來早了，娘跟我惦念著老夫人壽誕，心急了些。不過倒是趕巧，正遇上楊家太太和姑娘少爺。」

這番話說得很動聽，只除了略有諂媚奉承之意。

莊嬤嬤果然非常高興，熱絡地說：「姑娘們之前都見過，兩位太太和小少爺是頭一次來……老夫人老早就盼著，說姑娘們教得這麼好，太太必然都知書達禮進退有方。先前菜單子已經擬好了，誰知早上管事竟然採買到極新鮮的鱖魚，老夫人吩咐中午做上。」

廖太太感嘆不已。「這個時節買到活鱖魚確實難得，我們跟著嘗個鮮。」

一路上，莊嬤嬤指點著府裡建築，這處樓閣是用來做什麼的，那處水榭是幾時建的，廖太太連連附和。「水榭蓋得好，真對滿湖風光；樓閣建得也妙，放眼望去都是竹，難為是怎麼想出來的，真正是個清雅人兒。」

但凡莊嬤嬤說出那一處風景，廖太太總能誇讚幾句，偏偏還不重複，楊妧佩服得五體投地。如果廖十四能學得廖太太的一二成，也足夠受用了。

張夫人和楚映在瑞萱堂門口等著，互相見過禮又是一番寒暄客套。

繞過影壁，院子裡站著五、六個丫鬟，俱都恭敬地屈膝行禮。青菱也在其中，起身時悄悄對楊妧眨了眨眼。

楊妧下意識放慢腳步，留在最後一個。

青菱語氣輕快。「姑娘怎麼才來？我出去瞧了好幾回，姑娘得空去趟霜醉居吧？」

楊妧應道：「好。」

蕙蘭不知道從哪裡冒出來，屈膝福了福。「四姑娘，世子爺出門辦差事，午前肯定回來，說有緊要的事跟姑娘商量。」

楊妧點點頭，問道：「世子爺近來可好？」

蕙蘭支吾兩聲。「還算好。每天早出晚歸非常忙碌，可能因為事情多，加上外廚房伺候不經心，世子爺最近胃口不太好，脾氣也大，昨天還發作了臨川。」

臨近年關，事情多是免不了的，可飯要好好吃。

楊妧不自主地蹙起眉頭，輕聲道：「待會兒見到世子爺，我勸勸他。」

第八十五章

楊妧走進屋裡，正看到廖太太拿出她的賀禮，是支淺綠色的賞瓶，圓肚細口，線條優美，上繪著仙鶴銜朱果圖案。仙鶴昂著脖子，伸展了翅膀，彷彿要從賞瓶上飛出來一般。

張夫人低呼。「真漂亮，是前朝定窯的吧？」

廖太太讚一聲。「夫人好眼力。」

秦老夫人推辭道：「這太貴重了，受之有愧。」

「並不貴重。」廖太太笑盈盈地開口。「我家四爺買下來才花了一百兩銀子。說起來也是緣分，差不多五、六年前的事情了，四爺去定州訪友，途中打尖時遇到祖孫倆，那孫兒只七、八歲，飯吃著吃著突然倒在地上口吐白沫。」

秦老夫人問：「莫不是羊癲瘋？」

「正是。」廖太太續道：「飯館的人都嚇得六神無主，幸得四爺在書裡讀過，急忙把他的頭歪在一邊，用帕子抵住他牙齒。」

關氏聽得好奇，問道：「這是為何？」

「仰臥著怕口水出來嗆著，塞帕子是免得牙齒咬到舌頭。後來請了郎中來，直說四爺處置得好，救了那孫兒一命。好巧不巧那家人祖上就是燒窯的，便拿了這支賞瓶要答謝我家四爺。四爺只是舉手之勞，哪肯要別人東西，實在推辭不過，給了他二百兩銀子，那人硬又還回一百兩。」

張夫人感嘆道：「也是廖四爺心善，換作他人未必肯伸這個手。」

廖太太道：「咱們也都是積善人家，否則哪能這般順遂地活？我們老太爺也常說，出門在外能幫一把就幫一把，即便結不了善緣，也能為兒孫積福。」說罷，拊一下掌。「瞧我這嘴，說起來沒完沒了。十四給老夫人的壽禮呢？」

廖十四從丫鬟手裡接過一個卷軸，慢慢展開，上面赫然就是楚映嫌麻煩的百壽圖。當中是漢隸寫的大「壽」字，周圍是九十九個小「壽」字。難得的是各種字體錯落有致雜而不亂，頗有點亂石鋪街之風。

張夫人連連讚道：「這幅字真是用了工夫。」

廖十四臉上露出恰到好處的羞澀。「也還好。平常一直都練字，像魏碑、小篆這些還好說，有幾種字體從來沒寫過，著實費了點心思。」

她今天梳了個十分難梳的牡丹髻，戴著點翠大花，穿件玫紅底鳳尾團花紋路的杭綢褙子。容貌仍舊普通，卻添了幾分端莊富貴，頗有點當家奶奶的氣度。

秦老夫人慈愛地拉起廖十四的手。「好孩子，讓妳費心了，以後切不可再這麼麻煩，寫字最費眼。」

廖十四笑道：「一年也就寫這麼一回兩回，不麻煩。」

關氏和楊妧也送上各自的賀禮。有定窯賞瓶和費心費力的百壽圖珠玉在前，花餑餑和中衣就顯得非常平淡無奇，尤其中衣是用米白色細棉布做的，上面既無繡花也無裝飾，反倒是襪腰處繡了對梅花鹿。關氏不卑不亢地說：「我們山東的習俗，出門串親戚喜歡帶花餑餑，看著漂亮，吃起來也勁道。」

秦老夫人指著大壽桃笑問：「這個得有半斤多吧？」

關氏答道：「差不多八兩。平常我們蒸的大饅頭比這個小一點，吃的時候切成片，碼在盤子裡。」

廖太太笑著接話。「我們吃米飯多，很少見這麼大的饅頭，今兒也沾沾老夫人的福氣。」

秦老夫人聽著大家言笑晏晏，心裡明鏡般清楚，廖氏母女有所求，所以既出銀子又出力；關氏只把自己當親戚看，平常親戚往來，帶的都是點心茶葉等尋常物品，沒有誰會動輒送金銀珠寶古董玩物。

至於廖太太所謂的「巧遇」、「緣分」，秦老夫人聽多了，誰知道是真是假？看來楊三太太完全沒有結親的意思，也不知楊妧心裡怎麼想？

秦老夫人看向楊妧，她梳著雙環髻，戴一對鑲著綠松石的金釵，耳墜也是綠松石的，長長的鏈子垂在腮旁，隨著她臉頰的晃動一蕩一蕩的，襯著那張白淨的小臉越發靈動。

按照她的聰明，不可能猜不透廖家母女的心思，可她半點異樣都沒有……秦老夫人無奈地嘆了口氣。楊妧察覺到秦老夫人的目光，側頭瞧過來，甜甜一笑，笑容溫婉乖巧，看著讓人很舒服。

秦老夫人就喜歡她的聰明和貼心，不由也跟著笑道：「大姑娘，四丫頭，妳們陪廖姑娘去疏影樓看看臘梅。六丫頭和宣哥兒讓丫頭帶著盪鞦韆去，沒得在跟前拘束……荔枝，妳跟去看著，別磕著碰著。」

幾人笑著告退，浩浩蕩蕩地出了門。

走到岔路口，楊妧跟廖十四道失陪。「我到霜醉居走一趟，好歹主僕一場，看兩眼，回頭去找妳們。」

楚映嘟著嘴，眼巴巴地想跟著，楊妧笑著吩咐她。「妳折兩枝梅枝，我帶回去插瓶，要花多的。」

楚映道：「花太密不好看，疏朗有致才有韻味。」

「妳看著折，我相信妳的眼光。」楊妧揮揮手拐向霜醉居。

霜醉居門口那片黃櫨枝葉大半凋落，只有三五片頑強地掛在枝頭，隨風飄搖。

楊妧駐足看了眼，邁進門檻。剛繞過影壁，呼啦啦躥出一群人，七嘴八舌地呼喊。「姑娘回來了，姑娘來了。」

青菱笑斥一聲。「這才幾天，規矩全忘到腦子後面去，是覺得姑娘脾氣好不罰妳們是嗎？趕緊生火沏茶端點心去。」

綠荷樂呵呵地問：「姑娘，六姑娘也來了嗎？」

楊妧笑答。「盪鞦韆去了。」

綠荷歡呼一聲。「我伺候六姑娘去，青菱姊可不許說我躲懶！」

青菱引楊妧走到東次間，指著滿炕攤開的衣物。「老夫人吩咐給姑娘做的冬衣。冬天冷清，沒有花兒朵兒的，全都是鮮亮料子，姑娘且試一試，若不合適讓針線房改一改。」說著已經把兩件夾棉襖子攤開，都是玫紅色緞面，一件領口和前襟鑲著白色的兔毛，另一件則掐著石青色牙邊。長褙子也是兩件，一件杏子紅織寶瓶紋，一件玫瑰紫織柿蒂紋。

楊妧心中暖流湧動，熱辣辣地直往眼裡衝，她急忙低下頭，藉著察看衣裳掩飾住了。

青菱又道：「大紅羽緞的斗篷是老夫人早先穿過的，重新換了裡子。那件灰鼠皮的是新做的，老夫人說皮子到底比羽緞暖和，另外兩塊皮子讓姑娘帶回去給三太太做件褂子或給小少爺做件皮襖都使得……姑娘要不要穿上試試？」

楊妧哽了哽，開口道：「不用了，應該適合。」

青菱笑道：「我覺得也差不多。裁衣裳的時候讓繡娘往外放了半寸，裙子底邊留得足，若是短了，姑娘就放一些下來……那我都包起來，回頭讓李先送姑娘回去。」

楊妧低應聲「好」。

青菱動作麻利地把衣裳包了兩大包，給她沏了茶，低聲道：「姑娘看著比上次清減了些，可是住得不習慣？」

「沒有。」楊妧解釋。「先是弟弟和小嬋生病，不等兩人好全，我娘又病，這大半個月盡是照顧病人了。」

話音剛落，只聽外間小丫頭的聲音傳來。「姑娘，大爺來了。」

楊妧正要開口，想起自己已不能算是霜醉居主人，便沒作聲。

青菱道：「外頭冷，我請大爺進廳堂裡坐吧。」

楊妧整整裙裾，掀簾走到廳堂，楚昕正推門進來。他穿緋色長衫，前襟用金線繡著華麗的團花紋路，腰間一條白玉帶，綴著各色寶石，閃動著細碎的光芒。

看到楊妧，他不由地彎起唇角，由衷的歡喜便從他黑亮的眼眸裡絲絲縷縷地漾出來。

楊妧突然有些心慌，下意識地避開他的目光。

楚昕輕聲喚她。「楊妧，妳看我這件長衫好看嗎？生日時候做的，剛才特意回去換了給妳看。」

楊妧抬眸。

太陽已經升得高了，陽光透過高麗紙照進來，他的臉如上好的羊脂玉瑩瑩泛著柔光，眉目端秀神情疏朗，卻又帶著幾絲睥睨天下的驕縱與不羈。

這是個漂亮得令人移不開視線的少年！

有一瞬間，楊妧彷彿聽到了自己心跳的聲音，急切而雜亂。

第八十六章

上次楊家宴客是十月初四，初六那天，營繕司蓋完庫房，楚昕到四條胡同看了眼，兩人沒怎麼說話。到今天冬月二十，足足一個半月沒有碰面。

不見的時候不覺得，楊妧發現自己竟然有些想念。

這種感覺，前世也曾有過，在剛訂親但還未曾成親的時候，會惦記著趕廟會，會期待著逛燈會，會巴望著逢年過節有人送節禮來。

只是再美好的開始也抵不過淒慘的結局。

楊妧吸口氣，平靜了心緒，微笑著誇讚。「確實好看。表哥的差事辦完了？聽蕙蘭說你這陣子很忙？」

青菱端了茶過來，輕手輕腳地擺在桌子上，很快離開，順手掩了門。門沒關緊，有風從縫隙裡呼呼吹進來，夾雜著廊前丫鬟們的低聲笑語。

這笑聲讓楊妧頓感輕鬆，笑著指指茶杯。「表哥喝茶。」

楚昕從善如流地坐下喝了口。「一早起來給祖母磕過頭，去漆器鋪子轉了圈，跟顧老三在祿米倉碰了面，接著到太醫院跑了趟。」

才半上午就跑了這麼多地方，也真是難為他。

楊妧道：「年底朝廷要封印，各處店鋪要封帳，確實挺忙的，可再忙表哥也應該好好吃飯。蕙蘭說表哥胃口不好，是外廚房做的飯不合口味？」

「不是，是我吃不下。」楚昕手指撫著茶盅，眉宇間露一絲委屈。「說好的過生日送賀禮，等一天連個人影都沒看到。」

楊妧已猜到他會生氣，立刻道歉。「對不起，那幾天家裡有事……今天我帶了酥餅。」

「我不喜歡吃。」

楊妧又說：「還給你帶了本冊子，何公子寫的《治國十策》，看完很有裨益。」

楚昕有些氣惱。「我不喜歡讀書。」

楊妧好脾氣地哄著他。「那你想要什麼？」

「想要香囊，繡鳶尾花的。顧老三身上戴了四、五個香囊，我一個都沒有。」

楊妧無語，劍蘭的針線活比瑞萱堂的石榴都要好，想做什麼樣的香囊不成？而且跟顧常寶比……顧常寶有點東西恨不能全掛在身上顯擺出來。

可看到楚昕烏漆漆的、略帶委屈的眼神，她沒法拒絕，低低應了聲。「好。」

楚昕眸光驟亮。「妳答應我了，可不許反悔……我要兩個，還想要旱金蓮的，用墨綠色底子……妳給何公子也做過，為什麼不能做給我？」

楊妧無奈道：「好。」

前生今世除了寧姐兒和楊嬋外，她沒有對誰這般耐心過，明明知道他的要求不合規矩，卻忍不住想要答應他。

楚昕殷勤地替她續上茶。「臘八能做好嗎？我給妳送臘八粥，順道帶回來，過年時就可以戴上了。」喜悅溢於言表，好像從來沒戴過香囊似的。

楊妧沒好氣地回答。「能。」

楚昕完全不在意她的態度，美滋滋地從懷裡掏出只瓷瓶。「請林醫正配的丸藥，讓小嬋和宣哥兒每三天吃一粒，可以溫神養氣祛邪扶正……前陣子妳一定很辛苦吧？」

青碧色的瓷瓶，釉面潤澤，湖水般透著清澈，襯得他的手越發白淨修長瑩瑩如玉。

楊妧心裡波瀾翻湧。照料病人自然辛苦，尤其照顧小孩子，可無論弟弟妹妹還是關氏，都是她推脫不開的責任，她是要撐住這個家的。

面前這人不但能夠體恤她，而且先先後後伸手幫過她許多。

楊妧垂眸，接過瓷瓶，一聲「謝」字哽在嗓子眼裡，終是沒有出口。

相比於楚昕的付出，口頭的感謝蒼白得毫無用處。

楚昕彎了眉眼，繼續道：「這一陣子范真玉找過我好幾次。他這人的確有膽識，許多人聽說開春去寧夏，立刻打了退堂鼓……我又不想死，不做好萬全之策怎麼可能動身？我跟聖上說要往西北販糧販鹽，聖上答應撥給我八十人護行。」

「販鹽？倒賣私鹽是死罪！」楊妧嚇了一跳，隨即反應過來，低聲問道：「聖上指派了你差事？」

楚昕笑著點點頭。「現在我還不能告訴妳，等辦完了再跟妳說。」

「我不要知道。」楊妧鄭重地叮囑。「聖上吩咐你的事情，爛在心裡也別往外說。」

「嗯。」楚昕答應著。「范真玉找了瑞安瓷器行，顧老三家裡的茶葉鋪子打算跟著，加起來差不多二十輛車……含光和承影打著我爹的旗號在五軍營挑人，我要找真正有本事的，才不要那些只會花拳繡腿的孬種。」

楊妧抿了嘴笑。

正說著話，青菱推開門。「姑娘，瑞萱堂的文竹說榮郡王府周大爺來了，請您過去一趟。」

楚昕站起身。「他來送貓……昨兒見到他，我說妳今天要來賀壽，竟然把這事忘了。我陪妳過去。」

青菱伺候楊妧把斗篷披上，低聲道：「姑娘斗篷有點薄，要不把那件羽緞的找出來換上？」

「不用。」楊妧攏好帽子。「快午時了，沒覺得冷。妳瞧世子爺還只穿單衫。」

楚昕笑道：「妳沒法跟我比，我是凍出來的。從六、七歲教我功夫的師傅就不許我穿棉襖，一是不方便活動，二是穿太暖，人容易懈怠。」

兩人一同出了門，青菱隔著約莫丈餘跟在後面，斷斷續續地聽到他們的談話聲。

「臘八前後，鋪子會送帳本過來，我已經跟祖母說了，我和嚴管事一起對；再過兩日，昌平田莊的管事會送年節禮，不外乎是各種米麵、豆子，還會有山貨和野味，我分出一些讓李先送去妳家。真定還有處田莊，但離得遠，而且家裡吃不完太多東西，所以不用他們特地趕來。每年春秋兩季，小嚴管事會專門跑一趟。」

楊妧耐心地聽著他說話，告訴他。「越是忙，越是要好好吃飯，否則餓病了什麼事情都做不成。對了，聽說你昨天發作臨川了？」

楚昕道：「我心情不好才沒胃口，現在我心情好了。臨川他……他話太多，我總是要教訓他一頓才長記性。」

楊妧當然不會干涉他管教下人，只溫柔地看著他笑。

隔著老遠，廖十四認出湖邊並肩行走的兩人，心裡就像打翻了醋罈子般往外冒酸水。

她看了眼仍樂此不疲地挑選梅枝的楚映，提醒道：「已經折了五枝，夠了吧？」

楚映扳著手指頭數。「給阿妧兩枝，祖母屋裡一枝，我娘屋裡一枝，我要兩枝，再折一枝就夠了……妳瞧那枝好不好？」

廖十四滿心都是氣苦。合著她陪楚映在外頭挨凍，連枝臘梅都撈不著？可又不敢形於表，隨口應了聲「好」。

楚映踮起腳尖折了下來。

廖十四見枝椏橫斜點綴著五、六朵嫩黃的花朵，著實漂亮，遂話裡有話地說：「我喜歡這枝，極具神韻，如果寫字或者做針線累了，抬頭看兩眼，多少清雅。」

示。

「對。」楚映美滋滋地附和。「我也是想放到書房裡。」壓根兒沒有聽懂廖十四的暗

廖十四討了個沒趣，不再糾結梅枝，攏了攏斗篷道：「有點冷，回去喝杯茶吧？」

楚映點點頭，忽地瞧見正往瑞萱堂走去的兩人。「咦，我哥和阿妧，咱們快點走。」

廖十四心中大喜。楚映總算識趣一回，真不容易！

兩人挪著碎步急匆匆追上去，楚映揚起手裡梅枝。「阿妧，妳喜歡哪枝？」

楊妧端詳一番，指了指她最後折的那枝。「這個。」

「不行，」楚映拒絕。「這是我看中了的，妳再挑別的。」

廖十四悄悄彎起唇角。楚映性子直，不肯通融別人，這下楊妧也碰個軟釘子。

沒想到楊妧大剌剌地說：「是妳讓我挑的，我看中了這枝不行嗎？再說我是客人，妳得讓著我。」

楚映嘟著嘴滿臉不情願，卻是無可奈何地說：「行，我讓著妳。哼，回頭我挑更好的。」

楚昕微笑，對楚映道：「妳讓四姑娘先挑，外院也有兩樹臘梅，待會兒多折幾枝插瓶。」

廖十四聞言，立刻熱切地問：「世子爺，能不能幫我也折兩枝？」

楚昕冷冷地掃她一眼。上次她不知好歹地要柿子，他沒理會，這次又厚著臉皮湊上來，

是把他當下人使喚？

他收起笑容，昂著頭道：「我沒空。」

廖十四難堪至極，眼淚差點落下來。在家裡，她受祖父看重，在姊妹幾人中總是被捧著；到京都後，只要提起江西廖家，別人也都會高看她兩眼，沒想到卻在楚家兄妹面前連連受挫。

楚映倒還罷了，她是一根腸子通到底的人，可楚昕……憑什麼這般對待她？

廖十四有心甩手離開，可看著楚昕卓絕的風采、高華的氣度卻是狠不下心腸。

這個世間，不會有人像他這般光彩奪人，也不會有人擁有這般顯赫的家世。最重要的是，楚昕沒有兄弟，以後整個國公府都是他的。可以想見，如果能夠站在他身邊，會是多麼的榮耀……

廖十四緊咬著下唇，努力散去心頭的苦澀，若無其事地跟在楚昕身後走進瑞萱堂。

第八十七章

楊妧瞧見荔枝站在廊下，停步問了句。「六姑娘還在綠筠園？」

荔枝笑道：「已經回來了。六姑娘和小少爺身上都出了汗，不敢多耽擱，在裡頭吃點心。」

楊妧謝過她，轉身邁步進屋，聽到廖十四言語溫柔地說：「跟阿映折了幾枝臘梅給老夫人和夫人插瓶。剛才在外面不覺得，進屋後被熱氣薰蒸著，臘梅的香味發出來了，真的很香……剛才世子爺說外院也有兩樹臘梅……若是折兩枝含苞待放的放在書房，定然非常清雅。」

秦老夫人聽出她的話音，正要開口，只聽周延江嚷道：「楊四、楊四，我特意給妳挑的這隻，渾身一根雜毛都沒有。」

周延江扒拉開圍在身邊的楊嬋和楊懷宣，興沖沖地跑到楊妧面前，把懷裡的貓顯擺給她看。「白大王威風吧？」

小貓咪約莫一尺半，通體雪白，兩隻琥珀色的眼睛濕漉漉的，透著警戒般的怯意，不但不威風，反而乖巧可愛得讓人從心底感到柔軟。

「真漂亮。」楊妧原本並不是特別喜歡貓咪，可看到毛茸茸的一團也忍不住生出憐愛之心，端詳好一陣子，抬眸問道：「牠的娘親叫白獅子，牠叫白大王？」

「哼！」周延江從鼻孔裡出口氣。「我就知道妳會嘲笑我。我祖母說了一代要勝過一代，老夫人也誇名字取得好……老夫人您說是不是？」

秦老夫人當然要順著他的話說，慈愛地笑道：「是，這話說得在理。」

周延江得意地昂起下巴。「我現在就比我爹跑得快，我爹根本追不上我。」把貓往楊妧手裡塞。「妳抱抱牠。」

楊妧想抱，卻擔心貓爪子勾壞了身上的杭綢襖子，笑著拒絕。「我襖子是新做的，等回家換了舊衣裳再抱。」

周延江並不勉強，輕輕摸著白大王順滑的後背繼續顯擺。「白獅子一共下了四隻崽，只有這隻都是白毛，所以起名大王。有兩隻是花斑貓，一隻叫白總兵一隻叫白僉事，還有隻渾身黑毛，只有耳朵和爪子是白的，叫黑總兵。」

合著一家子大貓小貓都是將領。楊妧笑出聲，掩飾般低下頭問楊嬋。「喜不喜歡小貓貓？」

楊嬋小雞啄米般地連連點著頭。

周延江不客氣地說：「喜歡也沒用，這是給楊四的……妳會編柳條籃子嗎？」

楊嬋搖搖頭，嘴角扁成一條線，看著想哭。

楊妧忙道：「我平常管家沒時間，家裡的兔子和小狗都是我妹妹照看，白大王也交給她照顧好了。」

周延江想一想，不甚情願地「嗯」了聲。「妳得好好養，每天陪牠玩，餵牠小魚乾。白大王怕生，妳別勉強牠，過兩天熟悉就好了。」低頭在貓背上蹭了蹭，將牠放進籠子裡。「白大王，我會經常去看你的。」

小貓「喵喵」叫兩聲，琥珀色的眼眸裡一片茫然，看起來可憐又無助。

廖十四心都要化了。上次在霜醉居看到滿院子亂竄的團團，她就喜歡得不行。白大王比團團乖巧得多，毛茸茸的，摸起來肯定特別舒服。

如果她也能有隻貓就好了，就算是花狸貓也可以。

也許是她過於熾熱的目光出賣了心裡的想法，周延江不悅地將籠子提走了。「離這麼近幹什麼，別把白大王看壞了……也別想和我要，求我都沒用，我是不可能給妳的。我三舅說了，妳就是……」

這話說出來恐怕不好聽。楊妧輕咳兩聲，楚昕緊跟著問：「我看你最近箭法長進沒有，要不要跟我比試一下？」

周延江忙不迭地答應。「好！」

楚昕彎唇笑笑。「順便留在家裡吃飯。跟著你的人呢？讓他們回去稟一聲。」

紅棗瞥一眼正跟廖太太和關氏閒聊的秦老夫人，笑道：「周大爺的四個侍衛在二門外等著，兩個嬤嬤正由莊嬤嬤陪著在偏廳喝茶……我過去瞧瞧。」

周延江歡天喜地跟著楚昕離開。

廖十四心裡卻是堵得幾乎喘不過氣。

榮郡王府是怎樣養出來這位周大爺？她壓根兒沒開口要，他就說不給她，合著她在心裡想一想都不行？而且小貓又不是泥塑的，看兩眼怎麼可能看壞了？

正談笑的幾位長輩看似對這邊毫不在意，可除了張夫人之外，其餘三人都將事情經過瞧得清楚。

吃過午飯，回府的馬車上，廖太太看著廖十四嘆氣。「阿惠，算了吧，秦老夫人沒有結親的意思，楚世子也沒把妳看在眼裡……倒是對楊家幾個孩子頗為維護。」

席上擺了關氏送的壽桃和楊妧做的酥餅，秦老夫人連連誇讚好吃。可廖家送的賞瓶卻被退了回來，秦老夫人說親朋好友來往，不必要送這麼貴重的禮。

廖十四低著頭，肩膀聳動，淚水一滴滴順著臉頰滑落下來，無聲無息地淹沒在羅裙上。

「我不甘心，除了相貌比不過她一股子狐媚相之外，論起家世才學、性情品行還有針黹女紅，我哪裡比楊四差了？再說張夫人對我很好，讓我經常過去陪楚映。」

「阿惠，」廖太太掏出帕子替她擦淚，溫聲道：「妳的好處，娘自然清楚。可古往今來，多少男人毀在女人的相貌上……楚家的中饋握在老夫人手裡，楚世子的親事也是，如果楚世子對妳有意還可以一爭，可現在……京都有的是青年才俊，捨了楚家，咱們再尋別的門戶。」

廖十四將帕子蒙在臉上，少頃，扯下來，腮旁淚水猶存，眼底卻亮閃閃地燃著火焰。

「娘，我想再試試。楊四只是占了先機，假以時日，秦老夫人未必不能看到我的好。」

而且楊四能依仗的不過是那張臉，如果容貌毀了，看楚世子還會不會看上她？

此時的關氏卻非常高興，一邊翻著楊妧帶回來的兩大包衣物，一邊自誇。「說了妳不信，娘的手藝沒錯吧？告訴妳個訣竅，和麵時候加勺白糖，吃起來有甜味；然後臨出鍋時候，用筷子蘸點白酒劃在壽桃張嘴的地方，笑得更開。」

楊妧打趣道：「知道了，娘最能幹。」

關氏滿足地笑。「我也是見過世面的人了……之前還以為勛貴都高高在上，斜著眼睛看人，沒想到那位周大爺很和氣，說話直來直去的。倒是廖家姑娘驕傲得很，不太愛說話。」

說著壓低聲音。「我感覺廖家母女對楚世子有想法，一直在捧著老夫人。」

楊妧抿抿唇。「世子爺的桃花可不止這一朵，我來京都半年多，已經見過好幾位了。」

「也難怪。」關氏道：「長得一副好相貌，站在那裡跟仙人下凡似的，誰見了不愛？將來的世子夫人可難熬，左一個姨娘右一個姨娘地往家裡抬，得有多心塞。」

楊妧微愣，心裡莫名有些刺痛。

先前楚昕紈袴囂張，半點正經事不幹都擋不住一朵一朵桃花開，往後他有了出息，仰慕他的女孩子只會越來越多。

人在萬花叢裡，誰能保證不被迷了眼？若是心胸開闊想得開還好，倘若用情太深，豈不早早就被氣死了？

她吸口氣，毫不留情地摁滅了心頭那點微弱的小火星。

第八十八章

沒幾日，就到了臘月。

楊妧早早把應允楚昕的香囊做好了，還做了幾個色彩鮮亮的，打算過年時候送人。

大伯父楊溥寫了信來。信上說他可能要在濟南府再任一屆，大堂兄楊懷安已經考中舉人，上元節過後要進京春闈，希望關氏能代為照料些時候。

代為照料可以有兩種做法。其一，幫忙尋家價格合理、環境僻靜的客棧，楊懷安吃住都在裡面，一直待到放榜。很多士子赶考都是這種情況。

家境富裕的可以租個帶書房的套間，而家境窘迫的則是三人或兩人住一間，隨身書童則是七、八人住個大通間。好處是自由，喜歡熱鬧的隨時可以結交人，喜歡安靜的則可以待在屋裡埋頭治學。壞處顯而易見，花費銀兩。

其二則是接到家中，一日三餐、衣食住行地照顧。

楊妧和關氏商議。關氏道：「外院空著兩間倒座房，收拾出來給懷安住吧！他已經是舉人老爺了，前程擺在這裡，住在家裡說不定能拉扯懷宣一把……也讓那些人瞧瞧，沒有大房，三房過得更好。」

楊妧也正有此意。跳開兩房的恩怨來看，楊溥待人並不刻薄，至少前世楊妧跟他借銀子，他從來沒有推拒過。

楊妡給楊溥回了信，順便給余新梅和明心蘭各寫一封信，說自己已經在京裡落了腳，之前一直在收拾屋子，剛安頓下來，請兩人正月裡得閒往家裡做客。

隔天，楊妡收到回信，兩人不約而同地將她臭罵了一頓。

明心蘭語氣稍委婉點，余新梅卻絲毫不客氣，說她早從顧常寶那裡得知了消息，只等著楊妡「良心發現」跟她說一聲。總算她「良知未泯」，還能記起她這個朋友。因臘月忙，而過年要探親訪友，一直到過完上元節才有空閒。如果定下時間，她會再寫信來。

楊妡笑著把信收在匣子裡。

再兩天就是臘八，劉嫂子早早起床熬出一大鍋臘八粥，關氏則配了四道下飯的小菜。

這些日子，關氏一反在濟南府時候的懶散，突然對廚房有了興致，天天跟劉嫂子一起鼓搗各種吃食。楊妡想幫忙，關氏堅辭不讓，說她的手要繡花，若是糙了怕捏不住繡花針。

辰正剛過，范家遣人送來了臘八粥，緊接著余閣老家和明尚書家的下人前後腳進來。

楊妡厚厚地賞了她們，也把自己家煮的粥盛了一碗讓她們帶回去。

剛送這兩家人離開，還不等進門，就聽馬聲嘶鳴，楚昕一手提只藍布包裹，一手握著韁繩疾馳而來。轉瞬行至近前，楚昕俯身把包裹遞給她。「臘八粥。」

冬日太陽升得晚，紅通通地斜掛在東邊，散發出萬千金芒，楚昕穿件寶藍色箭袖長衫端坐在馬上，眉峰挺直雙眸如漆，唇角漾一抹真切的笑，白淨的肌膚被晨陽映著，像是籠了層金色的薄紗。

楊妧晃了會兒神才接過包裹，笑著道聲。「表哥早。」

楚昕翻身下馬，將馬鞭扔給含光，問道：「妳站門口幹什麼？」

「余閣老家的下人送臘八粥來。」楊妧請他進門，無意中瞥見他大拇指上綠油油的翡翠扳指，笑問：「表哥一早射箭了？」

楚昕摘下扳指，對著光轉了轉，塞進荷包。「榮郡王賞的，水頭不錯，可惜中看不中用，真正射箭要戴那種駝鹿角扳指，能夠吃得住勁。」

關氏解開包裹，將碗裡的粥騰出來，盛上自家煮的粥，照樣用包裹繫好。「京裡要這麼早送臘八粥？在濟南府，只要上午送到就不算失禮。」

楊妧倒了茶，解釋道：「之前講究吃早飯時送到，不過一般都送好幾家，哪裡能趕得上？表哥也沒少跑吧？」

楚昕抿口茶笑笑。「只去了榮郡王府、定國公府還有東平侯府，其餘的由小嚴管事和莊嬤嬤去送。」

「平涼侯府呢？」

楚昕笑道：「剛從那裡回來，祖母還準備了四樣節禮，正好一道送過去了。」

楊妧點點頭。秦老夫人仔細周到，這種事定然忘不了。

這時李先和含光搬著罈子罐子進來。團團見有生人，叫得起勁，關氏忙出去喝止。

楊妧把做好的兩個香囊拿出來。「補給表哥的生辰禮。」

淡青色的綢布、紫色的鳶尾，針腳勻稱細密，配色雅致而靈動，正是他想要的樣子。

楚昕緊握在手心，漂亮眸子閃著熱切的光芒。「妳放心，我會好好收著，不戴出去。」

楊妧白他一眼。她肯送給他，自然不怕被人看見，還用得著藏著掖著？

可見楚昕謹慎，心裡仍是有些欣慰，笑問：「鋪子的帳對完了？」

「還沒有，」他搖頭。「開始沒找到門路，經過嚴總管指點總算有了頭緒，再有三天五天大概能對完。之後打算把含光挑出來的士兵召集在一起訓上七、八天……這樣算算年前都沒空過來，等初一這天我來拜年。」

「你有空？」楊妧微笑。

前世就連陸知海這個屁事沒有的閒散侯爺，大年初一這天也要到處拜年，何況楚昕如今真正是個大忙人。

楚昕道：「初一大朝會，我早早到太和殿門口磕幾個頭，然後往幾家不上朝的跑一跑，總能抽出空過來……祖母讓人傾了許多銀錁子，我給妳送些留著賞人。妳還想要什麼，胭脂花粉或者金銀首飾？」

楊妧忙拒絕。「什麼都不需要，你不要亂買。」

楚昕笑著答應。「好。這幾天阿映在家裡鼓搗膏脂，不知道從哪裡得來的方子，說是做成之後給妳一瓶。對了，何猛說身體傷病嚴重無法帶兵，遞了辭呈，聖上准了，許給他一個五城兵馬司總指揮使，年後上任。」

「總指揮使？」楊妧疑惑。

五城兵馬司分東西南北中五部，各有一個指揮使，怎麼突然多出個總指揮使？

楚昕道：「是個虛職，正三品，不掌權。」

楊妧恍然，這是元煦帝特地為何猛設置的養老職位。既然何猛要到京都上任，何家應該也會搬過來吧？

兩人說幾句閒話，見李先已將東西搬完，楚昕提起包裹告辭離開。

關氏指著滿院子小山般的東西。「我正跟劉嫂子核算著置辦年貨，這下倒省了事。」

罈子裡有醬菜、鹹鴨蛋、醃魚等等，大大小小的布袋子則裝著小米、黃豆、綠豆以及薏米。另外有一簍魚、兩對活雞、一對活鴨、一頭活羊以及一整扇凍得硬邦邦的排骨。

就算在濟南府，家裡也沒置辦過這麼多肉。

團團興奮得滿院子亂竄，招惹得雞鴨叫個不停。關氏吩咐下人把幾樣活物養在後院，先不急著宰殺。

簍子裡的魚共八尾，都是一尺多長，有四條鯽魚竟然搧動著鰓蓋還在喘氣。關氏忙把牠們放進木盆養著，留待過年吃。其餘的罈子袋子則分門別類地擺在庫房架子上。

等收拾乾淨，已近午時。中午仍是吃粥，一排四、五個粥碗擺在飯桌上，關氏逐個嘗了嘗，點評道：「明家放的糖多，太甜了；余家的蓮子沒去心，略有點苦味；范家的粥最好吃，加了蜂蜜，糯軟清甜，楚家的也不錯。」

楊妧笑得打跌。「娘的嘴真是刁鑽……錢老夫人怕上火，蓮子從來是帶著心煮，阿梅抱怨過許多次。」

吃過飯，兩個小的去歇晌覺，楊妧坐在火盆前給楊懷宣做袖套，順便談起何家。「……可能年後來京都。何公子周年祭日也不知道能不能大辦？我總感覺何夫人待何公子像是有很大隔閡似的，極少見她去靜深院。」

關氏道：「我倒是聽過一耳朵，不知道是真是假。說是何夫人懷何公子時，把陪嫁丫鬟抬成姨娘伺候何猛。丫鬟據說很伶俐體貼，極得何猛歡心，何猛便不太往正房去。何夫人怪罪到何公子身上，經常讓何公子假借生病，半夜三更敲書房的門。後來何猛戍邊，將丫鬟帶了去，丫鬟懷了孩子，何夫人說把她接回來生產，結果……一屍兩命。那幾年據說何猛曾想過休妻，不知怎麼沒休成，何公子長相性情像何猛多，所以不討何夫人喜歡。」

楊妧聽罷，一時竟不知說什麼好。何夫人失去丈夫的心，固然可憐，但何文雋才是真正無辜，年幼時被當做固寵的工具，長大後又被母親厭棄，只能終年困囿於靜深院。

他那麼聰明，肯定能感受到家裡人對他的態度。只希望來生投胎，他能夠有慈愛的雙親、友善的兄弟姊妹，哪怕才學不這麼出眾，只要能過得幸福就好。

楊妧趕在小年前又抄了幾卷《往生咒》讓青劍送到護國寺，而關氏則用心蒸出兩鍋精巧的花餑餑作為年禮送到了鎮國公府。

一晃眼就是除夕。

大清早，清娘帶著兩個小孩子貼了春聯和窗花，又在桂花樹的樹杈上掛了紅綢布。關氏和劉嫂子則在廚房整治出一桌豐盛的飯菜。

吃過午飯，天空落了雪，鵝毛般沸沸揚揚，直到傍晚方停。

屋檐下點了兩只燈籠，燈光與雪色交相輝映，有種難以言說的美。

小孩子挨不得睏，未到子時，劉嫂子便將餃子下了鍋。等待餃子熟時，青劍在樹杈上掛一串鞭炮，用香頭點燃了。鞭炮乍響，孩子們驚呼著跑開，團團更是滿院子撒歡，將掃好的雪折騰得到處都是。只有白大王懶洋洋地躺在火盆旁邊，絲毫不為外面的喧鬧所動。

楊妧站在廊檐下，聞著廚房傳來誘人的餃子香味，看著面前的熱鬧歡喜，不由自主地彎起唇角。

這是她的家，不是依附大伯父的家，也不是受婆婆和陸知海壓制的家。有這樣快樂的日子，來年一定會過得幸福美好吧！

楊妧陪著關氏守夜守到交子時才歇下，第二天醒得卻格外早。

關氏穿件藕荷色繡芍藥花的夾襖，石青色湘裙，手裡攥一把封紅，喜孜孜地坐在廳堂的太師椅上。看見楊妧，不等她拜年，已經遞過一個封紅。「新年大吉大利。」

封紅裡有八枚嶄新的銅錢，是關氏平日裡攢的，專門留著過年用。不但家裡孩子有，便是清娘、青劍以及下人們，每人都是八個大錢的封紅。

吃完早飯，楊妧帶楊嬋和楊懷宣去范家拜年。

范真玉出門給生意上的朋友拜年，范二奶奶閒得無聊，索性和范宜修來楊家說話。

孩子們在楊懷宣屋裡玩，楊妧則陪關氏和范二奶奶在廳堂喝茶，不可避免地說起街頭的閒話。隔兩條街的鹹魚胡同有戶姓胡的，在三條胡同有家麵館，臘月初十那天剛給店裡夥計結算了工錢，準備歇業。誰知道白案得了銀錢不趕緊回家，卻跑去花天酒地，沒想到馬上風死了。老鴇怕惹上官司，偷偷將屍首運到城外挖個坑草草埋了。

白案的婆娘兩天不見人影，尋到胡家來要人。胡家怎肯認，說關張那天白案是揣著銀子活生生地離開的，現在人不見了，跟他半點關係都沒有。

兩家人鬧到官府，差人查訪時，從夥計口中得知白案去了胡同。

白案的婆娘既失了人又丟了面子，手頭還沒有銀子，一氣之下竟然吊死在胡家門口。胡家人晦氣得不行，找了人說要變賣房子，回昌平老家居住，麵館也不開了，或租或賣都使得。

范二奶奶道：「我去過麵館兩次，地方不算小，胡家急著出手，價格肯定不會太貴。誰要是得了，卻是個巧宗。」

楊妧目光微動。劉嫂子的手藝不知道能不能撐起一間麵館？

第八十九章

楊妧還在猶豫，關氏已經熱切地開口。「妳說的鋪子在哪個位置、要價多少？」

范二奶奶道：「具體我沒打聽，回頭問問二爺。本來二爺想再開間綢緞鋪子，但三條胡同都是飯館、糧米行，想買布疋的根本不往那裡去，還是開館子合適，有現成的灶頭和桌椅板凳。」

楊妧道：「三條胡同有東興樓、會仙堂，即便開館子也比不上這幾家珠玉在前。」

「這話說得不對。」范二奶奶和關氏異口同聲地說。

范二奶奶笑著示意關氏先說，關氏道：「先前咱們三個人吃飯就花了一兩多銀子，平常人家哪裡捨得這樣花費？要說還是家常飯菜實在，我看劉嫂子的手藝當真不錯，她掌勺炒菜，再請個白案師傅，我跟清娘也可以搭把手。咱不求大富大貴，能把日常嚼用賺出來就行，免得坐吃山空。」

「我也是這個意思。」范二奶奶道。「這附近商戶多，不少外地人，家眷沒跟過來。我進京之前，家裡就他帶著四個小廝和門房老倆口，根本沒開過火，三天有兩天是在外面吃的。」

聽起來很有道理。楊妧思量片刻，笑道：「麻煩二奶奶幫忙打聽下房價吧？」

「行！」范二奶奶爽快地答應。「這麼大的鋪面，若在雙碾街，怕是要四千兩。三條胡同位置差一些，撐死三千兩，加上他出讓得急，壓到兩千出頭也有可能。」

三人正商議，只聽院子傳來吉慶稚嫩的聲音。「春笑姊姊，麻煩妳稟告一下太太和姑娘，楚家世子爺來拜年，正跟青劍在二門說話。」

范二奶奶笑道：「這孩子機靈，一番話有頭有尾的。」站起身便要告辭，闞氏摁住她。「妳坐著，楚世子是個大忙人，待不了多久。」

闞氏先迎出去，楊妧到西次間喚上楊懷宣和楊嬋，范宜修也跟著跑了出去。

楊妧帶著三個孩子站成一排向楚昕行禮。「表哥新春大吉。」

楚昕神色溫謙，笑容暄和。「新的一年，希望你們身體康泰學業有成。」從懷裡掏出只荷包，每人發了兩個銀錁子，將荷包交給楊妧。「這些是妳的。」

楊妧笑咪咪地接在手裡。「多謝表哥。」

楚昕俯身摸摸楊嬋的頭，笑著對闞氏道：「外面冷，表嬸先帶六妹妹他們回屋，我跟四妹妹商議點事情。」

闞氏頓一下，叮囑楊妧。「妳回屋穿上斗篷，別囉嗦太久，這北風呼呼的，世子爺可只穿著單衫。」言外之意，讓她長話短說，別落人眼目。

問秋極有眼色地拿來大紅羽緞的斗篷，伺候楊妧披上，退後兩步站著。

這是她跟春笑學的。主子說話，下人切忌湊到跟前聽，但也不能離太遠，免得主子吩咐聽不到。

楊妧微笑著問：「表哥有什麼事？」

斗篷帽子上鑲了圈兔毛，襯得那張脂粉未施的臉如雪後晴空般明淨。

楚昕錯了錯身子，擋住凜冽的北風，聲音壓得低。「沒事情就不能跟妳說幾句話嗎？年前一直在忙，今兒明兒也要忙……之前我最不耐煩各處拜年，那些人看到我只會說，世子爺又長高了，真是越大越漂亮……我又不是女孩子，誰願意聽這些？」

楊妧笑出聲。「可能他們找不到可以誇讚你的地方，總不能誇你打人打得好，搗蛋搗得妙？」

楚昕委屈道：「在妳眼裡，我就是這麼好亂樂禍惹是生非？」

楊妧坦誠地告訴他。「以前是這麼覺得，現在不了。」

在前世，除了好亂樂禍之外，恐怕還得加個驕奢淫逸。

楚昕神情溫柔，目光閃亮。「今天錢老夫人誇我越來越能幹，東平侯說我比去年穩重多了，很有祖父當年的風範……楊妧，我會變得更好的，好到足以匹配上妳。」

楊妧身子一震，心頭酸澀得難受。

這樣芝蘭玉樹風光霽月的少年，他沒有配不上她，反而是她，外表單純乖巧，內心卻已千瘡百孔，只會像蝸牛般小心翼翼地縮在自己的殼裡。

她抿抿唇，避開這個話題，轉而問道：「表哥定下幾時啟程了嗎？」

「過完上元節，正月十六出發。途中我給妳寫信，寫很長的信，好幾頁。妳會給我回信嗎？」

楊妧笑道：「寫了你也收不到。」

他寫信寄回來，她回覆之後再寄出去，來回好幾天的工夫，他可能在原地等著嗎？

楚昕道：「那妳也得寫。妳先收著不用寄，等我回來看，好不好？之前我總是幫妳給何公子寄信，妳從來都沒寫給我，妳得補上。」

他這人怎麼跟何文雋對上了？楊妧無語。

何文雋於她而言，既是良師也是尊長，不管是裁衣還是寫信，她都是懷著尊敬和感恩之情，從來沒有其他心思。

一念至此，她突然愣了下。莫非她對楚昕有別的念頭，沒法坦然以對，所以才一而再再而三地迴避他？

不，不可能！楊妧用力搖搖頭，揮去那種令人詫異的想法，對楚昕道：「表哥是不是還要忙？回府後替我給姨祖母拜年，順便請罪，就說路上泥濘實在不好走，等過兩天雪化完了，或者街上有車馬走動，我再過去磕頭。」

楚昕應聲好，戀戀不捨地走兩步，又回頭。「臨走前我再來跟妳辭行……」

楊妧目送著他離開，站在原地平靜了心緒才推門回屋。

范二奶奶跟關氏聊得熱火朝天，兩人已經討論過飯館如何佈置，擺幾張桌子，現在正商議預備哪些菜。

大酒樓每天要備三、四十道菜的料，而小館子本錢少，備十道家常菜的料已經足了；備了太多種類，沒有客人點，白白浪費。倒是可以多預備幾樣主食，例如麵條包子，甚至是關氏拿手的花餑餑。

瞧見楊妧進來，關氏忙給她倒杯熱茶。「快暖一暖，外頭風那麼大，說起來沒完沒了，也不嫌冷？」

楊妧褪下斗篷搭在椅背上，笑道：「沒覺得冷。」

范二奶奶伸手摸一把斗篷的料子。「真厚實，應該是老料子吧？近些年的羽緞不如過去，再沒有這麼細密的。」

楊妧道：「二奶奶真好眼力，這斗篷是國公府老夫人穿過的，可不是有年頭了？」

范二奶奶別有意味地笑。「緞面還是這麼鮮亮，真可以當成傳家寶，一輩輩傳下去。」

關氏不動聲色地瞥楊妧兩眼，見她神色淡淡的，毫無異樣，也便放了心。

連著幾個大晴天，地上的雪水終於乾了。

關氏按照范二奶奶指的位置去三條胡同看了胡家麵館。麵館跟東興樓正對著，東邊是家點心鋪子致和樓，西邊是家酒肆，匾額上寫著「賞味館」。可惜現在都關著門，想進去看看都不成。

范真玉打聽了價錢，房屋經紀放出的話是兩千五百兩銀子，不過價格還有商量的餘地，可以再往下壓一壓。

正月初八，大街上終於有了車馬，只不過要價要得高，往常從三條胡同到國公府不過是十文錢，現在足足翻了倍，需要二十文。

可再貴也得雇車，三條胡同跟國公府隔著小半個京都，單憑兩條腿，怕是要走上一個時辰。

闞氏帶一罐子燜好的東坡肉和一匣子羊肉餡酥餅，全家人去國公府拜年。好巧不巧，在國公府門口，竟然又遇到了廖家母女。

廖十四一反往常的端莊，而是熱情地招呼。「阿阮，恭喜新春，好久不見了，妳的氣色真好。」

楊阮納罕不已。廖十四從來都是客氣而疏離地稱呼她「楊姑娘」，今天卻喚她「阿阮」，莫非太陽從西邊出來了？

第九十章

論起應酬，楊妧當然不會輸給她，笑盈盈地給廖太太拜了年，拉起廖十四的手。「妳也是啊，臉色雖然還有點黃，但比以前強多了。手指這麼糙，過年也練字了嗎？我太佩服廖家的姑娘了，已經盛名在外還是勤奮讀書，如果我朝允許女子科考，廖家姑娘肯定包攬一甲前三。」

一句句都是誇讚的話，聽起來卻十分彆扭，分明蜜糖裡面藏著釘子。

廖十四有心拉下臉使個性子，可關氏還在旁邊，更重要的是張夫人身邊的董嬤嬤已滿臉含笑地迎出了門外。

廖十四只得忍了氣細聲道：「左右閒著沒事，給這府裡老夫人和夫人抄了幾卷經書。」

廖太太掃一眼楊妧，見她眉眼彎彎，白淨的肌膚細嫩如玉，腮邊一對梨渦乖巧可愛，偏偏說出來的話夾槍帶棒的，教人不好回答。

廖太太笑咪咪地對關氏道：「我們剛進京沒多久，家裡事情亂七八糟的沒個頭緒，年前得虧她幫我安排節禮，年後好不容易空閒了，尋思讓她鬆散幾天，可她又閒不住……若不是正月裡不好動針線，她還惦記著做身中衣給秦老夫人……四姑娘上次做的中衣既細密又暖和，阿惠羨慕得不行。」

楊妧笑著。「我可是足足懶了小半個月，天天除了吃就是喝，我娘心疼我，說正月裡就該好生歇著，一年才過得自在……過完上元節我也該拿針了，二月裡我娘生日、五月我祖母生日，娘和祖母拉拔我長大不容易，每年的這兩身衣裳必定要用心準備的。」

言外之意，廖十四不管自己家長輩，一門心思討好楚家人，而廖太太既不教導閨女孝順也不心疼閨女辛苦。

董嬤嬤原原本本地聽在耳朵裡，目露微笑。

楊妧果真不是善茬，一個十三、四歲的小姑娘肚子裡這麼多拐彎，這叫廖太太怎麼接？特地解釋廖十四對自個祖母也很孝順？這不是欲蓋彌彰嗎？

廖太太沒接楊妧的話茬，而是笑容親和地跟董嬤嬤拉起了話。「老夫人跟夫人身體可好？過年是個喜慶日子，可也著實累人。」

「可不是？」董嬤嬤笑道：「從初一到今天府裡就沒斷過人，這還是貴妃娘娘免了召見，否則老夫人跟夫人都要進宮賀年，一去就是大半天，老夫人更受不住。就這樣老夫人精神也不太健旺，說今兒躲個懶，在瑞萱堂清靜一天。」

「這也是府上的榮光，像我和楊太太想去還不知道宮門朝哪邊開呢？」

「我知道。」楊妧樂呵呵地接話。「上次跟姨祖母進宮拜見過貴妃娘娘，貴妃娘娘待人可親切了，御花園好大啊，特別多花木，都是名品。」

說話時眼角瞥著廖十四，眉飛色舞，聲音清脆，明晃晃在炫耀。

闞氏無語。她生養的女兒她清楚，並不是爭強好勝的性子，可今天卻反常地伶牙俐齒，處處壓著廖十四。

不過楊妧倒沒瞎說，她就是進宮見過世面。

董嬤嬤笑著將大家請到正房院。

張夫人站在院子裡迎接，她穿件杏子紅的緞面褙子，竹青底繡墨綠色水草紋的湘裙，梳著簡單的圓髻，鬢間卻插了兩支雙股的赤金點翠萬事如意簪。褙子上的葫蘆寶瓶紋用金線繡成，行走間金光閃動，襯著她白皙的臉龐容光煥發。

別的不提，張夫人的長相當真是無可挑剔。

楊妧驚嘆道：「我還是頭一次見雙股簪是並排戴的，真好看，簪子也好看。」

楚映昂著頭嬌聲道：「簪子是我爹上次回來買的，法子是我想出來的，這幾天我娘一直戴這對簪。」

張夫人笑嗔她兩眼。「就妳話多，快沏茶去。」眉眼間盡是滿足和幸福。

楚映「嘿嘿」傻笑。「采蓮已經沏好茶，端上點心了，哪裡用得著我？對了，十四，妳的膏脂做成沒有？我怎麼總是做不好，跟稀粥似的凝不起來。」急三火四地拉起廖十四的手往外走，並沒有像之前那樣全副注意力都在楊妧身上。

廖十四得意地瞧楊妧一眼。

豈料，楚映緊接著道：「阿妧也來看看。」

「不用了。」楊妧指指楊嬋兩人。「待會兒我帶他們盪鞦韆，不跟妳摻和，免得妳做不出來埋怨到我身上。」

楚映「哼」一聲。「誰說我做不出來？等我做出來妳別眼饞。」

「我不眼饞，反正妳定然會分給我一瓶的。」楊妧極其篤定地說。

楚映很是歡喜，覺得楊妧真正把她當姊妹看，不分彼此，重重地「嗯」一聲。「那當然。」

張夫人苦笑。「阿映這樣沒心沒肺的，想起一齣是一齣，難得十四願意遷就她。」

廖太太話裡有話地道：「我倒是喜歡阿映的直率純真，這樣才是小孩子。沒得像有些人，說一句話要拐七、八個彎，雲山霧罩的，小小年紀偏裝成個大人樣，世故得不行。」說著瞥一眼楊妧。

楊妧坐在關氏下首，端著點心碟子給楊嬋和楊懷宣吃，臉上笑意盈盈，絲毫不著惱。

張夫人道：「阿映二月滿十三，說起來也不小了，還是一團孩子氣。我就愛十四的性情，穩重大方，跟大人似的。」

「是呀，我也喜歡廖姑娘。」楊妧將點心碟子交到采蓮手裡，笑道：「就是有時候廖姑娘說話我聽不懂，雲山霧罩的。」

廖太太神情明顯僵了下。

關氏狠狠地瞪了楊妧一眼，示意她少開口。

張夫人卻沒聽出暗藏的機鋒，笑著問：「那碟杏仁酥也不錯，四丫頭嘗一塊？」

「謝謝表嬸。」楊妧從善如流，拿起塊杏仁酥，掰開一半遞給楊懷宣，另一半自己吃了，瞇著眼道：「好吃，又香又甜。」

張夫人道：「阿映也喜歡，廚房專門給她做的。」回頭問采芹。「杏仁酥還有沒有？回頭讓廚房再做點。」

楊妧彎起唇角。張夫人真是太不會說話了，既然是做給楚映的，這樣誰還好意思再吃？可她也當真好福氣，楚釗跟何猛都是常年戍邊，楚釗不但沒有小妾通房，據說身邊伺候的也都是小廝和軍士。

而何猛在丫鬟死後又納了一房妾，生了何文香，可見戍邊並不是納妾的理由。男人納妾似乎也不需要理由，喜歡了就抬回家，差別在於有些人先跟結髮妻子商議好再抬，給妻子些許體面，有些人二話不說，直接接人回家。

楊妧抿口茶水，起身道：「表嬸、廖太太、娘且寬坐，我帶弟弟妹妹出去溜達一會兒，時候久了，他們坐不住。」

關氏叮囑道：「穿上大衣裳，別亂跑亂鬧出一身汗。」

張夫人吩咐采蓮。「找人跟著伺候。」

楊妧笑道：「不用麻煩了，我們只往綠筠園去，小玩會兒就回來。」

出了正房院沒走幾步，迎面遇到了紅棗。

紅棗行個禮。「正要去請姑娘，老夫人精神不太爽利，想請姑娘幫忙讀兩卷經書。」

楊妧點頭應聲好，對身後正房院的小丫頭道：「麻煩妳去霜醉居找綠荷或者青菱帶六姑娘遛鞦韆，我先去瑞萱堂。」

小丫頭提著裙子飛快走了，楊妧牽著楊嬋邊走邊問道：「老夫人是累著了？」

紅棗輕嘆。「雖然這幾天人來人往不得清閒，老夫人精神還好……昨天晚上跟世子爺發過火，今早起來就蔫蔫的。」

楊妧隱約猜到幾分，眼見青菱和綠荷急急往這邊走，低聲囑咐楊嬋兩句，跟紅棗一道去了瑞萱堂。

秦老夫人神情委頓地靠在大迎枕上，眼底帶著些青紫，看起來就是沒睡好的樣子。

楊妧先拜了年，笑問道：「姨祖母可給我準備了壓歲錢？」

秦老夫人從炕桌抽屜掏出只荷包。「裡頭一對金牛給哥兒，一對玉兔給六丫頭，剩下是些金豆子，妳拿著玩。」

「謝謝姨祖母。」楊妧接到手裡，聲音歡快地說：「我就猜到不會白來……收了您的壓歲錢，我給您捶捶腿吧。」拿起旁邊的美人槌輕輕敲著秦老夫人大腿。

秦老夫人低聲道：「四丫頭，昕哥兒正月十六要去西北，我實在放不下心。妳幫我勸勸他，別去了。這個季節，路上不太平。」

果然是因為這事。

楊妧道：「莊嬤嬤說過，先國公爺和先世子都是為國捐軀戰死沙場，姨祖母哭得喘不過氣，可八年後，您仍是把表叔送到宣府……那會兒表叔跟表哥差不多大吧？」

「差一個月滿十八。」秦老夫人眼圈微紅。「那年，東平侯險些沒命，死裡逃生跑回來說宣府二十多萬人等著楚家人。四丫頭，當年我年輕，不滿四十歲，如今都五十六了，半截身子入土了，見不得兒孫離家。」

「那您希望表哥被困在家裡，跟從前一樣鬥雞走犬？」楊妧輕聲說。「進京前聽說表哥最愛惹是生非尋釁滋事，我當時還存著警戒的心，熟悉之後才知道表哥只是閒得沒事幹，空有一身本事，哪兒都不能去，不招惹點事情，還有什麼意思？」

秦老夫人長嘆聲，沈默不語。

楊妧續道：「姨祖母，我不能答應您，我想讓表哥出去歷練一番。表哥跟我說他能開兩石弓，說晚上即便沒有月亮也能射中靶心的時候，眼睛亮得像是會發光似的。您肯定沒見過，肯定不知道表哥多想出門闖蕩。」

「我見過。」秦老夫人喃喃道：「在院子裡的梧桐樹下，昕哥兒說他相中了一位姑娘，要我找媒人去提親……眼睛比天上的太陽還要亮。」

楊妧身子一震，心裡說不出是種什麼滋味，而嗓子眼好像緊繃著的琴弦，乾而且澀。

「表哥有相好的姑娘了？」

秦老夫人答非所問地說：「我沒應，昕哥兒的眼立刻變得黯淡無光。這些年，我常常在想，假如當初我應了昕哥兒，他是不是就完全不一樣了？」
楊妧晃了會兒神才反應過來，老夫人應該是說前世的事情。
可前世，楚昕喜歡過女孩子？
她沒有印象，只知道他雖然不曾娶妻，卻經常喝花酒，很有些花名。
不知道他到底喜歡誰……

第九十一章

秦老夫人彷彿意識到自己說錯話，坐起身，讓楊妧倒杯茶，小口抿著。「廖家母女也來了，妳覺得十四這人怎麼樣？」

楊妧有些愣神。秦老夫人突然提起她，莫非楚昕前世喜歡的是廖十四？

她跟廖十四不熟，印象裡好像是在杏榜下選婿，選的是當年的探花郎或者小傳臚，反正在京都很是一段佳話。

因為廖十四早早嫁了人，楚昕求之不得，故而放縱自己終生未娶？想到這種可能，楊妧像是咬了口未曾熟透的梅子，滿心滿嘴都是酸澀。

她強壓下心頭異樣的感覺，儘量中肯地說：「畢竟大家出來的姑娘，行止頗有章法，有時不免心機重了些。但心機重未必算是壞事，表哥和阿映都是性情直率心思簡單的人，如果廖姑娘能在旁稍加提醒，表哥行事會更為周全……可若是廖姑娘另有想法，心不在楚家，只怕表哥跟表嬸在她面前是束手無策。」

廖十四心眼多，後頭還有廖家，廖家若想利用國公府做點什麼事情，可就不只是撈錢財這麼簡單了。

秦老夫人放下茶杯，點頭道：「妳說得不錯。大姑娘我不擔心，給她找戶可靠的人家嫁了，總能保她一生順泰。我擔心昕哥兒，他的脾氣多少隨我，一根筋……唉，不管怎麼樣，我得找個打心眼裡待他好的姑娘。」

廖十四就喜歡楚昕。她眼裡的仰慕連張夫人都看出來了，秦老夫人不可能不知道。

而楚昕，他值得擁有全心全意的愛，不管是多出色多優秀的女孩子，他都配得上。

楊妧眼前又浮現出夕陽下，楚昕一身玄衣拖著長劍煢煢孑立的情形。若果他跟廖十四成了親，定然再不會那麼決絕吧？

這一世，因為她比廖十四先出現在楚昕面前，楚昕誤以為是喜歡。假如廖十四先結識楚昕，假如他們相處時間久一點，說不定楚昕也會喜歡她。

就像……前世一樣。

牆角燃著火盆，裡面是上好的銀霜炭，高几上的青花瓷闊邊碗裡供著兩莖水仙，水仙花已開，散出裊裊清香。屋裡溫暖宜人，楊妧卻突然覺得渾身發冷。

她起身往茶壺裡續上熱水，倒出一杯茶，輕輕捧在手心，只聽秦老夫人道：「我不是那種愚昧的老婆子，我也知道要想孩子有出息，得放手讓他們去闖。可昕哥兒……楚家就這麼一根獨苗苗，他又過得不順遂，我捨不得他。」

這會兒的楚昕要風得風要雨得雨，哪裡不順遂了？恐怕秦老夫人說的還是前世吧？

楊妧端量著神情明顯有些恍惚的秦老夫人，開口道：「姨祖母昨兒沒睡好，要不要歇一會兒？」

秦老夫人搖頭。「我睡不著，閉上眼就看到不好的事情。」

楊妧輕聲道：「夢都是反的，當不得真……表哥是有大福氣的人，他說從寧夏回來好好陪您幾個月，秋天還要跟表叔去宣府呢！」

「別指望！」秦老夫人有些惱怒。「他早兩年就提過，我沒答應。他那個驢脾氣，稍不如意就尥蹄子，誰能放心？」

「表哥現在穩重多了，連著這幾件差事都辦得很漂亮。」楊妧笑著給秦老夫人續上熱茶，溫聲勸道：「我已經應允表哥，幫他勸勸您。」

秦老夫人「噹啷」把茶盅頓在桌面上。「我就是不答應，妳怎麼勸？」

楊妧仍是笑著。「先是曉之以情動之以理，如果姨祖母仍舊不同意，那就讓表哥留書一封，先斬後奏唄。」

秦老夫人板起臉，怒道：「他前腳走，我後腳收拾了東西也跟著去。」

「那家裡怎麼辦？」楊妧故作訝然地問：「您能放心表嬸掌家？表叔在宣府，表哥去了是個幫手，您去了只能添亂……過三五年回來，家裡的財產可就不知道落在誰手裡了。到時候表哥成親拿不出像樣的聘禮，肯定私下埋怨您。」

「昕哥兒不是這種人。」秦老夫人非常篤定地說。

目光瞥見楊妧白淨小臉上時而深時而淺的梨渦，澗水般透亮的雙眸，心裡明鏡兒似地清楚，這丫頭是在激自己。

秦老夫人絲毫不以為忤，只覺得歡喜。楊妧是真聰明，可她的聰明不外露，不像廖十四是自以為是的聰明。

楚昕這毛頭小子別的不行，相媳婦倒有眼光。

秦老夫人舒展開面容。「讓我答應也成，妳得幫我把昕哥兒的親事定下來……昕哥兒虛歲是十八，在宣府待上三兩年再回來就二十多了。誰家小子二十多歲不成親？妳幫我辦成這事，我同意昕哥兒去宣府。」

楊妧想一想。看廖家母女的表現，對楚昕真是滿意得不能再滿意了。楚家這邊……張夫人自不必說，秦老夫人也有結親的意思，就差楚昕點頭了。

她有七分把握能說服楚昕，遂歪了頭笑。「行，姨祖母可得說話算話，不能看表哥收拾行囊了，您又哭哭啼啼地非要跟著。」

秦老夫人瞇起眼也笑。「妳不反悔，我一把年紀了，更不會反悔。要不咱們立個字據？」

她剛想起來，前世楚家是元煦十年才出事……還差好幾年呢！而且楚家男人都是要真刀真槍見血的，這個規矩不能在楚昕這裡斷了。

楊妧道：「字據就不用了，我信您就是。」

陪著老夫人再說些閒話，見她面色好轉了許多，便起身告辭。剛繞出影壁，迎面瞧見楚昕邁過門檻正往裡走。

楚昕目光灼灼地看向她。「我聽說妳來，立刻趕回家，就猜到能在這裡見到妳。祖母還在生我的氣嗎？她昨晚發了很大脾氣。」

楊妧無法忽視他臉上真切的喜悅，心頭酸了酸，卻仍笑著。「姨祖母不生氣了，她不但支持你去寧夏，還同意你去宣府。」

「真的？」楚昕驚喜不已，漂亮的臉龐綻出動人的光彩。

楊妧仰頭看著他。

他真是好看，眉毛挺拔秀雅，眸光清亮如水，渾身上下充滿著蓬勃的活力，恍似雨後草原上茁壯成長的白楊樹。

這麼好的一個少年，她卻沒有辦法全心全意地喜歡、信任，這對楚昕來說，是極其不公平的事情。

楊妧將目光投向楚昕身上精美的妝花雲錦直裰。「表哥出門時帶幾件棉布袍褟吧，別太扎眼，緊要關頭沒準能用得上。」

楚昕笑應道：「我已經備上了。兩身靛藍色的、兩身土褐色的，有夾襖也有棉袍。」

楊妧又道：「出門在外，性子要稍微收斂些，不該惹的麻煩別惹，但也別被人欺負。」

「好。」楚昕用力點點頭，柔聲問道：「妳還有什麼要囑咐的？」

楊妧抿抿唇。「錢財都是身外之物，該捨的時候儘管捨掉，人是最重要的。表哥要平平安安地回來，別讓姨祖母擔心。」

「嗯，」楚昕應一聲，盯牢她眼眸問：「妳也會擔心？」清澈烏黑的瞳仁裡滿滿當當全是她的面容，小小的，臉色有些白。

楊妧不動聲色地移開視線，笑道：「那是當然……你快進去吧，外面冷。」

楚昕應著，腳下卻不動，開口又問：「吃過午飯，妳能不能到霜醉居去，我想再跟妳說會兒話。」

楊妧拒絕。「小嬋怕要歇晌覺，我們吃完飯就告辭。」

楚昕不再勉強，輕聲道：「那妳等我回來，我給妳帶好玩的東西。寧夏有很多異族人，還有藍眼睛的，他們穿的衣裳、戴的首飾跟咱們都不一樣，我帶回來給妳。」

「好。」楊妧打斷他的話。「我去正房院，出來時候不短了。」轉過身，慢吞吞走了幾步再回頭，瞧見楚昕仍站在門口，微笑地凝望著她。

楊妧心頭驟然升起一股悲愴的情緒，眼窩有些酸有些熱也有些濕。她不敢再耽擱，大步離開。

楚昕目送著楊妧身影遠去，步履輕快地走進東次間，語氣親暱地說：「祖母，我回來了，您不生氣了吧？」

「誰說的？」秦老夫人看到漂亮的大孫子，昨晚殘存的一絲怒氣早就煙消雲散，可臉仍舊板著不見喜色。

楚昕給她續上茶，捏起旁邊的美人槌，斜坐在炕邊。「祖母，我給您捶捶腿？」

「不用。紅棗說老早聽到你的說話聲，在大門外頭幹什麼呢？」

「剛巧遇到四表妹，說了幾句閒話。」楚昕抿著唇，笑容卻絲絲縷縷地從眉梢眼底瀰散出來。

秦老夫人審視般打量他。「廖太太和廖姑娘也來了，和楊家表嫦都在你娘那裡，你去跟客人打過招呼沒有？」

「不想去。」

看著秦老夫人的眼神，又想到廖十四最近來得勤，楚昕心頭升起一股不好的預感。祖母不會惦記著廖十四吧？不行！除了楊妧，他誰都不要，連看一眼都覺得討厭。

楚昕往老夫人身邊湊了湊，鼓足勇氣道：「祖母，我相中了一個姑娘。」

「誰家閨女、性情怎麼樣，你怎麼相中的？」秦老夫人氣定神閒地抿著茶水。

楚昕紅著臉，兩眼亮晶晶的，清晰地說：「就是楊家四表妹……祖母，等我從寧夏回來，您託媒人向表嫦提親好不好？」

秦老夫人看著他紅得幾乎能滴出血來的臉頰，看到那雙亮如繁星的黑眸，有心想打趣他幾句，卻又捨不得大孫子煎熬，重重應了聲。「好。」

第九十二章

「祖母？」楚昕搖著秦老夫人的胳膊，有點不相信自己的耳朵。「您答應了，您不反對，您是不是已經知道了？」

秦老夫人微笑。她怎麼能不知道，自己這個一根筋的大孫子，前後兩世都喜歡了同一個人。

前世，楚昕未能得償所願，這一世，她怎可能不成全他？

秦老夫人笑道：「自從四丫頭搬出去，你今兒去送糧米，明兒送趟魚肉，田莊送來的供奉也沒少往那邊拿吧？往常可不見你對別家這麼上心。說吧，幾時對四丫頭動了心思？」

楚昕紅著臉，低低答一聲。「我也不知道。」

是真的不知道。可能是剛見到她時，她睜大雙眸，目光複雜地盯著他看；或者是她非迫著他給顧常寶送帖子時，那股仗勢欺人的囂張；又或者，他看她俯在炕桌前寫信，她脊背挺直神情專注，靛藍色的裙襬鋪了半炕。

反正不知道從哪一天起，他進內院請安的時候，視線會不自主地朝霜醉居的方向張望。午夜夢迴時，腦海會情不自禁地浮起楊妡溫柔清婉的面容。

秦老夫人不捨得為難他，不再追問，而是正色道：「你先別高興，雖然我是答應了，還有你姑母那頭呢！過些天我遞牌子進宮，你姑母能否同意，我可不保證……到時候你別跟我翻臉尥蹄子。」

楚昕赧然地說：「不會，我會好生勸服姑母，姑母是講道理的人。」

「合著祖母就不講道理？」秦老夫人佯怒，狠狠瞪楚昕一眼。「即便你姑母答應，你也別得意，四丫頭應不應還兩說。」

楊妧會不會答應？楚昕吃不準。

之前他談起自己的心意，楊妧冷著臉拒絕了，可是她卻答應及笄前不跟別人訂親，而且她看向他的目光總是柔柔的。

假如她真的不答應，那他就死皮賴臉地磨著她。

楚昕有種感覺，楊妧對他莫名的縱容，即便是不合規矩的事，只要他堅持，楊妧也會聽從他。

反正他就是認定了楊妧，他不會娶別人，楊妧也不許嫁別人，他們倆要成親，要結成夫妻生兒育女，相伴到老。

想起以後睜開眼就能瞧見楊妧在身邊，楚昕興奮得渾身血液好像沸開的水，骨碌碌地往外冒著泡。他堅定地說：「祖母，我只想娶四表妹，如果她不應，那我就一輩子不成親。」

「你這兔崽子！」秦老夫人斥他一句，神情複雜地端起茶盅。

果然還是這樣，得不到楊妧，他寧可孤獨至死。

不過前世的事情絕不會重現，兩刻鐘之前，楊妧在這屋裡，明明白白地答應，楚昕去宣府之前，她會給他訂下親事。

楚昕脾氣倔，別人都不應的話，豈不只有楊妧親自訂親了？

秦老夫人心底油然生起一種計謀得逞的自豪感。她彎起唇角，和藹地對楚昕道：「祖母也喜歡四丫頭，肯定會幫你，但你也得周周全全、毫髮無損地回來。要是你破了相，變醜了，祖母可沒臉去跟四丫頭提親。」

楚昕重重點頭。「祖母放心吧，我會凡事謹慎。」

秦老夫人老懷深感寬慰，沒再囉嗦。

有楊妧牽絆著楚昕，比她千叮嚀萬囑咐管用得多。

楊妧在湖邊平靜一下心情，回到正房。

楊嬋兩人已經盪完鞦韆正在吃點心，楚映和廖十四也從清韻閣回來，在親親熱熱地說著話。

瞧見楊妧，楚映笑道：「阿妧，我知道問題出在哪裡了，是火候沒掌握好，小火熬豬膠要用玉杵慢慢沿一個方向攪動，我之前熬的時候太著急。」

廖十四道：「其實並不難，就是個手熟，多試幾次就好了。可惜現在花不多，就只有梅花，梅花香味不如茉莉或者梔子、桂花好聞。」

楚映嘟著嘴。「那我要等到春暖花開才能再做，天氣暖了就用不到膏脂了吧？」

廖十四微笑著說：「我還收著點素馨花，素馨花也好聞，做出來膏脂格外白淨，回頭我給妳和阿妧各送一瓶。」

楊妧連忙道謝。

張夫人滿意地看向侃侃而談的廖十四，誇讚不停。「我就喜歡十四這份大度，一看就能當家主事。」

幾次進府做客，回回不空手，送的都是體面清雅的禮物。不像楊家人，拖家帶口地過來不說，次次都要打秋風，捎帶不少東西回去。

「承蒙夫人誇獎。」廖太太笑道：「也是因為家裡孩子多，大人照看不過來，阿惠自小懂事，不但把自己照看得好好的，還能幫我管著弟弟妹妹，從沒有把弟弟妹妹丟開自己去玩。」

這是含沙射影地批評楊妧把兩個小的扔給下人，她自己跑到瑞萱堂獻殷勤。

楊妧聽出廖太太的話音，卻沒心情反駁她。

既然楚家以後要跟廖家結親，她就沒有必要再去得罪人，畢竟楊家想在京都立足，還需要楚家當靠山。

不知不覺便到了午時，午飯就擺在正房院，大家不分長幼坐在一張桌子前。

秦老夫人打發紅棗送來一罈桂花釀，說她身子不太爽利，怠慢了客人，讓張夫人陪客人多喝幾盅，替她賠罪。

廖十四反客為主，時而給大家倒茶，時而給大家布菜，殷勤倍至。她學識好，讓起酒來，各種詩詞小令不斷地往外蹦；廖太太酒量好，樂得給女兒撐臉面，端著酒盅跟著湊趣。

楊妧平時酒量還行，喝半斤沒什麼問題，許是因為今兒心情煩悶，只喝了兩盅便覺得臉頰發燙。

關氏察覺不對勁，沒敢讓她多喝。

酒足飯飽，張夫人令人撤下碗碟換上茶水，幾人喝著茶，略略散了酒意便起身告辭。

張夫人拉著廖太太的手連聲道：「以後得空就過來，我平常沒什麼事情，咱們說個話解解悶，正好十四跟阿映也合得來，跟親姊妹似的。」

廖太太一張臉幾乎笑成了菊花。「好好，少不了來叨擾妳。」

張夫人送她們到正房院門口便停步，董嬤嬤跟紫藤一直送出角門。

李先正在套車，楚昕瞧見關氏，忙上前揖一下。「先前您定好的騾車來了，我看那邊席面沒散，打發他走了，表嬸稍待片刻，馬上就好。」說著話，目光不自主地移到楊妧身上。

她懶散地站著，大紅羽緞的斗篷沒有攏緊，露出裡面的天水碧褙子和月白色羅裙，看著有些素淡，可裙襬上繡著團團簇簇的石榴花，硬生生多了幾分節日的喜慶。

比石榴花更嬌豔的是她的臉頰。因是喝了酒，肌膚中透出明媚的紅，黑眸如秋水，隱隱湧動著漣漪，波光瀲灩。

這樣的楊妧嬌豔又帶了絲慵懶，跟平常的她全然不同。可她偏偏不自覺似的，瞪著那雙水盈盈的眼眸默默地瞧著他。

楚昕咬咬唇，低聲吩咐含光。「叫青菱來伺候姑娘。」

廖十四站在旁邊，默默將這一切收在眼底，眸中飛快閃過一絲狠毒。

等著吧，回家之後她便熬製膏脂。她倒要看看，沒有了這張狐媚子臉，楊妧還要拿什麼勾人……

第九十三章

楊妧睡了半個時辰晌覺，醒來後喝盞溫熱的釅茶，精神好了很多，面頰卻仍是紅的。

關氏摸一摸她額頭不見發熱，嗔道：「酒量不好偏要逞強，這會兒知道自己幾斤幾兩了吧？以後到外面再不許沾酒。」

楊妧分辯道：「喝著甜絲絲的，誰知道會醉人呢？」側眸瞧見方桌上楊懷宣抄寫的《千字文》，想起秦老夫人給的荷包，忙吩咐問秋到東廂房取來。

關氏拿起蠶豆大小的金牛瞧了瞧，又打量幾眼花生米般的玉兔，「嘖嘖」兩聲。「真是厲害，阿妧妳看，玉兔的鬍子都刻著清清楚楚，不知道費多少工夫。」

「是啊，越小的物件越難刻。」楊妧翻揀針線笸籮，找出來兩根紅線捻在一起，從金牛上的小孔穿過去。「待會兒給他倆戴上。」

關氏道：「兩人天天瘋跑，別丟了，還是收起來吧，跟那對銀錁子收在一起。」說著找出兩只荷包，粉紅緞面繡玉簪花的給楊嬋，寶藍色緞面繡忍冬花的給楊懷宣，將金牛和玉兔分別放了進去。

楊妧又把金豆子一股腦兒倒出來。「這是給我的，數數有幾粒。」

小小的卵圓形，黃豆粒大小，而且臍部捏著褶子，栩栩如生金光燦燦。楊妧一五一十地數完，捧了滿手，樂呵呵地說：「共是六十六顆，大吉大利。」

關氏撐開荷包，楊妧鬆開手，金豆子如雨點般落進去，啟唇笑道：「要是天上能下金豆子就好了。對了，老夫人身體怎麼樣，找妳就為這事？」

楊妧遲疑了下才道：「她問我對廖十四印象如何，估計著是想結親。」

「我看出來了，今兒張夫人對廖太太格外熱忱。」關氏瞟著楊妧明顯變得暗淡的神色，問道：「妳怎麼回答？」

「實話實說，雖然我看廖十四不太順眼，但楚家跟廖家結親還是挺好的。一家是權貴，一家是清流，一文一武相互幫扶，大家都得益。」

說完，她突然反應過來，秦老夫人給楚昕訂親完全沒有必要徵詢一個晚輩遠親的看法。是不是覺得她跟楚昕來往太近，特地給她提個醒？

這才是秦老夫人找她的真正目的吧！

想到此，楊妧頓覺眼前的荷包無比礙眼，連金豆子都沒有那麼讓人愉悅了。

一直沈悶了好幾天，直到上元節，楊妧才又振奮起來，興致勃勃地跟劉嫂子學著用豆麵做兔子燈、猴兒燈還有豬頭燈，燈芯是用竹籤卷一層薄薄的棉花，蘸上豆油。

三個小孩子捧著燈挨個屋子轉兩圈，意喻著家裡每一處都亮亮堂堂，沒有齷齪陰私之事。

正月十五，闔家團圓，大家圍在一起吃元宵。隔天正月十六，余新梅和明心蘭終於得閒，約楊妧去逛燈會。

楊妧本想帶兩個小的一起，關氏怕拖累著她沒法玩，也怕人多看不住被拐走，便拘著沒讓。

余新梅她們來得早，天色尚未黑透，西天的雲霞一片絢爛。

楊妧飯還沒吃完，匆匆忙忙換了衣裳，帶著清娘往外走。

不等出門就聽到顧常寶的大嗓門。「積水潭有什麼好，都是老一套，哪兒比得上東安門熱鬧，年年都有新光景。對了，醜話說在前頭，不要讓我去猜燈謎，小爺沒興趣。」

余新梅譏誚道：「呿，沒興趣？是猜不出來吧！」

明心蘭笑得歡暢。

楊妧情不自禁地彎起唇角，邁出門檻。

門外不僅站著一身緋衣極其張揚的顧常寶，余新梅的三哥余新舲也在。

余新梅和明心蘭則坐在車裡，開著車窗往外張望。瞧見楊妧，余新梅立刻問道：「阿妧，妳說去哪裡，積水潭還是東安門？」

東安門離雙碾街不遠，燈市很大，可人也多，魚龍混雜什麼人都有。積水潭周圍大都是富貴人家，燈少卻勝在一個精字。

楊妧存著小心思，今天蹭余家的馬車到積水潭轉一圈，明天可以帶楊嬋他們到雙碾街逛逛，遂道：「我想去積水潭。」

話音剛落，就見顧常寶翻身上馬，躥了出去。

余新梅笑呵呵地說：「不用管他，信不信，他一準在積水潭等著。」

楊妧揶揄道：「我們原本也沒打算管。」

余新梅騰地紅了臉。

楊妧看在眼裡，別有意味地戳一下明心蘭臂彎。「這才兩個月沒見面，我怎麼有種隔世之感。發生了什麼事？」

「我也不清楚。」明心蘭慢條斯理地說：「臘月裡，我家去送年節禮，瞧見顧家馬車。初八那天我去拜年，恰好跟顧三爺走個正著；剛才我先到余家，在門口又見到顧三爺。阿妧，妳說巧不巧？」

「真是巧得不能再巧了。」楊妧學著明心蘭的語氣，拖長了腔調。

余新梅分辯道：「我們兩家本來就有交情，別瞎猜好不好？心蘭倒是真有事。」

楊妧飛快地支起耳朵。

明心蘭大大方方地說：「我娘相中了林四爺，過完上元節議親。」

「恭喜，這門親事極好。」

「我不覺得。」余新梅道：「定國公府裡確實不錯，可林四爺……我只遠遠見過他兩回，感覺不太愛說話，年紀也大，都二十多歲了吧？」

林四爺名林牧陽，今年二十一，比明心蘭大七歲。前世，明心蘭便是嫁給林四爺。林四爺很寵他的小妻子，又因是家中幼子，無須支應門戶，只掌管著幾間鋪子，兩人靠著定國公這座大靠山，不愁吃不愁喝，過得極其逍遙，跟神仙似的。

楊妧笑盈盈地說：「年紀大點會照顧人，沒什麼不好。至於不愛說話……他在外面話少，說不定回家之後就打開了話匣子。」

不像陸知海，對著文人墨客、紅顏知己，那叫一個幽默風趣妙語如珠，可見到她就像鋸了嘴的悶葫蘆，除了讓她籌措銀子準備衣物，再沒有別的話。

明心蘭悄聲道：「我娘也這麼說，男人話多不是什麼好事……不是說顧三爺，阿梅別在意。」

「討厭！」余新梅氣惱道：「我在意什麼？就知道編排我，看我怎麼收拾妳。」

聽著車廂裡傳來隱約的笑鬧聲，余新舲悄悄彎起唇角，腦海突然跳出楊妧的面容。

湖水綠的夾棉襖子、雨過天青的湘裙，墨髮簡單地綰成圓髻，鬢邊戴一朵南珠攢成的珠花……穿著很素淨，那張臉卻嬌豔動人。肌膚被霞光映著泛出淺淺的紅暈，黑眸像墨玉，又像一汪潭水，清清亮亮乾乾淨淨。

余新舲先先後後見到她好幾次了，之前只把她當成堂妹的朋友，並沒有別的想法，可今天，她迎著夕陽邁出門檻，突然抿唇一笑。

這一笑，腮邊小小的梨渦立刻生動起來，清甜嬌美，像是五月溫潤的風，不經意間推開了他的心門。

余新舲突然覺得臉頰有點發燙。

不知不覺便到了積水潭。

積水潭四周種了一圈柳樹，此時柳枝上掛著各式花燈，倒映在水面上波光粼粼，圓月的清輝從天際毫不吝嗇地鋪灑下來，月光皎皎、燈光爍爍，交互輝映恍若仙境。

楊妧往最顯眼的燈塔附近打量一圈，沒瞧見顧常寶，悄聲問余新梅。「顧三爺不知道去哪裡了？」

余新梅沒好氣地說：「管他去，一個大男人還能丟了不成？咱們先到瑞波亭去猜燈謎。現在還早猜的人少，再過會兒那些容易的都被猜完了。」

明心蘭連聲應好，三人直奔瑞波亭去。

瑞波亭裡拉著七、八根繩子，上面掛著上百條寫有謎語的紅綢帶，如果猜中了就可以將綢帶扯下，到亭邊管事那裡換籤。

攢夠十根籤子能換兔兒燈，攢夠二十根能換五角宮燈，攢夠五十根能換半人高的走馬燈。

顧常寶正站在亭子裡，仰著頭苦思冥想，他手中已經攥了七、八條綢帶。

明心蘭扯扯楊妧袖子，俯在她耳邊低語。「咱們到那頭去……我告訴妳，初八那天，阿梅把顧三爺罵了個狗血淋頭，顧三爺硬是忍著一聲沒還嘴。錢老夫人跟我娘抱怨，說阿梅這脾氣，除了顧三爺，誰能受得住。」

楊妧眼眸一轉，輕笑。「妳可曾見阿梅罵過其他人？」

明心蘭反應得極快，挑眉道：「所以……」

楊妧心照不宣地點點頭。「挺好的，自小的交情，吵吵鬧鬧才是情分。」

兩人慢慢挪到亭子另一頭，各自集中了精神猜燈謎。

燈謎不太容易，楊妧絞盡腦汁才猜出來四個，還不知道對不對，便沒有心思再猜，眼角不自主地搜尋余新梅的身影。

余新梅不知道什麼時候和顧常寶走到一處，顧常寶手裡攥了一把籤子，眉飛色舞地讓余新梅選花燈。

楊妧低低笑一聲，只聽身旁傳來男子清越而略帶醇和的聲音。「楊姑娘，這個燈謎猜出來了嗎？」

這聲音何其熟悉！

楊妧抬眸，瞧見了面前的男人。

他穿灰鼠皮的斗篷，斗篷裡面是寶藍色緞面直裰，相貌清俊氣度優雅——是她前世的相公，陸知海！

第九十四章

楊妧本能地後退一步，神情警戒地看著他。

陸知海笑容溫潤。「楊姑娘別怕，我是見妳在這裡站了好一會兒，特地問一聲。」

楊妧冷冷地說：「我能不能猜出來跟你何干？」

「唔……」陸知海不意她會這般問，遲疑了下。「我倒是有個答案，想與姑娘商榷一二。」

「不必。」楊妧連看沒看，伸手將綢帶扯下來，轉身欲走。

陸知海身形微轉擋在她面前。「楊姑娘，存心不善有口難言——」

「侯爺慎言。」陸知海話未說完便被打斷，余新舲走過來，淡淡道：「陸侯爺借讓一步。」

陸知海認識他，余閣老的第三個孫兒，拱手笑道：「余公子，楊姑娘許是誤會了，我並無惡意。」

余新舲沈聲道：「不管侯爺是否有惡意，您驚擾了楊姑娘，這是事實。請讓開。」

陸知海悻悻地閃開，卻在楊妧經過時，開口問道：「我與姑娘無冤無仇，姑娘緣何對我心懷惡意？」

楊妧冷笑。好一個無冤無仇！

往日那些孤燈冷衾長夜漫漫的日子暫且不提，她樂得清閒，可地動時，他撇棄她們母女不顧，反而將救她的采芹打死。她、寧姐兒、采芹，好幾條活生生的人命葬送在他手裡，她怎麼能忘記？

原本她想，只要陸家跟她井水不犯河水，只是素昧平生的陌生人，她犯不著因為這輩子尚未發生的事情對陸知海追根究底。可陸知海偏偏往她跟前湊，那她還客氣什麼？

楊妧步子微頓，冷聲回答。「因為我看你生得鵖目虎吻鼠心狼肺，而且天中塌陷面小鼻低，是短命之相。」

陸知海氣得鼻子要歪了。他最引以為傲的便是長相氣度，雖比不得潘安宋玉，卻也風雅溫潤、爽朗清舉，在文士圈裡頗具盛名，也極受仕女們追捧。

但他的親事卻不太容易。

母親陸夫人只要求兩點，一是嫁妝豐厚、二是性情軟和。她被長興侯寵了一輩子沒受過氣，沒得老了在兒媳婦手裡受氣。

陸知萍也有兩個要求，嫁妝豐厚跟陸夫人不謀而合，另外一點是要位高權重。

單是富餘有什麼用？商戶人家銀子多，可他們能把夫君汪海明世子的名分定下來嗎？能給小叔子汪源明尋個前程嗎？

陸知海也有他的要求。

相貌一定要溫婉，楊妧的長相最合他心意。

上次在護國寺，他就注意到她了，穿石榴紅褙子，靛藍色裙子，低眉順目地站在秦老夫人身後，漂亮卻不豔俗，靈動卻不跳脫，那股韻致讓人難以忘懷。

他本想多打聽她的消息，第二天卻無緣無故被「楚霸王」打了一頓。他在家裡養了好幾天，臉上的青紫才褪去，可再不好張口詢問楚家的事。

沒想到今夜竟會偶遇。

人群裡，他一眼便認出她來。滿亭的花燈將她的面容照得極其清楚，臉是羊脂玉般的白，眉毛微彎，弧度與濃淡恰恰好，鼻子小巧，臉型圓潤，最令人心喜是那對梨渦，增添許多甜美。微風吹動雨過天青的裙襬，襯得她越發靜謐溫柔，像是一幅清雅拙致的水墨畫。

陸知海按捺不住心頭悸動，急步走近前來，不承想碰了好大一個釘子。楊妧對他冷淡且無禮，像有不同戴天之仇一般。

這不應該啊！陸知海並不認為自己的行為孟浪，畢竟是上元節燈會，古往今來就是小兒女約會談情的日子。

何況，他只是問一句話，遠遠算不上過錯。那是為什麼？難道是上次陸知萍去楚家，跟她鬧得不痛快？

這個姊姊是千好萬好，唯獨一點讓陸知海瞧不上，就是她將金銀等阿堵物看得太重。

他跟陸知萍是一母同胞的親姊弟，父親跟娘親都是極其清雅的人，偏偏陸知萍張口銀子閉口銀子。可有什麼辦法，她是他的親姊姊，他有了銀子當然要給姊姊花用。

陸知海思忖著，視線不自主地朝楊妧離開的方向望去。

楊妧在亭邊兌換籤子。

這時她才發現扯下的綢帶上寫著「存心不善有口難言」的謎面，要求猜一個字。

她沒心情猜，余新舲笑問：「可是『亞』字？存心是惡，有口為啞。」

「正是。」管事點頭。「這位姑娘猜中了五個，要猜中十條方能換得彩頭，還要再接著猜嗎？」

余新舲忙道：「這裡還有。」把自己手裡的籤子遞過去。

兩人加起來共有十三根，管事指指架子最下面一排。「這幾個隨便選。」

余新舲看向楊妧。「楊姑娘喜歡哪盞？」

楊妧道：「還是余三哥挑吧，您猜中的燈謎多。」

余新舲笑道：「妳們小姑娘才喜歡花燈，我一個大男人……阿梅已經得了兩盞，妳也挑一盞玩。」

楊妧不再推辭，挑了只猴兒燈。

余新舲從管事手裡接過，小心翼翼地遞給楊妧。「裡面有半截蠟燭，現在點著不方便，等回家再點。」

聲音明顯多了些溫柔，目光也比往常溫存。楊妧明白這意味著什麼，心無端地沈了沈。

其實余新舲是很好的婚嫁人選。余閣老跟錢老夫人是極明理睿智的老者，子孫們也有出息，為官的好幾個。更難得的是，余家上下非常和睦，父慈子孝兄友弟恭，可想而知，嫁到余家會是多麼順心舒暢。

只是……楊妧搖搖頭，以後還是儘量避開余新舲為好。她既無意嫁人，就不要耽擱別人的婚姻。

這時，明心蘭攥著一把綢帶換了盞精巧可愛的兔兒燈。

顧常寶也邁著方步，得意洋洋地走過來，指著余新梅手裡兩盞花燈道：「都是我換的，我拿到二十五支籤子。」

余新舲拱手為揖。「佩服！佩服！」

余新梅毫不留情地揭穿他。「來那麼早，總共猜出來六個，其餘都是拿銀子換的，還好意思說。一兩銀子換一根籤子，傻子才不換。」

顧常寶不以為忤。「別管怎麼來的，反正妳的花燈比她倆多，也比她倆的好看。」

余新梅紅了臉，不再作聲。

一行人樂呵呵地逛攤子，不管是賣針頭線腦還是賣筆墨紙硯的攤位，都掛著燈籠。顧常寶手裡攥把摺扇一一點評。「這家燈籠醜，兔子畫得賊眉鼠目；那家的西瓜燈不圓，像被踩了一腳；這家素絹太過密實，燈光透不出來，應該用那種專門做燈籠的素紗羅。」

他一路說，眾人一路笑。

楊妧笑得肚子疼，覺得滿街的火樹銀花都比不上顧常寶的點評精彩。

正笑著，清娘扯扯楊妧袖子，低聲道：「楚世子也在。」

楊妧微愣，下意識地順著清娘手指的方向望去。

楚昕正站在一家賣燈籠的攤位前，手指著架子上精緻的五角宮燈，讓攤主往下取。

他穿月白色繡著亭臺樓閣的緞面直裰，亭臺樓閣用金線勾邊，被燈光照耀著，折射出細碎的金光。比直裰更閃亮的是他的相貌，吸引了許多大姑娘小媳婦的目光。

楚映和廖十四神采飛揚地站在他身旁。

廖十四難得地穿了件大紅猩猩氈斗篷，烏黑的秀髮梳成墮馬髻，戴了兩支華貴的珠釵。不知是珍珠的光澤還是被燈光映著，她原本有些暗淡的肌膚顯得瑩潤亮澤，容貌比往常柔媚了許多。

楚映手裡已經有兩盞花燈。

這時攤主取下宮燈，廖十四很自然地接在手裡，笑盈盈地說了句什麼，楚昕又指著另外一盞花燈，讓攤主去搆。

看來他們相處還不錯，想必再多幾次機會，就會非常融洽。

楊妧心口有些堵，飛快地移開視線。

她有點後悔來燈會了，先是遇到陸知海，然後又看到這副畫面……

第九十五章

廖十四似乎察覺到她的視線，轉頭瞧過來。四目相對，廖十四得意地昂起頭，唇角噙一抹笑，不動聲色地側開臉。

楊妧收回目光，頓覺意興闌珊。

可余新梅和明心蘭興致正高，楊妧不可能敗她們的興，只得強顏歡笑逛完了大半條街，然後一起到小食攤子上吃了白湯雜碎和蝦油餛飩。

待回到四條胡同，已近亥正。

月亮似乎更加圓了些，清冷地掛在墨藍的天際，銀白的月色傾瀉而下，在地面泛起銀白的光華。

北風肆虐，路旁枝椏「嘩啦」作響，槐樹下，一匹高大的棗紅馬悠閒地甩著尾巴。

楚昕正跟青劍說著什麼。

他仍穿著燈會上那件月白色緞面直裰，沒有了燈光的輝映，直裰略顯單薄，袍襬被風吹動，在腳前飛揚。

見到楊妧，青劍識趣地退到一邊，楚昕卻目光閃亮地迎上前。「我來給妳送花燈。聽說妳去了燈會，怕人多找不到妳，就在這裡等著。妳去的是哪裡的燈會？」

楊妧低聲回答。「積水潭那邊。」

「我就是在那裡買的花燈。」楚昕不無遺憾地說：「早知道我跟妳一起逛，今年的燈塔搭得格外漂亮，上面掛著十八盞九子連珠燈和八十一盞六角宮燈──」

楊妧打斷他的話。「我老早約了余大娘子和明三娘，表哥明天不是啟程？我以為表哥忙著收拾行裝，抽不出空去玩。」

「東西早收拾好了，我本來打算在家陪陪祖母，可是廖十四來找阿映逛燈會，我娘讓我照看阿映，正好去買了幾個花燈。」

想到燈會上廖十四站在楚昕身旁得意的微笑，楊妧沒有心思閒聊，便道：「時辰不早了，待會兒怕要宵禁，表哥回吧。」

楚昕笑道：「別擔心，今天到子時也不會宵禁。」垂眸瞧著楊妧臉色，關切地問：「妳看著不太對勁，是不是哪裡不舒服？」

楊妧勉強擠出個笑容。「有點累，想早些休息。」

「那妳回屋歇著吧！」楚昕眼眸裡流露出明顯的不捨，聲音仍是柔和。「門口兩盞宮燈是我特意挑給妳的。」

她敷衍著道：「多謝表哥。」

邁步往屋裡走，不等跨過門檻，只聽身後楚昕輕聲說：「楊妧，等我回來。」

她只當作沒聽見，腳步未停，繞過影壁，沿著遊廊走進二門。

院子裡燈火通明，桂花樹上錯落有致地掛著七、八盞各式花燈，而東廂房的屋檐下掛著兩盞五角宮燈。

宮燈做得非常精緻，燈骨是竹篾製成，外面糊著白淨的素絹，一盞畫著水墨的梅蘭竹菊四君子，外加「人約黃昏後，月上柳梢頭」的詞句。

另一盞則繪著工筆圖畫，燭光透過素絹，映出畫上的人物是《白蛇記》的故事。

第一幅是牧童相救，第二幅是白蛇化形，第三幅是西湖同游，第四幅是夫妻相擁，最後一面寫著兩句詩：十世修來同船渡，百世修來共枕眠。

看形狀像是楚昕讓攤主取下來交給廖十四的那盞。

楊妧默默唸著那兩句詩，無聲地嘆了口氣。

小白蛇被牧童所救，心生情愫，故而轉世為人與牧童結成恩愛夫妻。前世楚昕與廖十四錯失良緣，今生得以彌補，想必也會幸福。

這盞燈，楚昕本就該送給廖十四，又拿到她這裡幹什麼？

正躑躅著，關氏從正房出來，嗔道：「不趕緊回屋，站在院子裡吹冷風？」

楊妧笑著問道：「是我吵醒娘了？」

關氏答道：「我還沒睡呢……世子爺真是有心，送來這麼多花燈，小嬋和懷宣興頭好一陣子，才剛洗完躺下。」

楊妧看著樹杈上隨風飄搖的花燈，微笑道：「世子爺待小嬋一向用心，狗和兔子都是他特地從田莊要來的。」

關氏看兩眼宮燈上的詩句，嘆道：「不早了，快歇著吧！屋裡我給妳攏了火盆，看著等炭火熄了再睡。」

楊妧把燈會上買的亂七八糟的東西收拾好，簡單地洗漱過，卻是了無睡意，索性拿出炭筆描花樣子。

描幾筆，眼前莫名就浮現起楚昕依依不捨滿是眷戀的目光。

一個人的言行可以作假，眼神卻不會。

楊妧喚了清娘來。「妳問下青劍，可知道世子爺幾時出發，從哪個城門出城？」

清娘笑道：「不用問青劍，前兩天范家二爺提過，明兒辰正從正陽門走。姑娘要去送一下？」

「不去。」楊妧搖搖頭，又道：「讓青劍跑一趟吧，祝世子爺順遂平安。」

過了上元節，街上的店鋪陸續開張營業。

楊妧請范家外院的劉管事幫忙，跟房產經紀商量價錢，費了三、四天口舌，經紀答應再讓一百兩銀子，少一文都不成。最終以兩千四百兩銀子成交，不過鋪子裡的桌椅板凳以及糧油米麵都留了下來，也能省出一部分花費。

楊妧不急著開張，先找泥水工將屋子裡外刷一遍白灰，灶臺也重新砌過，換了三口新鍋，桌椅板凳和幾扇略顯陳舊的木窗都要重新上漆。

正當她忙得不可開交之時，廖十四和楚映登門拜訪。

進了門，廖十四就骨碌碌地四下打量個不停。

雖然只是個二進院，但院子很寬敞，迎面一棵合抱粗的桂花樹，樹下擺著石桌石凳。那隻通體無一絲雜毛的白大王懶洋洋地蜷伏在石桌上。

聽到腳步聲，白大王警戒地站起來，打量廖十四兩眼，躥到樹杈上了。動作極其快捷，好像遲一息就要被廖十四抓走一般。

已經長得健壯結實的團團則衝她叫個不停，楊妧斥一聲「閉嘴」，團團「嗚嗚」兩聲，百般不情願地走到西牆角。

那裡架著四個兔籠子，兩對白兔和灰兔分別下了崽子，毛茸茸地擠成一堆，可愛極了。

廖十四心塞無比。

她早聽說楊家經濟不太寬裕，尤其楊妧所在的三房跟長房分了家，家裡一個能賺錢的勞力都沒有。她還猜測過，楊妧一家上下會不會擠在兩間見不得日光的小黑屋裡？

沒想到楊家這麼寬敞，收拾得很齊整，有好幾個下人伺候著。而且兔子竟然下了崽，一窩兔子四、五隻，楊妧竟沒想過送給她一對。

等廖十四拜見過關氏，被楊妧引到東廂房，她就更心塞了。

靠窗的長案上邊，明晃晃地掛著兩盞五角宮燈。廖十四閉著眼也能認出來，就是楚昕買的那兩盞。

原本廖十四以為楚昕是買給她的，因為楚映已經有了兩盞，買兩盞給她不也是順理成章的事？

她伸手接花燈的時候，楚昕也沒有反對。

可是，等她和楚映兩人各提著兩盞精緻無比的花燈在街上走的時候，那個叫含光的隨從不知從哪裡冒了出來。

楚昕冷冷地對她說：「這些燈是給四姑娘的。」不等她反應過來，她手裡的燈已經到了含光手上。

楚映的兩盞也是。

楚昕跟含光每人提著四盞燈，要送到四條胡同。

楚映兩手空空，偏還樂呵呵地說：「哥，走馬燈最好看，你要不要給阿妧買盞走馬燈？」

她是傻子嗎？自己嫡親的哥哥不買燈給她，卻惦記著別人。

楚映睜大雙眸。「阿妧不是別人，再說咱們能來看燈，阿妧家裡離得遠，小嬋年歲還小，掛幾盞在家裡看不對嗎？」

廖十四一時不知道該說什麼好，開口道：「楊四也來了燈會，剛才我還看到她了呢。」

「阿妧也來了？」楚映嘟著嘴氣呼呼地說。

「是呀！」廖十四暗喜。

楊妧完全可以自己買花燈，為什麼非得讓別人送？她火上澆油。「她跟余新梅在一起，還有兩個看著臉生的男人。她能來燈會，為什麼不帶著弟弟妹妹？」

楚映惱怒地跺跺腳。「哎呀，妳看到阿妧為什麼不說一聲？我以為她不方便出來，早知道她也來，我就跟她一起了。阿妧可有意思了，懂得也多。」

廖十四目瞪口呆。楚映不是應該責怪楊妧嗎，怎麼反倒對自己發上脾氣了？合著自己在楚昕眼裡就是個臨時提燈的人，而在楚映眼裡，既不如楊妧有意思，也不如楊妧懂得多。

這對兄妹，腦子裡裝的都是什麼？

廖十四壓下心中的憤懣，笑意盈盈地從丫鬟手裡接過只瓷瓶。「阿妧，這是我應允妳的膏脂，用素馨花做的，香味挺淡的，但是能維持很長時間，妳試試。」

第九十六章

淺綠色的瓷瓶，釉面光滑清澈，好像一汪碧水。拔開木塞，裡面的膏脂則是細嫩的白色，如同剛點過滷水的豆腐，清香隱隱。

楊妧由衷地誇讚。「廖姑娘手藝真好，怎麼熬得這般細膩？」

廖十四笑笑。「其實沒有特別之處，熬的時候加了點豬油，再就是用細紗多濾幾遍，先後熬過三次即可。素馨花好聞吧？去年剩下的素馨花不多，只做出兩瓶，給妳和阿映每人一瓶，過陣子梔子花和茉莉花開，我多做幾瓶送妳。」

「到那會兒我應該也能做成了。」楚映笑著接話。「以後我做給妳。」

楊妧爽快地應道：「好呀，我先謝過妳們。我不會做膏脂，到時候做幾樣點心請妳們嘗嘗。」將瓷瓶原樣塞好，隨手放在長案上。

廖十四一顆心「怦怦」跳個不停。

她特意盛了兩支瓷瓶，兩支瓷瓶都是淺綠色，看起來一般無二。唯一不同的是，楊妧的這支瓶口裂了道細紋，正好跟釉面的冰裂紋合在一處，不仔細看根本瞧不出來。

在盛膏脂之前，她從房間裡的萬年青上掰下兩片葉子，搗出汁液，用細紗濾過，倒進那只有裂紋的瓷瓶裡。

她花了很多精力讀書，不單是詩詞還有山水遊記、風土人情。有本書裡說過，萬年青枝葉有毒，誤食之後會腹痛噁心並且嘔吐，而汁液沾到皮膚上，會起丘疹、癢得難受，讓人不停地撓，越撓越癢，越癢越撓。

之前，家裡十三姊害死她的小奶貓，廖十四就把萬年青葉子剪碎，混進茶葉罐裡。她喜歡喝廬山雲霧，十三姊愛喝恩施玉露。那陣子十三姊總是肚子痛犯噁心，郎中也診不出到底什麼毛病，畢竟吃壞了東西也會痛。

姊妹們都打趣十三姊是不是嘴饞，夜裡偷吃東西了。十三姊矢口否認，廖十四抿著嘴在旁邊笑。

這就是得罪她的下場！

這次的膏脂是她花費很大心思熬成的，真正的好東西，楊妧這般沒見過世面的人定然非常喜歡。

開始一、兩個月完全沒有問題，等用到瓶底的時候，萬年青汁液的威力才會發揮出來。可膏脂已經用了一個多月，楊妧想賴也賴不到她頭上。

想到楊妧滿臉紅疹的慘狀，廖十四唇角彎起，慢慢漾出一抹淺笑。

吃過午飯，廖十四稍坐片刻便起身告辭，楚映卻賴著不走。「阿妧，清娘呢？今天怎麼沒看到她？我想再聽她講故事。」

楊妧忍俊不禁。「清娘在後面鋪子裡看著匠人上漆，哪裡有空跟妳說閒話？」

楚映忙道：「妳要開鋪子了？能不能帶我去瞧瞧，我都不知道鋪子是怎麼開起來的？」

楊妧本也打算過去，遂應聲好，披上斗篷跟楚映一道往外走。

藤黃取來帷帽要給楚映戴，楊妧笑著搖搖頭。「不用，這邊都是商戶，戴著帷帽反而惹眼，把斗篷上的帽子戴好就行。」

兩人迎著北風往三條胡同走，開始還有些冷，及至走到鋪子裡，已經薄有汗意。

鋪子門窗大開，清娘穿件半舊的灰藍色襖子在埋頭擦洗地上的青磚，另有一對夫婦在廚房清洗碗碟。

楊妧告訴楚映。「這是麻花胡同羊肉陳兩口子，上次不是沒吃到羊臉嗎？以後多來光顧，我讓妳兩分利。」

「奸商！」楚映撇著嘴。「我食量又不大，吃點羊肉還要花錢……他們怎麼到妳這裡來了？」

楊妧簡短地回答。「還是冬月的事情，麻花胡同的鋪子被人砸了，正好青劍看到，給了他們五兩銀子度日。我這裡缺人，青劍去問了聲，他們說願意過來幫忙。鋪子後頭有兩間空屋，他們一家住著正合適，晚上也能照看鋪子。」

陳趙氏笑道：「姑娘真是抬舉我們了，我們哪裡是幫忙，是姑娘心善，不嫌棄我們拖家帶口，被褥鋪蓋都置辦了新的。」

楊妧道：「這是兩廂得益的事，鋪子開起來，你們手頭能攢點銀錢，我這裡也有一大家子人要吃飯。」說著告訴楚映，哪裡放菜蔬、哪裡放米麵，四口大小不一的鍋分別用來幹什麼。

楚映聽得津津有味，從後廚走到前廳，甚至後面的庫房都進去轉了圈，直到日影西移才戀戀不捨地離開，臨走前再三央求。「阿妧，我能不能在妳家住幾天？我不給妳添麻煩，一個人在家裡太沒意思，我都快煩死了。」

楊妧沒辦法，無奈地回答。「如果姨祖母答應，那妳就來住。不過醜話說在前頭，妳只能帶一個丫鬟，要是飯食不合胃口也不能挑剔。」

楚映連聲應著，沒兩天，便興沖沖地來了。丫鬟只帶了藕紅，箱籠卻有三個，一字擺在東廂房地面上，連站的地方都沒有。

楚映略帶心虛地說：「這箱子是衣裳首飾，那個箱子裡面是我要看的書，還有筆墨紙硯。妳的硯臺還行，墨錠卻不怎麼樣。另外箱子盛的是胭脂香粉——」

「妳說把箱籠放哪裡？」楊妧打斷她的話。「住兩天，即便每天換兩身，六件衣裳足夠了。妳挑出六身放進衣櫃裡，胭脂香粉也用不了這許多。廖十四不是送了一瓶，我還沒用過，給妳用好了，然後要看的書留下六本。」

楚映磨磨蹭蹭，百般不捨地挑出要用的東西，那三個大箱籠讓李先帶了回去。

問秋把外面晾好的被子收進來，清娘道：「讓表姑娘睡我那裡，我打個地鋪就行。」

楊妧道：「這麼冷的天，地上哪能睡？阿映跟我睡一張床，藕紅去春笑那裡擠一擠……這被子是新的，沒人用過。阿映睡裡邊還是外邊？」

「外邊。」楚映脫口而出，頓一頓，笑道：「還是裡面吧。」

楊妧心知肚明，把剛晾好的被子鋪在床上。

楚映把書擺在長案上，又抱著衣裳打開衣櫃。衣櫃很整齊，整齊得幾乎有些寒酸。右邊一欄從上到下分別放著褙子、裙子和中衣，另有兩個抽屜分別放著襪子、肚兜等物。左邊那欄只放了兩件棉襖和一件灰鼠皮的褂子。

楚映把自己的衣裳放進左邊的格子。「阿妧，妳怎麼只這幾件衣裳？早知道就不把箱籠送回去了，我個子比妳高，我的衣裳妳肯定都能穿。」

「夠穿了。」楊妧指著床底下的箱籠。「外面都是冬天的，春秋和夏天的收起來了，所以看著少。」

那還是少。

楚映抿抿唇沒再說話，把幾樣脂粉一一擺在妝檯上。「我用了十四送的膏脂，真的很不錯，妳用過沒有？」

「還沒，以前的膏脂還剩下一點，等用完再用。」

楚映笑道：「我以前的也沒用完，送給藕紅了。我是有了新的，就不想用舊的。」將兩支淡綠色的瓷瓶擺在一處。

兩人將屋子收拾好，已近黃昏，廚房裡飄出誘人的飯菜香味。因為楚映來，關氏特地讓劉嫂子多炒了兩道菜。

別人家的飯菜吃起來香，而且楊家人多，六口人熱熱鬧鬧的，楚映比平常多吃了半碗飯。

晚上，東廂房也點了火盆，楊妧在旁邊做針線活，楚映捧著茶盅央求清娘講故事。

「我哪裡有故事？」清娘笑道。「前兩天倒是聽說一件事情，原先廣平府的同知調到別處了。這位同知最討厭鈞州人。」

楚映好奇地問：「為什麼？」

「鈞州是藥都，各地的生藥鋪子好多是鈞州人開的。同知尚未發跡時，有年家裡老娘生病，同知半夜敲開回春堂的大門，要賒一根老參。看門的夥計沒賒給他，三年後，同知杏榜提名，結了門好親，外放到河南做了一任縣丞後調到廣平府任通判。他回廣平府頭一個月，就找茬把回春堂東家下了獄。」

楚映聽得張口結舌。「這位同知做法固然不妥，可藥鋪夥計也不對。救人一命勝造七級浮屠，一根參而已，就是送給他又如何？」

清娘道：「老參差不多四、五十兩銀子一根，學徒的夥計一分銀子不得，每年還得給東家孝敬。如果賒出去，他拿什麼償還？再者說，藥鋪也是開門做生意的，哪裡禁得起賒帳？你既沒錢，別人不給你東西也是正常。」

楊妧笑問：「同知調到哪裡去了？」

「宣化府。聽說還升了一級，任知府了。」

宣化府就是宣府鎮。楊妧心念一動，開口問道：「這人姓什麼？結了哪家好親？」

清娘回答得詳細。「姓任，叫任廣益，跟元后娘家結的親。我跟章先生成親第二年，他到廣平府做通判，東家入獄，醫館倒閉，我跟章先生就去遼東投了軍。」

元后娘家，那麼這位任廣益娶的是趙家姑娘。

楚釗在宣府任總兵，是武職，這位心眼小到極致的任廣益則是文職，兩人平日想必有不少需要打交道的地方。

楊妧輕舒口氣，含笑對楚映道：「這事果真有意思，回頭說給姨祖母聽聽。」

第九十七章

楚映不太滿足。「沒意思。清娘再講一個，講個打仗的。」

清娘笑道：「打仗有什麼好講的，就是打打殺殺，泥裡滾草上爬的。」

「你們軍裡有女人嗎？我是說除了妳。」

「有，不多，有三、四個幫忙洗衣做飯的，還有幾個幫著處置傷口。」

楊妧來了好奇心。「也是專門學過醫術的？」

清娘道：「醫術談不上，就只打個下手，比如換傷藥捆紗布，動作比男人仔細。有那種斷了胳膊缺了手的，她們也幫著餵飯。」

楊妧抿抿唇。「軍裡的女人可不容易。」

「豈止是不容易？」清娘聲音裡有些憤懣，瞥一眼楚映，欲言又止。

楊妧猜出不是什麼好話，想一想，楚映養在閨閣裡，沒有見過齷齪的事情，知道一下並非壞事，遂輕聲道：「想說就說。」

清娘反倒沈默了，過了會兒才開口。「遼東是個好地方，山裡各種野物都有，藥材也多。外族人看著眼饞，經常過來搶，不但搶東西，也搶人。男人就地殺了，女人帶回去，有時候全村子的人一個活口沒留下。有些女人跑出來，沒地方可去，就依附在軍裡。軍裡不少混不吝的，可礙於何公子治軍嚴，都只說些渾話，沒敢動手。有次剛打完勝仗，一個叫李二愣的小旗趁著上藥，把人摁地上了。他開了頭，別人有樣學樣，衝進女人住的帳篷就往外拉，也不避諱旁邊有沒有人……」

清娘頓一頓，續道：「犯事的共十二人，有三個剛立了戰功，那一仗裡，李二愣連殺了四個韃子，本來能夠升總旗的……那十二人全被砍了。何公子被何參將好一頓訓斥，說婦人手無縛雞之力，合該伺候男人，區區五、六個婦人哪裡比得上能殺敵的士兵重要？軍裡也有很多士兵不服，說李二愣罪不至死……隔年春天，女真人犯邊，何公子受傷。」

楊妧好久沒有說話，突然就想起曾經問何文雋重來一次是否仍然去戍邊的話。

何文雋說，他不後悔，但是會小心避開之前的錯誤。

她問道：「清娘，妳後悔投軍嗎？」

「不悔。」清娘搖頭笑道：「要是有機會我還想去，悶在家裡太憋屈了。其實哪裡都一樣，有好人也有壞人，軍裡不比別處好，也不比別處差……等妳出閣吧，看妳嫁了人，我就走。左不過這兩年，一晃眼就過去了。」

楊妧輕笑。「我要是一輩子不嫁呢？」

清娘愣了下。「那我也不能一輩子守著妳，等妳滿十八，我出門遊山玩水去。遼東去過了，想往西北走一趟，然後轉道去南地。」

楊妧笑道：「到時候帶上我，我跟著見見世面。」

清娘掃她兩眼，站起身，拿火鉗翻了翻火盆裡的木炭，瞧著快滅了，伸個懶腰。「不早了，歇下吧。」

月在西天，將桂花樹的影子投射在糊窗紙上，枝椏搖動，像是張牙舞爪的怪物。

楚映瑟縮了下，側著身問道：「阿妧，我沒聽懂，清娘是說不該殺李二愣？」

「該殺！」楊妧毫不猶豫地說：「事有一必有二，頭一次寬恕了，往後那些女人的日子就沒法過了。是何參將的做法不對，他不該當眾墜何公子的威信。如果屬下不服從，這兵還怎麼帶？」

楚映失望地說：「我還以為軍裡很好玩，武將個個性情豪爽深明大義，原來根本不是這樣。」

楊妧低笑。「清娘有句話說得很對，軍裡不比別處好，也不比別處差；同樣武將裡有奸佞小人，文人中也有慷慨激昂之士，得看這個人，而不是他的身分。」稍默片刻，接著道：「阿映，有句話得記住了，『害人之心不可有，防人之心不可無』。哪怕妳成了親，那個人妳很喜歡……該坦誠的時候坦誠，可在心裡頭，也得稍微防著點。還有，妳得學著自立，假如有天妳沒了家，沒了爹娘，也要能活下去。」

楚映不明所以，卻聽話地點下頭。「好。」

屋裡光線暗淡，一切都影影綽綽的，唯獨那雙眼睛明亮閃耀，像極了楚昕的目光。

楊妧心頭突然泛起淺淺的柔情，抬手幫楚映掖掖被角。「睡吧，明兒要是起晚了，沒有妳的早飯吃。」

楚映「哼」一聲，慢慢闔上雙眼。楊妧卻睡不著，靜靜地聽著窗外凜洌的風聲。

這陣子，她收到了楚昕三封信。頭一封是歇在定州時寫的，第二封是在獲鹿縣，寫第三封信時已經到了朔州。

獲鹿隸屬真定府，而朔州已經在山西境內。

楚昕寫得細，路上吃的什麼飯，看了什麼景，都寫得清清楚楚。在定州，商隊停了兩日，大家都添置許多定窯的瓷器；在獲鹿，他們休整了一天，去看了石佛塔。而在朔州，有種貓耳朵麵，湯裡灑上茱萸粉，既辣又勁道，吃一碗，身上熱呼呼的。

信末，楚昕總會寫一句：記得給我回信。

楊妧一封信都沒回過。

一夜好睡，及至楚映醒來，天光已亮。

屋裡燃了火盆，楊妧穿戴整齊，正俯在案頭寫著什麼。

楚映赧然地說：「藕紅怎麼不來叫醒我，平常我沒這麼晚起的。」

楊妧笑道：「藕紅來瞧過兩次，我打發她走了。」起身到火盆旁，拿來楚映的棉襖。「快穿上，我給妳兌洗臉水。」

棉襖烘得暖暖的，洗臉水兌得不冷不熱，楚映舒舒服服地洗著臉問：「阿妧，妳平常不用人服侍嗎？」

「極少用。」楊妧回答。「之前家裡只有春喜和春笑，根本顧不過來，再者這點小事，自己順手也就做了……我幫妳梳頭吧？」

楚映高興地說：「好，今天妳服侍我，明天我早點起床服侍妳。對了，我睡相還好吧？」

「好極了，差點沒把我踹到床底下。」

「哪有？」楚映瞪大雙眸。「藕紅說我只是踢被子而已，才不會踹別人。」

楊妧好脾氣地說：「行，妳說沒有就是沒有。」給她散了髮辮，誇讚道：「妳頭髮真好，又黑又亮，也只比我差一點點。」

「呿，」楚映撇嘴。「誇我還是誇自己？」

楊妧「嘻嘻」笑得開心。「當然是誇自己。」對著鏡子打量著楚映。「我給妳梳個新髮髻，讓大家都誇誇妳。」

說著動作輕柔地將她的頭髮梳順，把劉海讓開，其餘頭髮結成三股辮，一圈圈往頭上繞，邊繞邊用簪子固定住，最後定型成桃花狀。又從妝盒裡挑只鑲著各色寶石的花冠戴在頭頂，左右鬢間各插一支小小的珠簪。

打扮好了，笑著問道：「怎麼樣？」

楚映端詳著鏡子裡的自己。肌膚若雪，秀眉似黛，花冠上的寶石熠熠生輝，映著她的肌膚格外白淨。

而身後，楊妧歪頭看著她，唇角含笑，目光溫柔。

楚映側過身，拉起她的手撒嬌。「阿妧，妳真好，妳是我親姊姊就好了，咱們天天在一起。」

楊妧放下手裡梳子，笑道：「等我教訓妳的時候，妳就不會這樣想了……趕緊吃飯去，今兒的事情多得很。」

吃完飯，楊妧撥著算盤珠子在紙上寫寫算算。

楚映閒得無聊湊上去看，楊妧不但不避諱，反而告訴她。「這是鋪子裡的花費，兩口大鍋加一口小鍋正好一吊錢，兩個木頭架子也是一吊錢；買白灰花了九十文，清漆一百四十文，泥水工每天四十文工錢，冬天活少便宜，若是開春之後，要六十文一天還得管頓中午飯。」

楚映嘆服地說：「妳懂得真多。」

「上次家裡不是蓋庫房嗎？我問過工匠，而且粉刷牆壁的匠人跟蓋房子的匠人又不同，蓋房子的分大工、小工，大工更貴一些。」

楊妧算完花費，又告訴楚映已經定下了二月初八開業。飯館只賣早飯和午飯，過了酉正就打烊讓大家休息。

陳家兩口子的滷羊臉和幾道拿手冷菜是必須的，每天備一隻活羊，寅正時分宰殺完，辰初燉上，午時正好吃。

劉嫂子又擬了張十道菜的單子，每天照單備菜，賣完即可；如果剩下，可以拿回家裡吃。

楚映聽得津津有味。

巳初時分，太陽升得高了，楊妧照例到鋪子轉一圈，楚映也跟著去。

這兩天，鋪子又添置了東西，柴米油鹽以及各種醬料將廚房塞得滿滿的。陳大按著原先碗碟的花色配了上百只大大小小的碟子和碗，都已經洗刷乾淨，整整齊齊地擺在架子上。

牆壁上貼著嶄新的「連年有餘」和「富貴滿堂」年畫，極其喜慶。

楚映道：「這也太俗氣了，為啥不掛幅潑墨山水畫或者工筆花卉也好？」

「大雅既是大俗。」楊妧笑著回答。「隔壁有東興樓和慶和堂，愛清雅的都往那裡去了，光顧小館子的基本是周遭的客商和市井百姓，大家求的不過是富貴平安。」

兩人正說著話，只聽門外有人道：「阿映？是不是楚家小姐？」

話音剛落，四、五個衣飾華貴珠光寶翠的女子走了進來。

楊妧定睛一瞧，這些人都熟悉，為首的正是年前剛解除禁足的靜雅縣主。後面跟著清遠侯府李二娘、沐恩伯府高五娘，還有周延江的堂妹——周翠萍。

第九十八章

楊妧屈膝給靜雅行禮。靜雅恍似沒看見般，連個頭沒點，也不叫起，只管跟楚映說話。

周翠萍便捂著嘴幸災樂禍地笑。

顯然，經過四個多月的禁足，靜雅仍沒有改掉跋扈的性子。而周翠萍還是陰惻惻地不討人喜歡。

楊妧才不會傻乎乎地等著靜雅說「免禮」，她站直身體往後廚去了，只聽靜雅還在追著楚映問：「那世子爺幾時才能回來？」

楚映回答。「這誰能知道？我連他到哪裡了都不知道，從他離家到現在只寫過兩封信……反正中秋節肯定能回來。」

楊妧莞爾。楚映一句話就打發到中秋節了。

算起來楚昕這會兒應該到陝西境內了吧？也不知路上是否太平？

陳趙氏揉搓著衣襟，神色緊張地問：「姑娘，那些貴人不會留下來吃飯吧？要是再打起來怎麼辦？」

上次在麻花胡同，她跟陳大兩口子都被叫到順天府問話，雖然最終平平安安地放了出來，可兩人著實挨了板子，三、四天沒有開張。

楊妧安慰道：「不會，咱們這裡既沒菜也沒肉，倒是西北風呼呼地颳，她們喝嗎？」

陳趙氏抿嘴笑笑。「我怕惹出麻煩來，那位縣主動起手可真是狠。」

清娘聽見，探頭往外瞧了瞧，低聲道：「她們正往裡面走，可能要進來。」

說罷，只聽細碎的腳步聲響起，緊接著石青色門簾被撩開，高五娘探著頭問：「楊四，妳家住在哪裡？縣主想要去看看。」

楊妧道：「我家離得倒是不遠，但地方小，家裡東西雜亂，怕委屈縣主。」

靜雅昂著下巴道：「我不嫌棄就是。阿映說廖十四做的膏脂極好，我瞧瞧到底怎麼個好法？也看看妳家什麼樣，就算是體察民情吧，我還從來沒到過市井小民家裡。」

楊妧笑道：「那好吧。」叫來清娘道：「妳先回去，讓人把門口和院子掃一掃，閒雜人等都迴避開，免得衝撞縣主……縣主想吃什麼點心，我打發人去鋪子裡買，因為家裡不寬裕，平常難得備點心。」

「不用了。」靜雅對她的識趣很滿意，驕傲地說：「外頭鋪子裡還沒我家裡的點心好吃，也不乾淨，待會兒我們去東興樓吃席面。」

楊妧長舒口氣。不吃最好，免得靜雅再吃出毛病來，家裡的茶盅茶壺都是花銀子買的，可禁不起她砸。

一行人也不坐車，浩浩蕩蕩地往四條胡同走，引得路人紛紛注目。好在路途很近，沒多大工夫便到了家門口。

青劍還沒掃完地，他力氣大，掃帚掄得幾乎要飛起來，帶動著塵土沸沸揚揚。

「行了，別掃了。」楊妧假意斥一聲，待塵土散去，引著這幫天之驕女進了二門。

二門也在熱火朝天地掃院子，不過丫鬟們做事比青劍講究多了，掃之前在地上灑了水，只是水灑得太多，正房門口黏糊糊的。

楊妧偷偷給清娘豎了個大拇指。這事做得太合心意了。卻仍是冷著臉斥責幾聲，賠笑對靜雅道：「縣主，我跟阿映住在東廂房。」

靜雅眉頭緊蹙。「楊四，妳家裡的下人太沒規矩了，妳也是好性子，要我早打了板子發賣出去。」

正撩著門簾的問秋不由自主地抖了下。

楊妧笑道：「她們都是做粗活的，哪裡能跟郡王府相比……縣主當心腳下有門檻。」

靜雅邁步進去，先打量下正中的小廳堂，又皺眉。「牆上怎麼空蕩蕩的，中堂掛幅畫才清雅。」轉身走到南邊的臥房。「這屋子也太小了，哪能轉開身？窗戶紙薄薄地糊一層就夠，妳糊這麼多層，顯得特別不亮堂。」

楊妧解釋道：「家裡炭火不足，所以多糊了兩層。」

靜雅前前後後又挑出好幾處毛病，這才問楚映。「膏脂在哪兒？」

楚映拿起淡綠色的瓷瓶，拔開塞子。「素馨花做的，味道很清淡吧？而且一點不油膩。」

靜雅用小拇指的指甲挑起一點，抹在手背上暈開了，聞一聞。「確實不錯，跟蘭香齋的品相差不多。」

周翠萍也挑了一點抹在手上，眼珠骨碌碌地瞧著妝檯上另外一支瓷瓶。「這個真的很好用。楚姊姊，廖十四給了妳兩瓶？」

楚映回答道：「這瓶是我的，那瓶是阿妧的。」

周翠萍歪著頭看向楊妧。「我的膏脂剛好用完了，家裡採買的管事眼光很差，總買不到好的。」邊說邊拿起妝檯上的瓷瓶，輕輕摩挲著。「楊姑娘，我喜歡這個瓷瓶的顏色。」

話裡的意味，只要不是傻子，都聽得清楚。

楊妧盯著她纖細的手，心裡有種預感，若是她說句不同意，周翠萍十有八九會失手把瓶子掉在地上，而且還會可憐兮兮地表示歉意。

靜雅也非常了解自己這位堂姪女的德行，似笑非笑地看著楊妧。

楊妧笑吟吟地說：「我也很喜歡這個瓷瓶，不過既然周大姑娘喜歡，那我忍痛割愛好了。」

楚映忙道：「我這瓶送給周姑娘吧，我跟阿妧是一樣的。」

「我不，」周翠萍握緊手裡瓷瓶，倚小賣小。「我就是喜歡這個。」

楊妧笑道：「妳那瓶用了，不好送人，我的正好沒用過，難得周大姑娘喜歡，就隨她吧。」

周翠萍得意地撇撇嘴。算她識相！

送走那一大群人，楚映不好意思地說：「對不起呀，阿妧。靜雅問我這陣子在家裡做什麼，我就說了，沒想到……我把我這瓶給妳，妳不會嫌棄我吧？」

「我嫌棄。」楊妧輕輕擰一下她的腮幫子，笑道：「沒事，我天生麗質，用不用膏脂都行。只是阿映，往後不許妳把人往我家裡帶。她們不敢得罪妳，但是我不一樣，她們到國公府肯定不會這般指指點點。」

楚映嘟著嘴再說一遍。「對不起。」

楊妧環著她肩頭，親暱地說：「不用跟我道歉。以後妳也少跟她們一起玩，靜雅還有榮郡王府那位大姑娘都不是心胸坦蕩之人，說不定什麼時候就記恨了妳。」

楚映連聲答應了。

楚映在楊家住了足足五天。白天跟楊妧一起算帳、做針線，跟關氏學著揉麵、蒸花餑餑和山東大包子，晚上便聽清娘講故事。楊家生活確實苦，火盆只有晚上和清早才點，肉也不是每天都能吃到，日子卻過得非常充實。

知味居開張那天，楚映也去三條胡同看熱鬧。

陳大點了兩掛鞭炮，還灑了兩吊銅錢，楚映湊在人群裡搶了好幾個銅錢，還不顧寒冷地站在大街上，數算有多少人進去用飯。

第六天早上，董嬤嬤和藤黃跟著國公府的車來接楚映。途中，董嬤嬤低聲道：「夫人這兩天精神不濟，大姑娘在跟前說話時，少提楊姑娘。」

楚映關切地問：「我娘怎麼了？是以前的舊症犯了？」

「不是。」董嬤嬤嘆氣。

大姑娘這心性真是……一般人不應該是問為什麼要少提楊姑娘嗎？可楚映關心張夫人的身體，倒是一片赤誠。

因車裡沒有外人，董嬤嬤索性說得明白一些。「昨兒貴妃娘娘召老夫人和夫人進宮，提起世子爺的親事，回來之後夫人便有些不舒服。」

楚映終於反應過來。「姑母要給我哥說親？說的是哪家姑娘，我娘不同意？」

董嬤嬤支支吾吾地說：「沒有十分說定，只說讓夫人不要插手此事。」

廖十四是不可能了，因為老夫人不同意，楚貴妃也否了。這倒還罷了，可老夫人竟然提起楊妧，想跟楊家結親。

廖家跟楚家的家世多少還算般配，楊家相差得卻不是一點半點。可楚貴妃竟然沒有反對，還說等楚昕回來聽聽他的想法，若是他同意，就把親事定下來。

張夫人怎可能答應？但她在楚貴妃和老夫人跟前根本沒有置喙的餘地。

所以，從宮裡回來，她就生了病。

第九十九章

知味居的生意出奇得好。

下雨天，附近客商喜歡喝碗羊肉湯、吃幾個叉子火燒暖身子，喝完了也不走，叫一壺茶配兩碟點心，三三兩兩地望著外面的雨絲閒聊。

就在漫天細雨中，大堂哥楊懷安帶著小廝高中進了京。

天氣不好，原先準備的被褥沒法晾，闞氏便點了火盆烘得暖暖的，順便除去屋子裡的潮氣。

楊懷安看著乾淨清幽的小屋和長案上擺放整齊的筆墨，長揖到地。「多謝三嬸周全。」

闞氏笑道：「我不敢居功，是阿妧收拾的。她到後面鋪子裡去了，懷宣和小嬋在隔壁唸書，這個時辰也該散學了。」

楊懷安驚訝地問：「六妹妹也在讀書？她大好了？」

「沒有，就是跟著湊數。」闞氏道：「繆先生見她不吵不鬧，准許她在旁邊學認字，也免得在家裡纏磨人。」

說話間，便聽外面傳來楊懷宣稚嫩的聲音。「有德者必有言，有言者不必有德。仁者必有勇，勇者不必有仁。小嬋，我背得對不對？」

楊懷安笑道：「這是〈憲問〉篇。五弟已經學《論語》了？」

「冬月開始學的，繆先生說今年把《論語》粗講一遍，明年學《國風》，穿插著再講《論語》。」

楊懷安讚嘆道：「這樣安排極好。」

關氏將楊懷宣和楊嬋喚來給楊懷安行禮。楊懷宣穿寶藍色夾棉直裰，楊嬋穿玫紅色通袖襖，兩人肩並肩站著，都是臉頰紅潤雙眸黑亮，非常健康的樣子。

楊懷安又驚訝了下。「六妹妹長這麼高了？」

話音剛落，外面傳來輕笑聲。「大哥我呢？我長高沒有？」

楊妧拎一把油紙傘裊裊婷婷地走進來。

她穿天水碧褙子湖綠色羅裙，烏黑的秀髮隨意地綰個纂兒，鬢間戴一對小巧的珠釵，腮邊帶著盈盈笑意，整個人清新鮮嫩得像是空山雨後才綻出的新芽，看著讓人眼睛一亮。

楊懷安頓時想起楊姮。

自從她回家就沒有好聲氣，先是尋死覓活地想回京都，後來就把自己關在屋子裡哭。楊懷安見過她兩、三次，頭沒梳，臉也沒洗，神情冷得像是別人欠她二十貫似的。

母親也總是咕咕噥噥，說楚家不仁義不道地。

一家人連年都沒法好好過，祖母溫言軟語相勸，不見有效便發話，今年勢必在濟南府給楊姮定下親事。這會兒，想必已經在相看了。

因為楊懷安到來，楊妧讓清娘從鋪子裡拿回半隻羊臉和一瓦罐羊湯，關氏做了個羊肉鍋子，又炒了四道菜，一家人熱熱鬧鬧地給楊懷安接了風。

自此，楊懷安便在倒座房住下，安心向學。

二月底，楊妧給楊懷安準備好考籃和一摞叉子火燒並提神的香囊，送楊懷安進了考場。春試連考三場，每場三天。待楊懷安拖著疲憊的身體從考場出來，已經到了三月。

錢老夫人打發人送來帖子，請楊家全家去賞春。

此時柳枝才剛吐綠，除了初綻的桃花，便只有連翹和迎春可以看，余家這個時節宴客，是不是太早了些？

楊妧滿腹不解地拆開余新梅寫的信。

信上寫，何猛一家在二月中旬抵達京都，此次宴請是為何家接風洗塵，順便把何家女眷介紹給京都的勛貴。

楊妧抿抿唇。之前何文秀說怕何夫人睹物思人，她一直沒寫信，直到臘月初才寫了封，告知她們自己的住處，順道給何家上下拜個早年。

她自認為禮數已經盡到，沒想到何家上京這麼大的事情，何文秀竟然沒提起也沒打發人跟她說一聲。

楊妧不太想去赴宴，轉念一想，又改變了主意。

能見到余新梅，為什麼不去？而且她要打扮得漂漂亮亮的，讓何家人刮目相看。再者楊懷安在京都人生地不熟，如果能趁這個機會結交幾位士子，對他將來大有裨益。

思量罷，楊妧把幾件應季衣裳找出來，精挑細選地搭配好，又幫關氏準備了服飾。

三月初四一早，楊妧將兩個小的拜託給范二奶奶，精心打扮好，跟關氏一道去了余閣老家。

余新舲和顧常寶站在門口迎客。

余新舲穿件雨過天青色的箭袖長衫，儒雅之中帶著三分英武，十分俊朗；顧常寶則穿青蓮色團花直裰，簪著羊脂玉髮簪，看著斯文，可眉眼中脫不開三分流氣。

楊妧把楊懷安引見給兩人。「我伯父家的大堂哥，進京春闈，還不曾出門走動，煩請三哥看護一二。」

不等余新舲開口，顧常寶胸脯拍得「啪啪」響。「放心，把妳堂哥交給我。放眼京都，沒有我不認識的人。想見誰，都是小爺一句話。」

楊懷安長揖行禮。「有勞兩位。」

余新舲笑著給他介紹。「這是忠勤伯府上顧三爺，在下姓余，上新下舲，在家中也行三。」

楊懷安又施禮。「兩位三爺。」

楊妧見他們談在一處，便隨管事嬤嬤往二門走。

余閣老府邸不若國公府大，景致卻非常好，尤其是綠葉新發，映著拙致的假山、精巧的樓閣、蒼勁的古柏，處處透著勃勃生機。

關氏四處欣賞著風景，還不忘跟楊妧說悄悄話。「余家設宴，顧家三爺怎麼站在門口迎客？」

楊妧給她使了個「妳懂」的眼神。

關氏樂不可支，覺得這一年女兒長大了，不再像從前那樣喜歡跟她對著來。

何夫人跟何文秀母女已經到了，正在跟余閣老的長媳劉太太說話。

楊妧上前行禮。「見過何夫人、劉太太。」

何夫人先是一愣，臉上隨即掛起個疏離的笑容，淡漠地說了聲。「是楊姑娘？沒想到在這裡見到妳，差點沒認出來。」言外之意，沒預料到楊妧會跟閣老家有關係。

楊妧笑意盈盈地說：「可真是巧，我也沒想到在京都見到夫人，剛才還懷疑自己看花眼了。」

剛說完，只聽裡間有人喚道：「四丫頭，到祖母這來，我問妳句話。」卻是秦老夫人。

楊妧應一聲，跟何夫人告退，步履輕快地走到裡間。

秦老夫人、錢老夫人還有忠勤伯顧夫人正盤膝坐在大炕上閒聊。

楊妧逐個問了安，秦老夫人拍拍炕沿對關氏道：「老三家的，到這邊坐。」又笑著介紹。「四丫頭的娘，模樣長得像不像？」

「像。」錢老夫人認真打量著兩人。「難怪四丫頭生得伶俐，是隨娘親的長相了。」

關氏道：「要我年輕時，確實當得老夫人一句誇，現在老了，都快成風乾的倭瓜了。」

錢老夫人笑嗔道：「在我們面前，妳還稱不上老。聽說家裡開了間小館子，生意可好？」

提到飯館，關氏頓時心生歡喜。「還好，除了日常嚼用還能略有剩餘。原先我還擔心來了京都無以為生，沒想到這倒是條路子。」

顧夫人好奇地問起，飯館位置在哪兒、雇了幾個夥計、平常做什麼菜系的菜，關氏一一作答。

秦老夫人聽過幾句便不再聽，低聲問楊妧。「昕哥兒最近可寫過信？沒說走到哪裡了？」

楊妧一時分辨不出秦老夫人是什麼意思，可又不好不回答，遂道：「前天收到的信，在慶陽府的安化，這會兒肯定到了寧夏鎮。」

「唉。」秦老夫人嘆一聲。「總算一路平安，自他出門，我這心裡就沒踏實過。」

楊妧抿抿唇。她又何嘗不是，好在她手裡有何文雋臨摹的一副輿圖，可以從楚昕的信裡推測出大概行程。

秦老夫人朝外間努努嘴。「怎麼看起來不十分熱絡？」

楊妧問心無愧，把跟何文秀往來的信簡單地說給老夫人聽。「我覺得何家不待見我，我也犯不著上趕著她們。」

「說得是。」秦老夫人拍著她的手背，無條件地支持她。「咱們楚家的人可不輕易向別人低頭。」

楊妧腦海裡突然閃現出一件事。前世秦老夫人是何時亡故的，她知不知道何文秀會成為皇后呢？

她低聲對秦老夫人道：「聽說何文秀命相極好，將來會大富大貴。」

秦老夫人當然知道何文秀，她會嫁給二皇子，然後入主後宮，成為一國主母。前世，她曾經熱切地盼望著新帝登基大赦天下，可惜沒等到，她便故去了。

秦老夫人同樣壓低聲音。「再貴重的命格，咱們也不用巴結，正常交往便是。她敬你一尺，妳還她一丈，越上趕著越被人瞧不起。」

楊妧深以為然，重重點下頭，問道：「阿映呢？怎麼沒來？」

秦老夫人樂呵呵地說：「早來了，剛在和孫娘子說話。聽阿梅說她也做了膏脂，非得央著去看，這會兒該回來了。」

楊妧忍不住笑。楚映對於膏脂有點瘋魔了，見人就顯擺。

前世余新梅也會製膏脂，而且特別喜歡桂花的甜香，每年初秋都會熬好大一罐子分給她，楊妧一冬天就夠用了。這世余新梅未提起，她便不好說自己知道。

裡間笑語喧闐，隱隱約約地傳到外間，何夫人眉頭蹙得更深。

之前她是因為何文雋才認乾女兒，何文雋故去後，楊妧這個乾親也沒有再繼續的必要。

楊家勢微，於何家毫無助益。

沒想到，楊妧在京都一年，竟跟過去完全不可同日而語。鎮國公府老夫人高看她在情理之中，畢竟他們是親戚。可錢老夫人和顧夫人怎麼也待她青眼有加？

她登門拜訪那天，錢老夫人只寒暄了不到盞茶工夫，就喊來兒媳婦陪伴。今天更是，跟她說的話不超過十句，可跟楊家母女卻有說有笑。

何夫人給何文秀使個眼色，朝裡間努努嘴。何文秀明白她的意思，猶豫了好一會兒，雙手抻抻裙子，正要站起身。

楚映挪著細步急走而入。「阿妧、阿妧。」

楊妧撩起布簾，從裡間探出頭。「我在這兒呢。怎麼了？」

楚映伸出手。「阿梅也做得一手好膏脂，我替妳討了兩瓶，算是賠妳的情，妳不生我氣了吧？」

掌心裡，一手一支薄胎瓷瓶。

楊妧笑道：「我本也沒生妳的氣，不過討來的東西不要白不要。這樣吧，還是妳一瓶我一瓶，可好？」

錢老夫人見了忍不住笑。「這也值得爭的？阿梅每年秋天都鼓搗這個東西，再跟她要兩瓶就是。」

楚映解釋道：「老夫人有所不知，先前廖姑娘送給我和阿妧每人一瓶，阿妧那瓶被郡王府周大姑娘瞧中討了去，這兩瓶是我給阿妧賠罪的。」

顧夫人素知周翠萍的性情，拉長了聲音慢悠悠地道：「難怪，周大姑娘看中了，是一定要到手的。」

在離余家不遠的黃華坊，廖十四卻沈鬱著臉，像個沒頭蒼蠅似的竄來竄去，不知道如何是好。

前天她去楚家才得知，自己親手製作的膏脂陰差陽錯中竟然到了周大姑娘手上。

周大姑娘毀了臉，肯定不會善罷甘休。

而膏脂，楊妧還沒用過，不可能把萬年青的汁液抹到瓶底，所以罪魁禍首只能是她。

廖十四抖著手，陷入深深的絕望中。

她該怎麼辦？回江西老家？還是趁事情尚未敗露，想法子把膏脂要回來？

第一百章

客人次第到來，劉太太吩咐德慶班敲響了鑼鼓點，余家頓時熱鬧無比。

京胡咿咿呀呀奏響了二黃快板，閨門旦穿著粉色襖子嫩綠色撒腿褲輕巧地走到臺上。

余新梅悄悄戳一下楊妧肩頭，朝外面努努嘴。楊妧知其意，拉著楚映走出去。

何文秀姊妹已經等在外面。

余新梅笑道：「我最討厭聽戲，咱們找地方說話……還去梧竹幽居吧，那兒最清靜。」

一行人連同丫鬟們慢悠悠地往西邊走，何文秀很自然地走在楊妧身旁。「阿妧，對不起，前陣子實在太忙了，既得打點年節禮還得忙著收拾東西，沒騰出工夫給妳回信。」

「我明白。」楊妧笑笑。「我最知道搬家的麻煩。之前從青州搬到濟南府就費了好大力氣，這次我從國公府搬出來，也折騰了好幾日。妳們的東西都歸置好沒有，一時半會兒應該不回濟南府了吧？」

「不回了。」何文秀如釋重負，抬手挽住楚映臂彎，語氣輕快地說：「來回一趟太麻煩，濟南府的房子有世僕照看，很放心。」

聽這意思，七月初一何文雋周年，他們也不會回去祭拜。

楊妧忽然就有些怒，故意抬高了聲音。「我在護國寺給何大哥點了長明燈，等妳們安頓下來，一起去上香吧？」

何文秀愣了數息，才回答道：「好。」

余新梅回頭看楊妧兩眼，指著不遠處數叢金黃色的迎春花道：「迎春就是遠看才漂亮，離近了看，枝條光禿禿的，毫無美感，就跟楊柳似的，也得在遠處瞧，如煙似霧宛如仙境。」

「沒錯。」楚映附和。「要不怎會有草色遙看近卻無的句子？」

說話間，便到了梧竹幽居。

梧桐樹尚未發芽，青竹卻仍是蔥翠，假山經過連日雨水的滋潤綠油油地鋪著層青苔，看著令人心喜。

丫鬟們將棉墊鋪在石凳上，余新梅讓著何家姊妹先坐下，笑道：「正經是春天了，風都是暖的。阿妧，改天去真彩閣做幾件春天的衣裳吧？上次去報妳的名號，足足讓了三分利……裁完衣裳再去妳家館子吃午飯。」

「我也去！」楚映忙不迭地說。「別改天了，就明天吧，辰正一刻咱們在真彩閣見面。」

楊妧笑道：「我就不過去了，在家裡沏壺好茶等妳們。妳們都是真彩閣的常客，不用報我的名號也會讓利。」

楚映嘟著嘴，不甚情願地說：「我還想讓妳幫我參詳一下呢！花會文會很快要辦起來了，我得多做幾件備著。」

楊妧道：「范二奶奶的眼光比我強多了，妳聽聽她的意見。」

何文秀看著言笑晏晏的楊妧，感慨不已。

往常在濟南府，楊妧行事還有些侷促，也不太愛交往人，到京都才一年，跟這些貴女相處起來彷彿如魚得水般。甚至安郡王府那位顧夫人也特地找到她，說周延江不方便進內宅，託她帶了一袋子魚乾用來餵貓。

她的變化也太大了吧？

楊妧也想到周延江，她還欠著他的柳編籃子呢，遂對楚映道：「明天妳幫我折些柳條帶來，多折點，也別把樹給折禿了。」

楚映「呵呵」笑。「繞著湖幾十株柳樹，我非得從一棵樹上折？妳是不是把我當傻子呢？看我能不能饒過妳？」伸手去撓楊妧癢癢。

楊妧連忙往後躲，眼角瞥見假山，突然就想起去年春天，楚昕躲在假山窟窿偷聽她們說話的事。

她轉到假山後面，看到了一個僅能供貓狗進出的窟窿眼，不由微笑。真難為楚昕，漂亮到不可思議的少年，到底是怎麼鑽進去的？

楊妧恍然察覺自己將近兩個月沒見到他了，也不知他胖了還是瘦了。一路車馬疲憊，胖許是不可能，只會更瘦，想必也會曬黑一點。變黑了的楚昕會不會還是那麼俊俏？

一念起，思念像潮水般洶湧而至，瞬間將她淹沒在其中。

楊妧站在原地，用力咬著下唇。儘管很不願承認，可是……她想他了。

非常想念，而且擔心。

隔天，楚映並沒有按照約定到真彩閣。她被周翠萍和她的娘親趙夫人以及靜雅縣主、高五娘堵在家裡。

趙夫人一把鼻涕、一把淚地在秦老夫人面前哭。「老夫人，不是我愛生事……阿翠才十歲，好生生的臉成了這個樣子，叫誰也嚥不下這口氣。」抬手將周翠萍臉上蒙著的面紗扯下來。

楚映倒吸一口涼氣。

原先的周翠萍算不上特別漂亮，卻也是白淨清秀，而現在臉上密密麻麻全是紅疹，有些地方被撓破，一道道紅痕。

秦老夫人下意識地往後退了退。

趙夫人哽咽道：「老夫人，您也覺得可怕吧？您放心，不是出疹子，不過人。」

秦老夫人關切地問：「這是怎麼回事，請太醫瞧過沒有？」

「瞧過了，所以才斗膽來討個說法，求老夫人做主。」趙夫人從身旁丫鬟手裡拿出個匣子，裡面赫然是支淡綠色冰裂紋瓷瓶。「楚小姐，妳可認識這個瓷瓶吧？裡面盛著素馨花的膏脂。」

楚映定眼一瞧。「是周姑娘跟阿妧討要的那支嗎？因為欠了阿妧的情，昨兒我特地跟阿梅要了兩瓶賠給她。」

「這不就對上了？」趙夫人指著瓶子。「起先阿翠用得好好的，從大前天開始，臉上就發癢。太醫瞧了說可能是吃的東西不對，這兩天只喝白粥還不見好，又尋了太醫過來逐樣物品檢查，這才知道瓶子裡頭有萬年青。膏脂是楊姑娘給的，阿翠素日不常出門，跟楊姑娘不過見了一、兩次面，又沒有深仇大恨，她何至於這般對阿翠，非得毀了阿翠不成？」

「這也太惡毒了！」張夫人總算插上句話，怒氣沖沖地說：「平常看著挺乖巧，沒想到如此可惡。阿映，妳陪趙夫人去討個說法，該見官見官，該入獄入獄，小小年紀心腸這麼狠，以後還能了得？」

「啊？」楚映愣在當地。「阿妧不是這種人，她不可能這麼做。」

趙夫人道：「那天妳也在場，阿翠就是從楊家毒女手裡得的瓷瓶，不是她，又會是誰？」

秦老夫人看著張口結舌的楚映，暗嘆口氣，溫聲道：「趙夫人且消消氣，如果真是四丫頭做的，不容妳說，我這就找人將她捆了來。可事情總得問清楚了……」頓一頓，看向周翠萍。「周姑娘跟縣主那天去東興樓吃館子，四丫頭事先可知道？」

周翠萍搖搖頭，可因面紗遮著不太方便，低低咕噥了一句。「靜雅姑姑跟林娘子臨時提起來的。」

「那妳們遇到阿映，又去四丫頭家裡，四丫頭也不知道吧？」

楚映快言快語地說：「我都想不到，阿妧怎麼會知道？」

秦老夫人警告般瞪她兩眼，繼續問道：「這個膏脂是四丫頭主動塞給妳的，還是妳討要的？」

周翠萍本想說楊妧硬塞給她，可旁邊還站著三個當事人，這個謊撒不得，只得老老實實地承認。「我瞧著瓷瓶精巧可愛，誇了幾句，楊姑娘便說送給我。」

「什麼呀！」楚映聽不下去了。「妳左一句說自己的膏脂沒了，右一句說喜歡這個瓶子，不就是想要嗎？靜雅，妳說是不是？」

靜雅對楚昕賊心不死，當著秦老夫人和楚映的面，自不能胡言亂語，便道：「阿翠是這麼說的，楊姑娘就說這瓶膏脂她還沒用過，忍痛割愛送給阿翠了。」

高五娘見風使舵，緊跟著道：「當時周姑娘拔開木塞瞧過，膏脂的面是平的，確實不像用過的樣子。」

秦老夫人神情凝肅，聲音卻更加和藹。「四丫頭本不知道周姑娘討要瓷瓶，怎麼可能故意害她？依我看來，四丫頭恐怕還不知道膏脂裡面混著萬年青。」

「是廖十四！」楚映突然聰明了一回。「膏脂是她做的，肯定是她先把萬年青放到瓷瓶裡了。」臉色驟然一變，連聲喚道：「紅棗，讓藤黃把我那瓶膏脂也拿過來，趕緊！」

沒多大會兒，藤黃呼哧帶喘地把瓷瓶捧了來。

楚映不敢用手挖，找了柄湯匙將剩餘不多的膏脂都挖出來。

趙夫人道：「不一樣，楚小姐的膏脂是白的，阿翠這瓶是綠的。」同樣用湯匙在瓷瓶底部挖了挖，果然呈現出極淡的綠色。只不過被瓷瓶映著，又沒有原本的嫩白色做對照，倒是不太容易分辨。

楚映長舒口氣。「還好我的沒事。可是這兩個瓶子一模一樣，萬一——」

秦老夫人打斷她的話。「冤有頭債有主，誰做的孽，趙夫人就去找誰吧！四丫頭跟這事可半點沒關係。」

趙夫人抿抿唇。

她心裡明鏡兒似地清楚，廖十四是想害楊四，結果周翠萍當了替死鬼。楊四絕對不能算無辜，可秦老夫人護得緊，當初又是周翠萍這個討債鬼開口要的……也罷，既然有廖十四這個罪魁禍首在，就暫且放過楊四。

趙夫人起身告辭。「既如此，我就不多叨擾了。讓老夫人跟著費心，是我的不是，改日我再給您賠禮。」

「哪裡的話。」秦老夫人也站起來。「孩子生病，為娘的最是揪心，說不上叨擾不叨擾。要是有什麼需要的，儘管打發人來說一聲，我跟郡王妃幾十年的老交情了。」

趙夫人點頭應著，領著一群人浩浩蕩蕩地離開。

秦老夫人坐下，話裡有話地說：「以後交往人，可得睜大眼睛瞧清楚了，有那種壞心腸的媳婦嫌棄婆婆，專門往婆婆湯水裡下巴豆。」

張夫人只以為是說她，身子一抖。「媳婦不敢。」

秦老夫人「哼」一聲。「我知道妳不敢，妳也沒那麼壞，可架不住有些人敢。妳自己想想清楚。」

張夫人頓時想到廖十四。假如真將她娶過門，哪天她看這個婆婆不順眼……

張夫人後背心驚出一身冷汗。

第一百零一章

三天後，楚映來到四條胡同跟楊妧嘮叨此事。「雖然我不喜歡周翠萍，可看到她的臉毀成那樣，沒有一處完好的地方，還是覺得很可憐。祖母說廖十四是想毀了妳的臉，妳得罪她了嗎？」

楊妧手裡編著柳條籃子，淡淡回答。「沒有。」

「那她為什麼要害妳？」

楊妧抬眸，瞧著楚映烏黑透亮的雙眼，半開玩笑地說：「有些人就是見不得別人好。我比廖十四長得漂亮，又比她能幹，所以她嫉妒我。」

「妳是挺能幹的，可是我也比她好看呀！」楚映不服氣地說。

楊妧禁不住笑，索性把事情挑明來說。「廖十四相中了表哥，她當然要逢迎妳。至於我……可能她是把我當成絆腳石……依我看，她根本沒有必要這樣做，只要用心孝敬姨祖母和表嬸，是她的姻緣總歸是她的。」

楚映恍然，撇下嘴道：「難怪廖十四三天兩頭找我，而且總拉著我滿園子逛。我娘是挺喜歡她的，不過我哥未必，我哥說要娶個漂亮的。」

楊妧眉梢微挑。「表哥跟妳說的？」

「祖母問的。」楚映興高采烈地說。「有年中秋節，我娘找出來一對繪著美人的梅瓶賞玩。祖母問我哥，想不想娶個跟上面一樣的媳婦，我哥說太醜，他喜歡漂亮的。」

楊妧「噗哧」笑出聲。「妳那會兒多大？」

「五、六歲吧，好像剛剛開蒙，但這事記得很清楚。祖母誇我哥有眼光，我哥還很得意呢。」

那楚昕就是十歲或者十一歲，對男女之情還不感興趣，也不嚮往。

楊妧幾乎能想像楚昕回答此話時渾不在意而又無比傲嬌的小表情，心軟得快要化了。

她抿著嘴笑一笑。「阿映，妳不懂。兩人若是有情分能談得來，長相如何並不重要。」

否則，前世楚昕就不會因廖十四而終身不娶了。

可廖十四鬧出這樁事情，秦老夫人還會不會容她進門？難不成楚昕又要孤獨終生？

楊妧心頭猛地揪緊，下意識地停下了手上動作。

楚映歪頭看著楊妧先是柔和，緊接著變得凝肅的神情，突然福至心靈地問：「阿妧，妳嫁給我哥，好不好？」

楊妧一驚，手裡柳枝斷了。她圓睜著雙眸道：「這可不能亂講，八字沒一撇的事情，說出去被人笑話。」頓了頓，凝重地說：「阿映，如果表哥回來聽說廖十四的事，妳可得勸著他點。」

楚映不解。「勸他什麼？」

「唔……就是別太難過，以後還會遇到更出色的姑娘。男子晚兩年成親也沒什麼不好，等到二十歲或者二十二都可以，有些人二十五也沒成親。」

「是呀，承影就沒成親。祖母有天跟莊嬤嬤商量，從家裡的大丫鬟裡頭挑一個給他；含光也是，他們都是姑母賜給我哥的侍衛，比家裡管事還高半頭。其實，把劍蘭許給承影不就很好？劍蘭和蕙蘭長得都很好。」

楚映一打岔，將話題岔到了十萬八千里。

楊妧不再提，專心編柳條。先編了一大一小兩只籃子，又編了只湯盆大小的筐子，因見剩下柳條不多，只夠編一只小花籃，便道：「這三樣是給安郡王府周大爺的，我去年就答應過他，麻煩妳打發人送過去，我出門不太方便。我再編個小花籃給妳，這會兒的柳條嫩，葉子鮮亮，用來插花最好看。可惜放幾個月就發脆，禁不得用。」一邊說著，十指翻飛，一只碗口大的小花籃便編成了。

「真是小巧。」楚映拎著小小的把手左看右看，笑盈盈地說：「阿妧妳也太能幹了吧，下次我多折點柳枝，妳再給我編兩個。」

楊妧爽快地答應了。「妳得快點，過了四月，柳條的韌性就差了，很容易折斷。」

楚映應聲好，回府之後將幾只籃子顯擺給秦老夫人看，那只小的裡面特意插了粉紅的桃花和鵝黃的連翹，映襯著翠綠的柳葉，別有情致。

秦老夫人沒耽擱，打發莊嬤嬤送到安郡王府，又包了兩包藥材順便帶給周翠萍。

不到一個時辰，莊嬤嬤便回轉來，手裡拎了兩個油紙包。「郡王府做的薺菜餡餅，剛出鍋，還熱著。顧夫人說一包請老夫人嘗個鮮，另一包給四姑娘。」

「她倒會吃。」秦老夫人樂呵呵地解開繫著的麻繩。「我先嘗一個，好吃咱們就全昧下，不好吃就給四丫頭送去。」掰一半遞給張夫人，另一半自己吃了。「真是鮮，咱們園子裡也有薺菜，得空讓他們挖了也做餡餅。」

「這容易，回頭就讓人挖，興許還有婆婆丁。」張夫人笑著咬一口，頓一頓。「說起來四姑娘真是心大，好歹周姑娘也是因為她傷了臉，怎麼也得親自上門看望一下、道個歉吧？」

秦老夫人笑容頓消，抬手要將手裡半個餡餅扔到張夫人臉上，想一想，拍在桌子上，怒道：「廖十四做的孽，跟四丫頭什麼關係？妳是嫌自己身上太乾淨了，非得往爛泥坑裡打個滾，沾一身髒水心裡才舒服是不是？照妳這說法，周姑娘的臉跟大姑娘的關係更大，連妳都脫不了。」

張夫人漲紅著臉，「喏喏」不敢言語。

秦老夫人瞟一眼旁邊的楚映，總算記得給張夫人留點面子，稍微緩了緩神色。「大姑娘，妳記著，能不沾的髒水就儘量遠著點。總不能明知路上一坨馬糞，非得捧起來看一看，湊過去聞一聞。」

聽到「馬糞」兩字，張夫人看著手裡餡餅，腹中一陣翻滾，強忍著噁心喝口熱茶，總算把那股難受壓下去了。

秦老夫人揚手喚紅棗。「把這兩包餡餅都給四丫頭送去。」

楚映忙追出去跟著加了一句。「順便折點柳條，讓阿妧再給我編個花籃，多折點。」

莊嬤嬤輕咳聲，低聲道：「藥材送到了，趙夫人說多謝您惦記。」

「周姑娘的臉好點了？」

「沒瞧見，興許好些了。趙夫人氣色不錯……聽說廖太太把廖姑娘身邊一個丫頭杖斃了，還賠了不少銀子，大概這個數。」莊嬤嬤伸出左手比劃了下。

「六千？」秦老夫人問道。

莊嬤嬤點點頭。「開頭我以為六百兩，後來才知道自己眼皮子淺，竟然給了六千兩。」六千兩銀子再加上一個丫鬟的命，兩家不再提此事，廖十四的名聲就算「保」住了。

莊嬤嬤臉上掛起一個頗有深意的笑。「老夫人想必猜不到，趙夫人是在京外驛站將人堵住的，廖家母女說家中有事，急著趕回江西，被周家的小廝押了回來。」

秦老夫人嘆一聲。「想走就該早動身，偏生猶豫這些日子，沒有這份果敢剛毅，就不要動歪心思。」

清明節剛過，各種花朵次第開放，京都的文會花會也如火如荼地舉辦起來。

明家、定國公林家分別給楊妧送來帖子。關氏對於這種場合有些不自在，楊妧便跟著秦老夫人前往。
她每次都會帶上楊懷安。
楊懷安春闈沒有取中，很是沮喪了時日，被佘新舲拉去郊外遊玩了一天，總算重新振作起來。他跟關氏商議，想在京都待三年，準備下一科的考試。
楊妧拍板答應了，眼下家裡有進項，不差楊懷安這一口飯，反而楊懷安得空能指點一下楊懷宣背書。
楊溥收到楊懷安的書信後，託人帶了張二百兩的銀票過來。
為了參加文會，楊妧給楊懷安置辦了好幾件新衫子，又把先前張夫人給她的流雲百福玉珮送給了楊懷安。
更重要的是，楊懷安借文會的機會交往了不少文人士子，還在兩位有名的大儒跟前展露了一下文采。
二百兩銀子，楊妧收得理直氣壯極了。
在明家的花會上，她遇到了廖十四。
廖十四笑吟吟地跟她打招呼。「楊姑娘，多日不見，妳的氣色更好了。」
楊妧著實佩服她的厚臉皮。換成她，肯定會心虛得看到對方立刻躲著走，可廖十四神情非常坦然，好像壓根兒沒發生周翠萍那件事。
楊妧沒跟她多寒暄，去跟何文秀姊妹打招呼。

何文秀是余新梅帶著來的。

前世，儘管楊妧嫁給了陸知海，被人稱一聲「陸夫人」，可在花會上仍是受冷落的那位，是何文秀抬舉她，引她站穩了腳跟。

楊妧記得她的情分，幫她引見了孫六娘、高五娘和林二娘子。

四月中旬，楊妧收到了楚昕的信。

信上說他順利到達寧夏鎮，此行收穫不少，賺了很大一筆銀子，可以算得上富甲一方了。

他打算耽擱十天，收購一些田七、枸杞等藥材，再買些銀飾和地毯。

楊妧扳著手指頭數算日子。信是三月二十八寫的，過十天應該是四月初八，他已經啟程大約十天了，按照一個月的路程來算，大概五月初能到。

她預料得不錯。

端午節前一天，范真玉回來了，還給楊妧捎了兩個大箱籠。

他黑了也瘦了，氣色卻極好，兩眼烏漆漆地放著光。「箱籠是楚世子讓帶給妳的。我們在太原府分手的，他帶著一隊人馬北上往大同去，說延後五、六日便回京。」

楊妧道了謝問道：「路途可太平？」

「還行，遇到過幾次馬匪，得虧楚世子帶的人強悍，不等馬匪靠近就迎上前殺了個落花流水，算是無驚也無險……都說十村八鄉風俗不同，這次出門可真正長了見識。百姓們穿的衣裳、吃的飯食各有不同，陝西那邊有種紅紅的秦椒，切成末用油炸香，味道辛辣，卻極下飯，有時候能把人辣得眼淚都流出來。」

范真玉挑著路上的趣事說了兩、三件便告辭離開，楊妧讓清娘和問秋把兩個箱籠抬到正房廳堂的地上。

一個箱籠裡面裝著各色布疋，有絹有緞有棉布，質料不如蘇杭的細軟，配色卻鮮明亮麗，用大紅底織寶藍花，或者用湖綠底色織鵝黃色紋路。

關氏抻開，一面感嘆一面發愁。「這塊布漂亮是真漂亮，但能做裙子還是褙子？怎麼感覺穿不出去？」又撫摸著精美的地毯。「這麼漂亮鋪在地上可惜了，但是不踩在腳底下，放別處也不適合。」

楊妧抿嘴笑著打開另一個箱籠。

裡面亂七八糟什麼都有，泥塑的娃娃、木刻的版畫，還有大大小小十幾個木匣子，有的裝著胡粉胭脂，有的裝著不知道什麼材質的手串，一匣子裡面是各式花樣子，一匣子各種銀飾，耳墜、髮釵、戒子等物。

楊妧尚未細看，關氏將箱籠合上。「這些東西可得費工夫整理，搬到妳屋裡慢慢收拾去。」

清娘和問秋只得顛顛地把箱籠抬到了東廂房。

關氏長長嘆口氣。

適才匆匆一瞥，她已知道，這些新奇好玩的東西都是楚昕特意搜刮來送給楊妧的。他的心思昭然若揭，楊妧臉上也帶著無法掩飾的歡喜。

她是過來人，怎可能不明白？既然互有情意，還是讓楊妧私下整理吧，免得被看破感覺害羞。

楊妧整理了足足五天才把各樣東西歸置好，給了楊懷安一套竹根雕成的酒盅，給了楊懷宣兩個木刻筆筒、筆山，給楊嬋兩隻泥塑的小老虎。

再將銀飾分別挑出幾樣，打算送給余新梅和明心蘭。

還有一布袋應該是秦椒的東西，她不知道如何處置，因見裡面有白色芝麻粒大小的種子，便在向日葵旁邊挖了幾個坑，種進去澆了水。

一轉眼又是五、六天過去，楚昕還沒回來，楊妧打發清娘到國公府問了問。

國公府也沒收到楚昕的書信。秦老夫人倒還沈得住氣，張夫人已經眼淚汪汪地燒香拜佛了。就連楚映這個懶得動筆寫字的，也焚香沐浴虔誠無比地抄了兩卷《金剛經》。

原本楊妧不太擔心，畢竟前世這個時候，楚昕還好端端地活著，滿京都鬥雞走犬呢！但今生有了不少變數，而且比范真玉說的五、六日遲了將近半個月。

大同離京都快馬加鞭三、四天就能到，沒理由耽擱這麼久。

楊妧突然感到焦慮起來，可這焦慮又無法說出口，只能苦苦壓抑著，飯吃不好，覺也睡不香，沒幾天嘴角長出來兩個火泡，一碰就疼。

她神思不屬地度過了十四歲的生辰，連素日愛吃的燒蹄膀都覺得索然無味。

關氏看在眼裡，悄悄讓清娘又到國公府跑了趟。

清娘回來，壓低聲音告訴關氏。「老夫人急得病了，躺在床上起不來。張夫人也哼哼唧唧說身子不爽利，只有楚小姐在侍疾。」

關氏心頭一緊。

國公府這個情況，是不是楚昕不好了？

第一百零二章

闞氏讓清娘瞞著別告訴楊妧，可隔天，楊妧又想讓清娘去國公府聽信。

清娘沒辦法，把國公府的情形告訴了她。

楊妧腦門突突地跳，周身血液好像一下子全被抽空般，眼前一黑，身子往旁邊歪去。

「姑娘！」清娘眼疾手快，一把扶住她，伸手掐她人中。

突如其來的疼痛讓楊妧清醒了些，長舒一口氣。「我沒事……」扶著桌沿站起來，又重複一遍。「我沒事。」

清娘知道她是一時激動，倒了半杯溫茶給她。「姑娘喝口水，把心好好地放在肚子裡，沒有消息就是好事。」

楊妧沒法放心。是她攛掇著楚昕去西北，倘若真有個三長兩短，她沒臉見秦老夫人，也沒臉見楚映。

清娘道：「那讓青劍往城門口轉一轉，若是世子回來，姑娘頭一個就能知道。」

「算了。」楊妧沒精打采地搖頭。「誰知道他從哪個城門進城？」

四條胡同離哪個城門都不近，快六月了，沒必要讓青劍頂著大太陽四處奔波。

又過幾日，她送了楊懷宣和楊嬋去隔壁念書，拎一把雞毛撣子有一下沒一下地撣著桌椅上的灰塵，只聽院子裡團團「汪汪」叫幾聲，接著劉吉慶清脆的聲音響起。「太太、太太，楚世子來了。」

關氏在屋裡嚷道：「快請進來！」

楊妧晃了晃神，有些不敢置信，生怕自己聽錯了。

不多會兒，有人邁著大步走進院子裡。

他穿寶藍色長衫，腰間束著白玉帶，髮間戴羊脂玉髮冠，眉毛挺秀目光溫潤，正柔柔地向她走過來，不是楚昕又是誰？

楊妧心裡一陣氣苦，攥著雞毛撣子衝出去，劈頭蓋臉朝楚昕身上打，頭一下使足了力氣打得狠，接著掄起來打第二下。

楚昕著急地喚道：「楊妧，仔細手疼。」

楊妧驀地鬆了勁，將雞毛撣子扔到他身上，回身跑進屋裡甩上門，背靠在門板上，淚水噴湧而出，剎那間淌了滿臉。

哭泣聲嗚嗚咽咽地傳到外面，楚昕追兩步到了門口，卻不敢進，側頭瞧見關氏趿拉著鞋出來，手足無措地說：「表嬸，您勸勸表妹，天太熱，別哭壞了。」

關氏見他臉頰明顯有道紅痕，暗罵一聲楊妧下手沒輕重，關切地問：「疼不疼？我給你上點藥。」

楚昕一顆心全在楊妧身上，哪裡顧得上自己，連聲搖頭。「我沒事，表嬸別管我，先瞧瞧表妹。」

關氏嘆道：「世子先回去上點藥，我勸勸阿妧。你在這裡，阿妧怕是不好意思開門。」

楚昕抿抿唇，應道：「那我晚點兒再過來。」

關氏送他出門，見他上了馬，回轉身，打一銅盆水端到東廂房。

楊妧已經止了泣聲，坐在官帽椅上發呆。

關氏絞了條帕子遞給她，嗔一聲。「下手那麼重，臉都腫了。」

楊妧忙問道：「傷得可厲害？出血沒有？」頓一頓，強自解釋道：「我是氣他做事不牢靠，這麼大的人了，不知道往哪裡寫封信，害得姨祖母惦記。」

關氏道：「妳當妳娘是傻子？」

楊妧咬著下唇不作聲。

惦記著楚昕是真的，見到他的那份狂喜也是真的。她騙不了關氏，也騙不了自己。

關氏不再說話，扯過她手裡的帕子，端著銅盆離開。

秦老夫人心疼地看著楚昕的臉。「不就是進趟宮，臉怎麼傷著了？」

自從一早楚昕進了家，秦老夫人的病立刻好了，頭也不暈了，胸口也不悶了，精神抖擻得不行。

楚昕避重就輕地說：「順道去了趟四條胡同，表妹在除塵，雞毛撢子蹭了下。」

秦老夫人掀掀眼皮。

皇宮跟四條胡同……怎可能順得上道？而且蹭一下能蹭出紅印子來？

雖然心疼大孫子，嘴上卻道：「該打，我看是揍得輕了，這麼長時間也不知道寫個信，再耽擱幾天，你就等著給我收屍吧！」

「您別生氣，我知道錯了，以後再不敢了。」楚昕連忙跪下，手扶在秦老夫人膝頭，懇求道：「祖母，我跟姑母說了想求娶表妹，姑母已經同意了。您立馬請託人，明天就去求親，好不好？」

秦老夫人故意道：「你去求，四丫頭也未必同意。」

「一次不成就求兩次，我總得有誠意。我仔細想過，請錢老夫人作媒最適合，表妹跟余大娘子交好，對錢老夫人很是尊敬。要不我去跟錢老夫人說一聲？」

「你說能有用？」秦老夫人佯怒。「少不得我這個老婆子頂著大太陽跑一趟吧！趕緊讓人備車，再耽擱可就趕上飯點了。」

楚昕騰地站起來。「我陪祖母去。」

「不用，看你這滿身汗，回去洗把臉上了藥，再把衣裳換了，好好的孩子怎麼邋裡邋遢的。」秦老夫人邊咕噥，邊進裡間換出門衣裳，心裡著實高興。楚昕會動腦子了，知道請錢老夫人。

說真的，再沒有比錢老夫人更適合的媒人了。

楚昕回到觀星樓，洗把臉，換了件家常穿的鴉青色道袍，想一想，又換上玉帶白的衫子，從書案最底下的抽屜裡找出只漆著清漆的花梨木匣子，用塊藍色棉布包著，急匆匆往外走，邊走邊道：「我有事出去，不用留飯。」

蕙蘭和劍蘭在院子裡的樹蔭下做針線，齊齊應了聲，互相對視兩眼。都快午時了，這位爺怎麼趕這個時候出去？

太陽正毒，熾熱的光線在地上激起層層熱浪，路旁樹葉都打了捲，沒精打采地垂著。

楚昕策馬趕到四條胡同，叩響大門上的獸首，對青劍道：「能不能請四姑娘出來？我有事跟她商議。」

正是飯點，劉吉慶去了飯館幫忙，青劍親自往二門回稟。

楚昕站在屋檐下靜靜地等。似乎過了很長時間，楊妧才出來。

她穿淺粉色素面杭綢褙子，豆綠色水波紋湘裙，頭髮挽個纂兒，髮間簪一對小小的珠簪，耳墜也用了珍珠，小小的兩粒緊貼在白淨的耳垂上。打扮簡單卻清麗，看著就讓人心靜。正是他夢裡見過的樣子。

楚昕的心「怦怦」跳得急，亂無章法。

他深吸口氣，指著東牆邊的大槐樹。「樹蔭下涼快，到那兒說會兒話吧。」

槐樹已有了些年歲，繁茂的枝葉灑下好大一片濃蔭，而棗紅馬擋住了路上行人的視線。

楊妧站定，像往常一樣，親切地笑。「表哥有事？」

楚昕看著她，忽而抬手指著自己臉頰。「這裡疼。」

他一路趕得急，臉上沁出一層細汗，浸潤著那道紅印子越發地紅。

楊妧暗自後悔，那一下的確打得狠，她誠摯地道歉。「對不起，剛才有些失態。很疼嗎？」

楚昕不答，黑亮的眼眸盯牢她的雙眼。「妳擔心我，對不對？我應該寫信給妳的，可這是皇上吩咐的差事，往山西行都司替他巡邊——」

「不用告訴我。」楊妧打斷他的話。「聖上的旨意別隨便跟人講。你平安回來就好，這陣子姨祖母都急出病來了。」

「妳呢？」楚昕柔聲問。

楊妧低著頭，眼淚瞬間溢了滿眶。那些夜不能寐食不下嚥的日子彷彿就在眼前，她是強撐著不生病，可他要是再晚回來幾天，誰知道她會不會倒下？

「楊妧，」楚昕柔聲喚她的名字。「祖母已經去請媒人了，明天就來求親好不好？」

楊妧大吃一驚，本能地抬頭。「不！」淚水自眼角滑落，顫巍巍地掛在她腮旁。

楚昕往前半步，抬手去拭，她想躲，不知為什麼卻沒動，任由楚昕帶著薄繭的手觸上她臉頰，有些微刺痛。

楊妧別開頭。

楚昕慢吞吞地說：「不訂親就成親，不合規矩。」

「不是……」楊婉腦子突然有點不夠用了。「誰說要跟你成親？我根本沒打算嫁人。」

「可是我要成親，」楚昕再往前挪一點，象牙白衫子的衣襬幾乎挨著她豆綠色的羅裙。

「妳打算讓我娶誰？靜雅、張珮還是廖十四？」

她一個都不想讓他娶。楊婉抿著唇，心裡頓生惱怒。「你想娶誰就娶誰，跟我有什麼關係？」

「有關係。」楚昕一字一頓地說。「妳答應過祖母，在我去宣府之前替我訂下親事，可我誰都不想娶，我只要妳。」

楊婉沒想到楚昕拿這話堵她，不由分辯道：「姨祖母相中的是廖十四。」

「不是。」楚昕很篤定。「我不喜歡她，祖母也不喜歡她。正月裡，我就跟祖母說過，回來就到妳家提親，祖母早就應了。今兒早晨，我進宮覆命特地去見了姑母，姑母也說好。」

「可我不答應。」

「阿婉，」楚昕道。「我在西北學了首曲，我唱給妳聽，要是妳覺得好聽，就答應我好不好？」不等楊婉答應，已開口哼唱道：「為郎想妹想得呆，每日把妹記心懷……」只一句便忘了詞，想一想接著再唱。「走路難分高和低，吃飯不知把碗抬……」

楊婉「噗哧」笑出聲。「這哪是西北的曲？分明是雲貴的小調，不好聽。」

楚昕一把握住她的手，軟聲相求。「妳笑了，就是覺得好聽。妳答應我好不好？」

他的手修長有力，緊緊握著她的，灼熱的氣息絲絲縷縷撲在她臉上。

楊妧只覺得面頰熱辣辣的，嘴裡一句話都說不出來。

楚昕垂首，俯在她耳旁低聲道：「妳不說話就是同意……祖母請了錢老夫人，明天早早就過來。晚上我把聘禮單子寫好，明天一併帶來。」

「你傻呀，聘禮是大定的時候用，現在還沒小定呢！」楊妧瞪他，瞧見他臉上的溫柔笑意，方知上了當，用力抽開手，恨恨地說：「你無賴……我回去吃飯了。」

楚昕有心多留她一會兒，又怕她餓著，依依不捨地說：「妳去吧，我晚點兒再過來。」

「來來回回，你不嫌熱我嫌熱。」楊妧嗔他。「不許再來，來了我也不理你。」

她板著臉，腮旁紅暈猶存，烏漆漆的眼眸裡水波瀲灩，雖是薄嗔，卻蘊著無限情意。楚昕心頭熱熱地蕩了下，柔聲道：「我聽妳的。」側眸瞧見馬背上的包裹，連忙解下來遞給楊妧。「給妳的生辰禮。」

楊妧接在手裡，慢悠悠地往家裡走，走兩步，想起之前說過的話，轉回頭，笑著道：「表哥，你還記得不？我曾經答應過，及笄前不會訂親……」

楚昕目瞪口呆，過了數息反應過來，楊妧的身影已不見，那扇黑漆大門復又掩上了。

他咧開嘴，拍了拍悠閒地甩著尾巴的棗紅馬，親暱地說：「我馬上要訂親了，過一陣子也給你找個伴。」俐落地踩著馬鐙上馬，疾馳而去。

第一百零三章

楊妧將藍布包裹放到東廂房，到正房吃完飯，支支吾吾地開口。「娘，我有件事……表哥說、說……姨祖母明天會託人來提親。」

關氏捧一塊井水湃過的西瓜，好整以暇地啃，啃完一塊又拿起一塊，好像沒聽見似的。

楊妧嘟起嘴，顧不得羞澀，不滿地問：「娘，您到底應還是不應？」

關氏掀掀眼皮，隨意地道：「這還用問？妳照照鏡子就知道了。」

她狐疑地走進裡間，坐在妝檯前，揭開鏡袱。

明亮的鏡子裡現出少女的臉，俏生生的鴨蛋臉，膚白如雪，唇紅若櫻，腮邊暈著淺淺的霞色，嬌羞而不失明媚。最吸引人的卻是那雙眼，烏漆漆地閃著光，如皎月似繁星，又像三月江南的溫潤細雨，綿綿密密地盛滿了歡喜。

這個如夏花般燦爛的女子是她嗎？

楊妧從來不知道自己竟然有如此漂亮動人的時候，「啪」一下將鏡子轉個面。

關氏走進來，瞧著她滿面羞色。「妳說我應不應？前兩天臉色灰得跟沒救了似的，今天倒是抖起來了，都能拎著雞毛撢子打人了，我敢不應嗎？」

楊妧漲紅了臉。她表現得有這麼明顯嗎？虧得她以為自己已經世故得不動聲色波瀾不驚。

闕氏在她身旁坐下，正色道：「原先我覺得門第差得遠，不太想攀附楚家，現在看來世子待妳是真心真意，自己挨了打還惦記著妳哭壞身子，老夫人對妳也是真心疼愛。錯過這門親，未必會有更好的。」

尤其楚昕的相貌和氣度，如珠如玉，看慣了他，別的男人怎可能入得了眼？

楊妧低著頭，手指輕輕摩挲著豆綠色羅裙的紋路，輕聲道：「我怕好不長久。表哥的人才，走到哪兒都是香餑餑，頭兩年應該還好，時候久了……舊人哪能抵得過新人？」

她不想再殫精竭慮地伺候男人和男人的那些庶子庶女。

闕氏虛點一下她的腦門。「還沒成親呢，怎麼就想到十年八年之後了。」沈默片刻，接著道：「假如真到那一步，就當他死了，或者和離，我接妳回家。不過，想得太長遠也沒用，當年妳爹經常說給我掙個誥命回來，可人一下子就沒了，說不定世子……別想太多，現如今妳有情他有意就好，何必為那些沒發生的事情自尋煩惱？」

這話說得有道理，楊妧順從地點點頭。

闕氏笑道：「家裡總算有件喜事，以後得給妳把嫁妝攢起來。知味居是妳一手張羅的，給妳陪嫁過去——」

「知味居要留給小嬋。」楊妧打斷她的話。「我的嫁妝我會打算，娘不用操心，而且現在說這些也太早了，我要歇會兒晌覺，您也歇著吧。」

回到東廂房，楊妧解開藍布包裹，裡面是只海棠木的匣子。匣子約莫七寸見方，上層放著厚厚一沓銀票，五百兩和二百兩的，各是二十張，合計一萬四千兩銀子。

楊妧嚇了一跳，又打開下層。

下層是零零碎碎的紙箋，有的短，只寥寥數語。楊妧，現在到了山陰縣，打個尖餵了馬即刻動身。有的長，約莫寫了半面紙，寫興縣落了雪，比京都的雪大，望過去一片白。有的卻是錄了一句詩：願我如星君如月，夜夜流光相皎潔。

楊妧逐張紙箋看完，想起楚昕那雙燦若星辰的眼，不知不覺，眼前已是一片模糊。

此時的楚昕卻很興奮，也不喚人伺候，親自研了墨，鋪開一張宣紙，看著博古架上的擺設，一樣樣往紙上謄錄。

瓷器寫一頁，字畫寫一頁，書房的寫完了，再到臥室去，挑著名貴的物品往上添，觀星樓的寫完再到覽勝閣去寫，林林總總寫了六、七頁，楚昕折起來，塞進懷裡大步往瑞萱堂走。

秦老夫人在余閣老家吃了中午飯，回來之後歪在炕上打盹，迷迷糊糊中聽到楚昕的聲音，連忙坐起身。

楚昕兩眼晶亮地進來。「祖母，錢老夫人可答應了？」

秦老夫人嗔道：「我跟她二、三十年的交情，她好意思不應？你眼巴巴地過來就為這事？」

「還有別的。」楚昕拿起旁邊蒲草編成的團扇給秦老夫人打扇。「我聽說六禮走完要一、兩年工夫，能不能兩禮併做一禮，明天納采問名都辦了；納吉也不用，我跟阿妧定然是上上吉，再般配不過。」

秦老夫人失笑。「你這意思是直接下定？」

楚昕掏出懷裡紙張。「這些做聘禮成不成，再加上一萬兩現銀。」

秦老夫人往窗前湊了湊，伸長胳膊，認清了紙上的字，嘆著氣道：「你是要把摘星樓都搬空了？這些事情你不懂，也不是你該管的，我跟你娘就張羅了。」

「可是，」楚昕面色紅了紅。「這些都是我喜歡的，用來下定才有誠意。」

聞言，秦老夫人竟有些語塞，默了會兒才道：「你送聘禮過去，四丫頭要陪送相應的嫁妝。聘禮下得越多，嫁妝越要豐厚，這不是為難四丫頭？」

楚昕道：「我不會讓她為難，一輩子就這麼一次，我想風風光光地娶她，也讓她風風光光地出嫁。」

秦老夫人再嘆一聲，將那幾張紙塞到炕櫃的抽屜裡。「我知道了。你放心吧，四丫頭以後是我的孫媳婦，這個臉面我總會給她撐起來，也會早點把她娶進門。」

「多謝祖母，」楚昕咧開嘴笑。「那我去跟阿妧說一聲。」將團扇塞進秦老夫人手裡。「您先讓荔枝伺候著，回頭我再給您搧風。」

風風火火地離開。

隔著洞開的窗扇，秦老夫人瞧見他匆匆的身影，恨恨地罵道：「小兔崽子，沒過河就拆橋！」不等罵完又忍不住笑，邊笑邊嘟囔著。「該娶媳婦了，看興頭的……今年成不了親，四丫頭還小；明年五月行了及笄禮，八月成親，最好趕在中秋前，天氣不冷不熱，還能一起過節……年底說不定能懷上，懷不上也沒關係，太小了生孩子傷身體，十七、八歲生也來得及。」

楊妧看著槐樹下的楚昕，頗為無語。「來來回回三趟了，真不嫌累？」

「不累。」楚昕笑著搖頭。「我有事跟妳說。錢老夫人已經應允作媒，大概巳初過來。阿妧，妳別耍賴，當初說的是，兩年之內妳不跟別人訂親，我不是別人！」

「別人」兩個字說得極重，咬牙切齒般。

楊妧歪著頭，眉梢挑起，腮邊梨渦靈巧地跳動。「表哥記錯了。」

她在他面前總是沈穩，極少有這般俏皮的時候。楚昕看得心神盪漾，胸口像是兜滿了風的船帆，脹鼓鼓地全是喜悅。

他情不自禁地往前挪了一步，低聲說：「先前祖母經常告誡我，不能仗著長相漂亮欺負女孩子，我從沒欺負過女孩子。阿妧，妳也不能仗著妳聰明欺負我……我沒記錯。」

楊妧愣住，心頭驟然酸軟得厲害。

楚昕又道：「妳看到我寫給妳的字條了？有些是匆匆忙忙寫的，有些是突然想到妳寫的，不放心送到驛站寄，一直隨身帶著了。妳給我寫的回信呢？」

楊妧心虛地低下頭。

她沒寫，一封都沒寫。她不知道寫什麼，而且早已失去用書信表達感情的衝動了。

楊妧抬眸，柔聲道：「對不起，是我的錯，我給你做件衫子好不好？」

楚昕抿著唇，黑亮的眸子裡盛滿了委屈。「妳不用道歉，誰讓我喜歡妳……妳做件衫子，再繡個香囊，我要花開並蒂的。」

「好。」楊妧不假思索地答應。「你想要石青色還是湖綠色的？這兩個顏色配著粉色蓮花都好看。」

楚昕道：「妳做的都好看。」

楊妧撇嘴，而歡喜一層一層從心底瀰漫上來，染紅了雙頰，點亮了雙眸。

「那再繡個荷包好了，」楊妧輕聲說。「也是並蒂蓮的。」忽而想起那沓銀票，忙道：「匣子裡還有很多銀票，我拿給你。」轉身要走。

楚昕一把拉住她手臂。「是給妳的。」手指下移，尋到她的手，慢慢攏緊包在掌心裡。「這一趟賺了差不多五萬兩，除去給鏢師和士兵的賞賜，還有四萬多。這些妳留著用，買衣裳首飾也好、置辦宅子鋪子也好。最好還是買鋪子，不用妳親自打理，賃出去每月收租金便好，以後表嬸和小嬋不用因為生計發愁。等下聘的時候，我再送一萬過來置辦嫁妝——」

第一百零四章

「不用。」楊妧柔聲打斷他。「嫁妝量力而行即可，沒必要太奢華……你賺這麼多銀子，皇上知道嗎？」

「面聖時說過，我說販私鹽是死罪，這銀子我不能要，拿出兩萬兩給皇上，如果有人舉報我，他得替我開解幾句。皇上沒收，抓了本摺子扔我，罵我是慫包……可他並不像生氣的樣子。皇上年近花甲，開始喜歡繞膝之樂，幾位皇子對他畏懼得多，親近得少。我是子姪輩的，又不惦記他的皇位，所以表現得隨意些，皇上反而更高興。阿妧，妳早就猜出來了吧？」

楊妧彎起眉眼笑，反手回握住他的手。

楚昕目光閃亮。「我是看顧家茶葉鋪子的錢掌櫃行事才揣摩出來的。出去五個月，長了見識，也學了不少東西，以前妳跟我說的話，有些不太懂，現在都想明白了。阿妧，妳比我聰明得多。」

「沒有。」楊妧仰頭望著他，滿眼都是「我家有子初長成」的驕傲。「表哥也不笨，只是經歷的事情少，沒有用心想，以後肯定比我強得多。」

楚昕點頭。「阿妧，我能撐起一個家，也能護著妳，不讓妳受委屈。」

楊妧抿抿唇，想問他納妾的事，默一默，又放棄了。即便現在承諾了，又有什麼用？人總是會變的。當年陸知海不也是山盟海誓，可情意只維持了短短的兩、三年，紅顏未老，恩情已斷。

她搖頭揮去那些往事，溫聲問道：「國公爺八月回京嗎？還有兩個月的時間，你打算做些什麼？」

「皇上把這次的八十名士兵送給我了。何公子寫的那本《戰事偶得》非常實用，我想演練陣法，帶到宣府去。這是一件，再然後……阿妧，我想早點下定，不要那麼繁瑣，明天納采問名都過了好不好？我抽空去捉一對大雁。」納吉要行奠雁禮。

「好。」楊妧既然決定要嫁給他，便不會在這些繁文縟節上糾結，只道：「表哥別捉活雁了，捉回家也養不長久，大雁情深，一隻死了另一隻絕不會獨活，不如表哥親手畫一對大雁。表哥學過書畫，我看看你技藝如何。你畫完了，我照著繡幾方帕子，你去宣府帶著。」

楚昕答應著，臉上卻露出明顯的為難之情。「我怕畫不好。」

「沒關係。」楊妧笑著鼓勵他。「我都答應訂親了，肯定不會因為這個反悔。」

日影西移，陽光已經沒有了正午時的熾熱，而是呈現出溫柔的暖色，透過繁茂的枝葉，星星點點地灑落下來。

她便站在光斑之下，笑容溫柔又溫存，那對梨渦淺淺跳動，吸引著他、蠱惑著他。

楚昕低頭，唇落在她髮髻上，一股幽香襲來，直入鼻端。

而身下那一處像是士兵聽到命令，瞬時昂起頭。

楚昕大窘，忙鬆開楊妧的手，側轉身。「天色暗了，樹下蚊蟲多，妳進去吧，我也回了。」

楊妧已察覺到，也是尷尬不已，又覺得有幾分好笑，卻裝作渾然不知的樣子道：「那我進去了……訂了親就不好經常見面了，要是有事，你找人送個信給我，別天天往這裡跑了。」

楚昕連連應是，眼見著她走進大門，才舒口氣。

還好楊妧不知道，否則豈不把他當成登徒子？可思及她柔若無骨的小手和髮間清清淡淡的暗香，臉頰越發火燒火燎地熱。

他想早點成親了。

楊妧看著衣櫃裡的衣裳發愁。穿紅色顯得過於刻意了，天水碧又太素淡，思來想去挑了件月白色收腰小襖，卻是配了條嫩粉色的十八幅湘裙。裙襬寬，襯得腰身更加細軟，盈盈不堪一握。

頭髮梳成雙環髻，簪朵粉色絹花，看著嬌豔明媚，卻是十足的家常打扮。

關氏看在眼裡，既是歡喜又是傷懷。

喜的是閨女長大了，有人上門提親了，傷感的是過不了兩年，閨女就要冠別人的姓，成為別人家的人。

就在喜憂參半中，秦老夫人和錢老夫人攜手進了門。

楊妧上前行禮，錢老夫人拉著她的手，笑道：「去年見著四丫頭，還是一團孩子氣，今年就長成大姑娘，到了說親的年紀了。妳說想當我們余家的孫媳婦還是楚家的孫媳婦？」

楊妧羞紅了臉。

秦老夫人笑罵。「讓妳來作媒，不是讓妳撬牆腳，別為難四丫頭了。」轉頭對楊妧道：「四丫頭，阿映說想要張百日蓮的花樣子用，妳這裡可有？」

「有，」楊妧回答。「我這就去描。」乘機避了出去。

「瞧瞧這老貨，護得倒是緊。」錢老夫人打趣秦老夫人一句，轉而正了臉色對關氏道：「三太太，今兒我是為四姑娘來的。打去年開始，妳這個姨母就相中了四姑娘，昨兒在我那裡蹭吃蹭喝，非得讓我保這個媒。我覺得真是樁好親事，從家世上，你們兩家是親戚，親上加親；從人品上，昕哥兒的相貌在京裡數一數二，跟四姑娘再般配不過；從才幹上，昕哥兒連著結了幾樁差事，樁樁辦得漂亮……」

關氏微笑，覺得錢老夫人的確會說話，把懸殊的門第偷偷改換成親戚，讓人聽著格外舒服。

楊妧坐在東廂房的書案前描花樣子，一邊描，只聽著正房時不時傳出爽朗的笑聲，可以想見三人談得甚是投契。

儘管知道這樁親事已經十拿九穩，可聽到笑聲，她的心還是安穩了許多。至少中間不會出什麼紕漏。

一連描了三、四張，忽然聽到「咚咚」的敲門聲。「四丫頭。」

楊妧忙起身，將秦老夫人讓進來。

秦老夫人坐定，先四下打量眼屋裡擺設，輕聲道：「妳娘答應了，正在抄八字，我跟妳說幾句話。」

楊妧低眉順目地站著。「姨祖母，您說。」

「妳也坐，別拘束。」秦老夫人指著身旁的椅子，待楊妧坐下，溫聲道：「四丫頭，昕哥兒腦子是一根筋，認準了誰就是誰，以後妳可不能欺負他。」

楊妧微愣，一時猜度不出秦老夫人什麼意思，裝傻充愣地說：「姨祖母，我哪裡欺負得了表哥？他是頂門立戶的男人，力氣比我大多了。」

秦老夫人拍拍她的手。「這個妳放心，昕哥兒不欺負女孩子。」頓了頓，突然長嘆一聲。「前兩天昕哥兒沒回來，我呀，夜裡總是作夢，昕哥兒過得苦啊……」

楊妧身子抖了抖，秦老夫人是要藉著夢境說前世的事嗎？

她低著頭，耳朵卻豎得老高，只聽秦老夫人道：「說是夢又不像夢，像是真發生似的……夢裡，我不認得妳，妳也沒在家裡住過，有天昕哥兒突然說在護國寺瞧見妳，讓我託人求親，我沒應。」

「不可能。」楊妧脫口而出。「我怎麼不知道？」

秦老夫人笑道：「傻孩子，我作的夢，妳哪會知道？」拍拍她的手，繼續說：「後來妳嫁了人，昕哥兒心裡置氣，再不去相看，隔三差五往青樓楚館混，慢慢地名聲就壞了……也不是沒人說親，他只是不應。妳在方家胡同有間筆墨鋪子，他吩咐管事，每月去買上百兩銀子的紙筆，家裡沒那麼多人寫字，都送到護國寺了……」

楊妧如遭雷殛。前世，楚昕看中的不是廖十四嗎？怎麼會是她？

印象裡，她只見過楚昕三次。

頭一次是給楚貴妃哭靈，她動了胎氣在寮房暫歇，楚昕極無禮地盯著她看。第二次是在戒臺寺，寧姐兒差點走丟，楚昕也沒跟她說過話。再就是楚昕受刑前一天，她坐著馬車經過趙府門前。

他們之間壓根兒沒有交談過，一句話都不曾說過，她也沒有在護國寺見到他……

第一百零五章

楊妧呆呆傻傻地坐著，連秦老夫人幾時離開都不知道，腦海紛紛雜雜全是前世的情景。

楊家搬到京都，住在麻花胡同附近。她跟楊婉閒著沒事，經常去護國寺遊玩，同去的還有隔壁蔡家兩個女孩子，也都是十三、四歲。

護國寺寮房附近種了五、六棵銀杏樹。

蔡二娘指著其中一棵說是雄樹，楊妧不相信，貓貓狗狗分公母，花草樹木怎可能分雌雄？

四個人爭論不休，陸知海恰好經過，長揖道：「在下冒昧，白果有雌雄之分，雄株高大筆直，枝椏稀疏；雌株略矮，枝葉茂密，兩者樹葉也略有不同。」

彼時陸知海正值弱冠，青衫緩帶侃侃而談，折服了楊妧的心。

卻是半點沒有楚昕的印象。

去潭拓寺也是。

寧姐兒尚小，寸步不離人，陸知海一進山就跟知交好友賦詩作對去了，她忙著在客舍伺候婆婆照顧女兒，哪裡顧及得到別家勛貴？

那間筆墨鋪子就更別提了。

婆婆不願意她拋頭露面，她一個月去不了一次鋪子，都是掌櫃帶著帳本到陸府對帳。因為地角好，就在國子監門口，所以每月收益都不錯，誰能想到其中有楚昕的照拂？

卻原來，楚昕前世喜歡的是她……可他從來都沒說。

即便是在戒臺寺後山，身邊只有寧姐兒和含光，他都沒開口，只是冷冷地掃了她兩眼便昂首離開。

楊妡緊緊咬住下唇。

她早早嫁給陸知海，說了又有什麼用，徒然打擾她的生活，甚至會惹來閒話，沈默才是最好的守護吧？

楊妡深吸口氣。前世已然過去，再糾結也沒用，這一世她要好好待楚昕，寵著他陪著他。

臨近午時，兩位老封君婉拒了關氏留飯，樂呵呵地離開。

關氏拿著楚昕的生辰八字問楊妡。「老夫人去合八字，這兩三天就會有信，咱們要不要合一下？若是合得來，老夫人想盡快下定……」

楊妡道：「不用了，如果真的合不來，姨祖母必定不會結親。親事定下來，什麼時候納徵都可以，成親別太早，我想在家多待些時日。」

關氏笑道：「再早也得等妳及笄，晚也不能拖到十七，就是一、兩年的工夫。」

過幾天，錢老夫人拿著欽天監監正親批的「天作之合」上門。楚昕親自陪同，順便也帶來他畫的大雁。

楊妧掃一眼，「噗哧」笑出聲。紙上灰突突兩隻，與其說是大雁，倒不如說是大鵝。

楚昕低聲抱怨。「我早說過畫不好。」

楊妧收了笑，柔聲道：「挺好的，你看這兩隻鵝……大雁胖乎乎的，肯定不缺食物，生活安逸。」

楚昕懷疑地看著她。「那這個能繡嗎？」

楊妧抿抿唇。「我繡鴛鴦好了，鴛鴦有現成的花樣子。」

「哼，」楚昕從鼻孔出氣。「妳還是嫌棄我。」

楊妧忙道：「沒有，其實灰鵝也是成雙成對的，要不我繡灰鵝？」

「妳看著繡。」楚昕昂著下巴，唇角不自主地彎成一個美好的弧度。「反正我不會嫌棄妳。」

他心裡美極了。這樣的楊妧真好，願意哄著他順著他。以前的楊妧也很好，即便有時候會凶他，朝他甩臉子，他也甘之若蜜。

錢老夫人跟關氏商量好納徵的日子，出門瞧見站在桂花樹下的兩人。

楚昕穿鴉青色直裰，肩寬腰細，挺拔得像草原上的白楊樹；楊妧穿月白色襖子，搭配水紅色羅裙，嬌豔得像是枝頭上的野山櫻。

兩人站在一處有說有笑，要怎麼般配就怎麼般配。

楚昕將錢老夫人一直送到余閣老府邸，下車後，錢老夫人看著剛下值的余新舲感嘆。「昕哥兒有福氣，你三哥大一歲，還沒找到合適的人家。」

楚昕得意地咧開嘴。「顧老三也比我大，他也沒訂親，不用急，早晚都能有個媳婦。」

這話說得真是欠揍至極。

可楚昕長得漂亮，錢老夫人性情疏朗，才不會跟他一般見識，反而道：「四姑娘是個能幹的，小小年紀把家裡管得井井有條，還管著外面鋪子，往後你可得敬著她。」

楚昕聽到誇讚楊妧比誇自己還高興，忙不迭地應下了。

六月二十二，一個上吉日子，錢老夫人將禮書和一匣子銀票拿來了。

禮書就是寫著聘禮內容的單子，而實物則要到請期之後，迎親的前一個月發送。

看到滿滿當當的八頁聘禮，關氏既高興又發愁。高興的是聘禮多意味著婆家對未過門的媳婦重視，發愁的又是家裡就是砸鍋賣鐵也沒法置辦相匹配的嫁妝。

錢老夫人笑著將匣子推過去。「昕哥兒說給四姑娘置辦嫁妝，一萬兩的銀票，三太太點一點。」

裡面厚厚的一摞，都是四海錢莊一百兩的通票。關氏嚇了一跳。「快收起來，招了賊怎麼辦？這也太多了，不能要！」

錢老夫人勸道：「這也是妳姨母的意思，不單是給四姑娘做面子，也是國公府的體面。

另外嫁妝以後要留給子女，反正也是楚家的孩子，沒落到外人手裡。兩全其美的事，三太太別推辭了。妳姨母說她那裡收著不少老物件，回頭再給四姑娘添妝，這銀子用來置辦鋪子或者莊子都好。」

京都勛貴嫁娶，時興陪嫁田莊和商鋪。

關氏見錢老夫人說得誠懇，沒再推辭，小心翼翼地收到抽屜裡，待錢老夫人離開，去找楊妧商議。

楊妧道：「早先表哥已經送了銀票來，我想買兩間鋪子，如果有適合的地，再買上幾百畝。到時候把知味居留在家裡，再留一百畝地，有這兩樣傍身，養活弟弟妹妹長大不成問題。要是懷宣有出息，等他高中杏榜，我再拿銀子替他打點出路。」

田地是立身之本，而知味居又能讓手裡有點活錢，這樣打算再好不過。

關氏不無擔心地說：「好歸於好，就怕楚家人多想，說咱們貪心，反而影響妳。」

「不會。」楊妧安慰她。「姨祖母比祖母還精明三分，我在國公府住了半年多，她一早知道我是什麼人，再多花兩萬銀子娶回家也是值得。」

就像前世，倘若讓秦老夫人散盡家財換得楚昕一命，她也會心甘情願。

關氏虛虛地點一下她額頭，笑道：「淨會臭美，妳就是個金子塑的，也不值那麼多銀子。」

倒是聽了楊妧的話，不再糾結銀子的事。

可這麼多銀票放在家裡，卻令人揪心，闞氏將抽屜上了兩道鎖，她跟楊妧各一把鑰匙繫在身上，走到哪裡都帶著。

鋪子好說，因不用自己打理，只收租錢，所以只求個地角好即可，闞氏請託范真玉幫忙留意。

地卻是不好買。京郊的地雖然多，可都把握在達官顯貴們手裡，只餘些十畝二十畝的零星地，貴人們看不上眼，一些消息靈通的小官吏就買了。

楊妧沒有門路，又不願麻煩楚昕，只得慢慢訪聽，先把應允楚昕的衣衫香囊做出來。

七月初一，何文雋的忌日。

剛巧忠勇伯府的孫五娘隔天出嫁，這一日是小姊妹們給她添妝的日子。楊妧跟孫六娘熟悉，可跟她的庶姊孫五娘沒怎麼交談過，只準備了一個香囊托余新梅代為轉交。

她和青劍、清娘往護國寺給何文雋上香，順便給圓真帶了一匣子各式點心。

圓真瞇著眼笑。「楊姑娘是要嫁給楚世子嗎？」

「是啊，」楊妧坦然地承認。「你怎麼會知道？」

「楚世子每個人都說了，前幾天他來找惠通師姪刻桃木簪，給我們帶了糖……妳知道後山那棵五百年的桃樹有神通嗎？很多人求師姪刻髮簪或者髮釵都求不到，楚世子一說，惠通師姪就答應了。不過世子要在簪身上刻大雁，這個很費工夫，一時半會兒刻不成。」

楊妧好奇地問：「你們為什麼對世子那麼好？就因為他帶你們烤野雞烤兔子，給你們好吃的？」

「我沒烤過野兔和野雞。」圓真認真地糾正她。「惠通師姪也沒有，他比我還晚進門。有一次師姪被毒蛇咬了，嚇得哇哇哭，一把鼻涕一把淚，楚世子扯破他的褲子，割開肉放血，流出來的都是黑血，一股臭味。方丈說，要不是世子，惠通師姪說不定會墜入輪迴，所以我們才對楚世子好，並非因為口腹之欲。」

他口口聲聲說著不是因為口腹之欲，卻一塊接一塊地往嘴裡塞點心。

楊妧忍俊不禁，彎著唇角笑了。

過了兩天，余新梅給楊妧寫信，說起孫五娘的嫁妝，看著有六十四抬，但分量很輕，兩個人不費吹灰之力就抬起來了。

又說何文秀姊妹也去了，出手很大方，各送了孫五娘一支釵……

第一百零六章

楊妧心裡刺痛了下。

她理解何家女眷急於在京都勛貴圈裡立足的心情，畢竟何文秀姊妹倆都到了說親的年紀，多出去走動，多結識人，才能有人牽線搭橋。

可今天畢竟是何文雋的忌日。即便知道的沒有幾人，她也不會在外面搬弄是非，難道她們就半點不在乎？

這般做法也太令人心寒了。

清娘倒是想得開，神情淡淡地說：「公子早就清楚，何家人跟他沒什麼情分，活著的時候都沒看望幾次，死了就更別指望。」否則也不會把他嘔心瀝血寫出來的幾本冊子盡數交給楊妧。

楊妧神情黯然地收好信，轉到後院。

向日葵莖稈筆直，圓盤似的花葵高高地仰著，四周一圈金黃色的花瓣，葵盤上種子密密麻麻，一粒挨著一粒。眼下還不到成熟的季節，清娘說過，等到九月，花瓣謝了，種子才會飽滿起來。

不知道為什麼，每次楊妧看到向日葵總會想起楚昕，茁壯健康，充滿了熱烈的生機。

秦椒也結了果，牛角般尖尖的，還不及小指長。只是楚昕帶回來那袋子是紅的，而結出來的果子卻青翠碧綠。

最喜人的還是茄子，一條條掛在枝葉下，紫得發亮。

楊妧覺得沒加蓋後罩房的確是明智之舉，眼下雖然住得不寬鬆，但能有菜蔬吃，一年下來可以省出不少菜錢，那一窩兔子的食物也解決了。

兔子已經生第三窩了，家裡根本養不開，趁楊嬋唸書的時候，關氏叫來陳大將六隻半大兔子拎到飯館裡了。

楊嬋盯著明顯空了的兔籠發呆，楊懷宣告訴她。「兔子養大了要離開爹娘，團團和白大王都是這樣，阿姊也是，會嫁到世子表哥家裡。」

楊嬋顧不得兔子，跑到楊妧跟前，抱著她的胳膊不放。

一晃眼就是中元節，楚昕早早來接楊家人去趕廟會。

關氏婉言謝絕了。「帶著兩個小的，既耐不下性子聽經，又沒法逛鋪子。你跟阿妧玩去，左不過廟會年年有，等他們稍大一點，再去也不晚。」

楊懷宣四月底過了八歲生辰，到十歲就能夠和關氏一起照看楊嬋了。

這樣的安排正合楚昕心意。他並不覺得兩個小孩子是拖累，大不了多帶幾個侍衛伺候，可若楊嬋在，楊妧必然不好意思讓他拉手，還是他們兩人逛最自在。

楚昕仍是帶著含光，楊妧只帶了清娘，輕車簡從地到了護國寺。

剛下馬車，楊妧便瞧見余新梅扶著錢老夫人正往寺門走。她「嗖」地轉過身，臉上已經帶出幾分紅暈。

楚昕疑惑地問：「怎麼了？」

楊妧指指余閣老的車駕。「去年跟阿梅一起來的，前兩天阿梅寫信，說我肯定不能跟她一起逛廟會，所以就沒約我。」

「這有什麼？」楚昕渾不在意地說：「我早就告訴顧老三要和妳逛廟會，沒工夫搭理他，讓他找別人去……祖母和阿映已經到了，讓阿映去跟余大娘子做伴。」說話時，眉梢高高地挑著，有幾分不可一世，卻是漂亮極了。

楊妧抿唇微笑。

楚昕不滿地看著她。「妳肯定在笑話我。哼，我就是想讓他們都知道，咱們兩個是未婚夫妻。」

「我沒有笑話你，」楊妧柔聲解釋。「我只是覺得……你看明三娘訂親了，我也訂親了，只剩下阿梅，有點對不起她。」

瞧著楚昕不解的樣子，楊妧嘆口氣。唉，女孩子之間的情分，男孩根本不懂。

雖然時辰尚早，街道兩旁已經擺滿了攤位，一個接一個，望不到盡頭，逛廟會的人更是人頭攢動往來不絕。

口袋胡同這邊多是針頭線腦、絹花絨花等，還有不少布疋，質地比不得真彩閣的細密，價錢也相對低一些。

楚昕走在外側，張手替楊妧擋住擁擠的人群，楊妧則逐個攤子看過去。

布疋旁邊是賣各種小玩意的，楊妧的視線落在一對泥塑的人偶身上。人偶不過半尺高，是一男一女，眉眼描繪得非常精緻，栩栩如生，讓她稀奇的是泥偶身上的衣裳竟然不是繪上去，而是真材實料用綢布做的。

男的穿大紅色繡著白首富貴的直裰，女的同樣是一身大紅色，卻是繡著並蒂蓮枝。

攤販見她注意，含笑招呼。「姑娘好眼力，這是虎丘梁家梁老爺子親手做的。您瞧這頭髮，絲絲不斷根根不亂，還有這手，手最難刻了。」

楚昕湊上前打量。

攤販瞧著兩人親密不避諱的模樣，心裡有了數，笑嘻嘻地對楚昕道：「這位爺跟姑娘是小倆口吧？看著就特別般配，買上一對喜迎花嫁正合適，和和美美一輩子。」

楚昕絲毫沒猶豫。「要了。」側頭指著另一對夫妻白頭的。「那個看著也不錯，還有那邊子孫滿堂的。」

攤販瞧見楚昕簪髮那根水頭極好的羊脂玉髮簪，眸光驟然一亮，捧起旁邊尺半見方的木頭宅子。「爺，您瞧這個可喜歡？屋頂、門、窗都能動。」一邊說，手指邊戳著門扇，將門打開又闔上，開闔幾次又掀起屋頂，將裡面的太師桌太師椅指給楚昕看。「都是能挪動的，做太師桌不難，可要做成巴掌大的卻不容易，還有椅子、櫃子，樣樣俱全。」

楊妧覺得有趣，伸出指頭捅捅窗戶。「果真是活的，能推開。」
楚昕立刻吩咐攤販。「包起來，要了。」
楊妧斜睨著他。「拿著這麼個東西，還怎麼逛？」
話音剛落，攤販生怕他們反悔不要，極其俐落地把整個宅子塞進一個木頭匣子裡，再用麻繩仔細地捆好。「不沈，提著就行。」接著把適才看過的幾套泥偶另外裝進匣子，笑呵呵地說：「承惠四十八兩。」
含光不知從哪裡躥出來，扔給攤販一張銀票。「不用找了。」提起兩個木匣子，轉眼又消失。
楊妧伸長脖子四下看了看，只看到斜後方的清娘，卻不見含光，奇怪地問：「含光呢？身手也太俐落了。」
楚昕笑道：「不用找，有需要的時候，他就出來了。」壓低了聲音，俯在楊妧耳邊。「他之前在宮裡做暗衛，講究的就是來無影去無蹤。」
兩人離得近，楚昕溫熱的氣息直直撲在她耳畔，帶著男子獨有的味道。
楊妧許久不曾跟男子相距這般近，臉霎時熱辣起來。
她連忙往後退了退，掩飾般道：「一對泥偶不過幾十文上百文錢，那座宅子即便費工夫，也用不著這麼多銀子，太貴了。」
楚昕笑得歡暢。「我覺得意頭好，少年時候結成夫妻，生兒育女，最後夫妻白頭，一輩子就圓滿了……妳注意那套子孫滿堂沒有？」

楊妧搖頭，她只忙著捅窗戶了。

楚昕道：「有三男兩女，以後咱們也生五個孩子好不好？」

楊妧驚訝地睜大雙眸。

孩子……都在想些什麼？分明過年時候還是個愣頭青，除去憨頭憨腦地說喜歡她，再沒有別的。去了趟西北，回來就急搓搓地訂親，這會兒竟連生幾個孩子都想好了。

她板著臉問：「想得倒長遠。你還想什麼了？」

「把觀星樓和覽勝閣的尺寸量了量，觀星樓是三層小樓，樓頂風景極好，能看到整個府邸；覽勝閣是三開間的兩進小院，就在觀星樓旁邊，四周都是松柏樹。妳想把哪裡當作喜房？別的東西都有，只按照尺寸做張新床就成。」

「不許再說。」楊妧狠狠地瞪他兩眼。哪有大庭廣眾之下商量喜床的？

只可惜她身量矮，足足比楚昕低了一個頭，臉色又紅得嬌豔，不但沒有表現出雷霆氣勢，那種似怒似嗔的神態反而更讓人心動。

楚昕心頭熱熱地蕩了下，情不自禁地捉過她的手，緊緊扣在掌心，柔聲喚道：「妧妧，我聽妳的。」

說話時，雙眸烏黑閃亮，如同一潭靜水映著藍天白雲，而水潭深處，又像燃著一簇火苗，吸引著人去探究。

楊妧不由靠近，看到他瞳仁裡的自己，小小的臉龐，圓睜著眼睛。一時，廟會上密密匝匝的攤位、熙熙攘攘的人群彷彿都成了背景，唯有面前的人生動鮮活，是這世間最美的顏色。

楊妧先回過神，紅著臉別開頭，輕聲道：「沒什麼想買的東西，不如找地方坐會兒？」

楚昕四下打量著，不遠處賣吃食的攤位前擠著不少人，附近的酒樓小館子定然也不會空閒，遂道：「要不去護國寺後山。妳累不累？」

「不累。」楊妧搖頭。「聽好幾個人提到後山有棵五百年的桃樹，還沒有親眼見過，樹上能結桃子嗎？」

「我帶妳去看。桃樹能結桃子，但是很難吃。樹旁有條小溪，咱們可以在那裡玩一會兒，中午讓惠清幫咱們送齋飯。」

楊妧笑著應聲好。

這個日子，信佛的人都去聽大師講經，不信的人則忙著逛廟會，後山很是清靜。起先還會有遊人三三兩兩地嬉鬧，再往裡走，人便少了，樹卻多了，茂密的樹冠像撐開的大傘，遮住了炎陽，山風習習，清爽宜人。

楊妧看到那片柿子樹，有意放慢腳步，抬起了頭。

楚昕順著她的眼光看去，瞧見枝葉間綴著星星點點的小柿子，不過鵪鶉蛋大，綠油油的，遂笑道：「這幾棵柿子倒甜，重陽節前後妳記得來，讓惠清給妳摘一籃子。」

楚釗八月初回來，怕是等不到中秋節，楚昕便要跟著往宣府去。

楊妧原本是堅定不移地想讓他到外面闖蕩一番，現在卻是動搖了不少，也終於體會到秦老夫人的心情。

再往前走半盞茶的工夫，面前多了條小溪，溪水約莫尺許深，非常清澈。楚昕指著旁邊一棵極不起眼的樹道：「這就是那棵桃樹。」

楊妧仔細打量著，又繞桃樹轉了兩圈。「沒看出哪裡特別，就只樹皮脫落了許多。這棵樹當真有五百年？」

因見樹上桃子粉紅可愛，正想伸手去夠，身後突然傳來吆喝聲。「不許摘。」

楊妧忙縮回手，側眸看到有個身穿灰衣的和尚正大步流星地往這邊走。

楚昕滿臉不豫地說：「惠清，這是我沒過門的娘子，你嚇著她了。」

和尚約莫十七、八歲，個頭不高，身板倒壯實，肩寬腰粗，頭格外大，大得有點不對勁，嘴裡時不時往外淌口水，一看就是心智不太健全的樣子。

原來他就是惠清。

楊妧突然明白圓真為什麼說他被蛇咬傷，會哇哇大哭了。

惠清被楚昕斥責，不但沒有生氣，反而打量楊妧幾眼，「嘿嘿」笑著。「好看。」邊說邊從懷裡掏出對木簪遞給楚昕。「世子戴，娘子戴，戴上好看。」

楚昕接過，誇讚道：「刻得真好。你去膳房等著飯好，幫我們送齋飯來，我幫你看著桃樹。」

惠清道：「不讓靠近，不讓偷桃子。」

楚昕笑著答應。「你放心，沒人敢偷桃樹。」

惠清也咧著嘴笑，甩著胳膊邁著大步離開。

楚昕道：「惠清腦子不太好，有年冬天倒在路上凍得快死了，方丈把他帶回來，讓他看著桃樹，別讓人隨便折枝。惠清最聽方丈的話，誰都不許碰這棵樹。他閒著沒事，天天拿著匕首刻木頭，我送了他一套刻刀。惠清不會刻字，不會刻人，只會刻些花鳥魚蟲等物，才兩、三年工夫竟然練成一手好技藝。」

楊妧湊上前去看，細長的簪身刻著兩隻大雁，似是一公一母，翅膀挨著翅膀親密無間。大雁情深不渝，一隻亡，另一隻絕不獨活。人是不是也會這樣？

她默默盯著發呆，楚昕柔聲道：「我替妳簪上。」說著將其中一支插在楊妧髮間，歪頭看看，笑道：「確實很好看，妳也幫我戴上。」

他頭上戴著羊脂玉髮簪，要想換成桃木簪，髮髻肯定會散開。

楊妧正遲疑著，楚昕已經大剌剌地坐在溪邊石頭上，含笑望著她。「妳幫我綰起來，不用多齊整，能見得人就成。」

楊妧暗暗「呿」一聲，太小瞧人了，她的手藝難道只是能見人？

楊妧輕輕將他的頭髮攏在一起，以指為梳梳順了，正要綰起來，只聽樹上鳥兒嘰嘰喳喳叫得歡快。

卻是兩隻麻雀親暱地交纏著頸項。

她忙低下頭，看到了溪水裡，自己與楚昕的身影。翠綠綠的樹，湛藍藍的天，以及悠然飄過的朵朵白雲，映在溪水中，構成了一幅美麗的圖畫。

圖畫裡，最惹眼的便是那對璧人。

第一百零七章

楚昕也注意到水中倒影，側頭想告訴楊妧，正對上她的視線。

四目相投，便有些癡癡纏纏地分不開。

周遭靜寂無聲，連麻雀也停止了鳴叫，唯有溪水潺潺，在身旁緩緩淌過。氣氛旖旎，讓人沒來由地心慌。

楊妧躲閃著移開視線，臉色卻掩藏不住，白淨的肌膚上染著淺淺紅暈，嬌美不可方物。

往常她可不是這麼容易害羞的人，他望著她的眼說喜歡的時候，她也是板著臉冷冷地回絕。

而今天，她紅過好幾次臉。女孩子只有在喜歡的人面前才會臉紅吧？

這是不是說楊妧對他……喜悅像是兜滿了風的船帆，瞬間鼓脹起來，在胸口流轉，楚昕驀地站起身，伸手將她攬在懷裡。

「哎呀！」楊妧低呼一聲，想起手裡還抓著他的頭髮，連忙鬆開，嗔道：「你不疼？」

「不疼，妧妧……」溫香軟玉抱在懷，楚昕腦子裡一片空白，想說句什麼，又不知怎麼說，突然想到不該唐突她，猛地放開手，漲紅著臉手足無措地站在原地。「對不起，我……」

延。

看著他窘迫的樣子，楊妧既覺好笑又感心疼，一股久違了的柔情絲絲縷縷地自心底蔓延。

眼前彷彿又出現夕陽西下，楚昕孑然一身拖著長劍、孤單而又落寞的身影。

那個時候，她正在馬車裡，只匆匆看了一眼便放下車簾。假如、假如這世仍舊避不開那些禍事，楚昕會不會念在她或者將來的孩子面上，能夠審時度勢暫且隱忍，而不是那麼決絕？

楊妧悄悄往前挪了半步。

她身量矮，平視的時候正好看到他的喉結，上下滾動著。旁邊便是直裰領口，象牙白杭綢上繡著淡綠色的水草紋，簡單卻雅致。

她抬手撫摸著針腳細密的水草紋，慢慢下移，停在心口的位置。是什麼跳得那麼快，又那麼急，彷彿下一刻就要從心窩裡躥出來似的。

她仰起頭，輕聲道：「我讓你抱，只一下。」

話音剛落，只感覺腰間被一雙有力的大手箍住，身體不由往前，鼻子直直地撞到楚昕胸膛，眼淚險些落了下來。

這個人莫非是鐵打的，怎麼渾身硬邦邦的？

楊妧用力捏一下他上臂，氣惱道：「你討厭！」

話出口，連她自己都吃了一驚。她竟然會用這種嬌嗔的語氣說話？上次是什麼時候，十年前還是十五年前？

已經不重要了，重要的是眼前這個人，他真心實意地喜歡著自己。

楊妧輕輕將臉貼在他衣衫上。

他的懷抱乾淨溫暖，帶著淺淺淡淡的松柏香氣，讓人彷彿置身於溫熱的水裡，舒服得不願離開。

楚昕卻是倍感煎熬。

他從來不知道女孩子會這麼軟，好似沒有筋骨般，也不知道女孩子會這麼香，比茉莉濃，比桂花清，說不出道不明，纏纏繞繞地在他鼻端迴旋，繞得他心猿意馬。

可這感覺又如此美好，好得讓人心醉。

楚昕雙手收緊，低下頭，毫無預兆地吻上楊妧額角。

楊妧一驚，猛地站直身體，四下打量番，見曠野空寂並沒人過來，暗暗舒口氣，沈聲道：「坐下，我把你頭髮綰好。」

楚昕垂眸覷著她的臉色，乖乖地坐在石頭上。楊妧彎起眉眼笑。

他的頭髮烏黑濃密，順滑且柔軟。有人說，頭髮硬的人，心腸也硬，楊妧相信，陸知海的頭髮就硬，所以跟他結髮十年，也免不了被他棄之如敝屣。

而楚昕，楊妧想起他半蹲著身子哄楊嬋玩八音匣子的情形——這個看似桀驁的少年，應該有一顆柔軟的心吧？

束好髮，楊妧用桃木簪固定住，拍拍楚昕肩膀。「好了。」

楚昕回過頭，見她目光明亮，神情溫柔，紅潤的唇角微微翹著，不像生氣的樣子，遂放了心低聲道：「還想抱。」

「不行。」楊妧拒絕。「成親之後才可以……國公爺說了幾時回來接你？」

「八月初七回京，初九走。」

那就是還剩下二十多天。楊妧嘆口氣，溫聲囑咐他。「軍中不比在家裡，軍令重如山，凡事聽從上級的號令，切不許使性子。我有話說在前頭，要是你不在了，我肯定不會守望門寡，我立刻找人嫁了。正好手頭有好幾萬銀子，嫁給誰都能過得富足。」

楚昕臉色頓時變得難看。「我會小心。」眉宇間有小小的失落與不忿。

楊妧不怕別的，只怕他年輕氣盛，不知道天高地厚，仗著一身好功夫肆意妄為。

她沒親眼見過瓦剌人，可朝廷每年派那麼多將領戍邊，每年成千上萬將士葬身疆場，可想而知瓦剌人不好對付。

楊妧假裝沒看見楚昕的臭臉，繼續道：「傷著也不成，少了胳膊缺了腿，我也不嫁。還有臉上不能留疤，我看到會害怕……手裡那麼多銀子，我當然想挑個相貌俊俏的夫君。」女孩子都喜歡俏郎君。

楚昕驀地站起身，甩手走兩步定住身形，重複道：「我會小心，阿妧，妳不要想別人，我會毫髮無傷地回來。」

「那我等你。」楊妧仰頭看著他，柔聲道：「我在家裡繡嫁衣，也把你的喜服繡出來。你喜歡什麼圖案，百年好合或是白頭富貴，還是花開並蒂？」

「白頭富貴。」楚昕想起先前買的那套泥偶，目光驟然變得溫柔。「我想與妳白頭到老……妧妧，妳別擔心，我明白事理。」

楊妧重重點頭，微笑道：「上元節燈會，我買了好多花樣子，裡面就有白頭富貴的圖案。我覺得喜結連理也好看，要不做兩身，白頭富貴拜堂穿，回門穿喜結連理的？可以不做大紅色，緋色就很喜慶。」

聽著她的柔聲細語，楚昕眼前慢慢浮現出他跟楊妧拜堂行禮的畫面……大紅色的喜燭，大紅色的燈籠，大紅色的椅袱和帳子。

楊妧穿著向來素淡，他還沒見過她穿大紅大綠的樣子，她穿上嫁衣肯定特別漂亮。

由衷的歡喜從心底洋溢開來，楚昕咧著嘴笑。「好。」

等到兩人吃完素齋下山，已經是未正時分。

李先上前稟報。「老夫人跟姑娘先回府了。老夫人交代說讓世子爺不用急著回去，多在外面逛逛。」

楊妧一聽就明白秦老夫人的意思，想讓他們多相處，可她出來已經三個時辰，家裡還有一堆事情等著，便道：「有點累，還是回去吧。」

正要上車的時候，她看到了廖十四。

旁。

她穿件水紅色襖子，梳著墮馬髻，鬢邊插兩支赤金梅花簪，神情端莊地站在廖太太身旁。

廖太太則跟一位四十左右的婦人談笑，看著頗為投機。

婦人身邊也站了位少女，跟楚映年歲差不多，穿件玫紅色綾襖，淺丁香的八幅湘裙，裙襬上繡著大朵的芍藥花，膚色白得近乎透明，模樣算不得出眾，卻因先天不足的緣故而顯得楚楚動人。

這少女看著面熟，似乎在哪裡見過，可到底是哪裡呢？

楊妧想不起來，索性便不想，翻看著車廂裡的東西。

除了盛宅子和泥偶的匣子，還多了竹根雕的筆洗、繪著大公雞的風箏、黃楊木的魯班鎖、三盒新墨、三套湖筆以及兩包點心。

楚昕撩著車簾道：「是帶給表嬸和小嬋的，妳看還差什麼，再讓含光去買。」

「不用了，」楊妧笑答。「天正熱，別讓含光一趟趟跑。」

車簾晃動，楊妧瞧見廖太太不知跟少女說了句什麼，少女張嘴淺笑，露出半截粉紅的牙齦，她忙抬手掩住。

楊妧腦中靈光一現，想起來了——她叫趙未晞，是元后的堂姪女，也就是後來倍受恩寵的趙良嬪。

因為上排牙齒有些突，大笑的時候會露牙齦，不太好看，所以趙未晞極少笑，也不喜歡別人笑。

曾經有位宮女因為笑容甜美，被趙末晞命人打落了好幾顆牙齒。

楚貴妃病故後，趙末晞獨寵後宮。她很喜歡養花種草，尤其是蘭花，只可惜技藝不佳，種什麼死什麼，哪怕是極好養的建蘭也養不活。

那幾年，京都的夫人太太都不敢把蘭花養活了……

第一百零八章

楊妧不確定楚貴妃的死跟趙未晞有什麼關係，但是自從趙未晞進宮，楚貴妃的身體就開始不好，這倒是不爭的事實。

那時候，汪海明要納第三房姨娘，陸知萍跑回娘家哭訴，婆婆勸她放寬心。「妳想想宮裡的貴妃也得忍受良嬪的氣，妳還鬧騰什麼？不把人接回來，若是姑爺在外面置辦宅子，妳的面子還往哪裡放？世子之位也別指望了。」

抬姨娘是大家都認可的事情，但是養外室就要受人指摘。陸知萍萬分不情願，卻不得不做出一副大度的樣子給汪海明納了新人。

如果能堵了趙未晞進宮的路就好了，或者給秦老夫人傳個話，讓她提醒一下楚貴妃。

楊妧思量著，不知不覺回到四條胡同。

楚昕攙扶她下車，依依不捨地問：「我幾時再來找妳？」

楊妧笑道：「明三娘訂親前只見過林四爺兩回，訂親後再沒見過。咱們——」

「我不跟林四比。」楚昕打斷她的話，很不以為然地說：「他和長興侯天天在挹芳閣聽柳眉唱曲，連顧老三都不去那種地方了……我想每天都見到妳。」

楊妧柔聲道：「有事的話你只管過來。臨走前你會跟我說一聲吧？」

「當然。」楚昕點頭，招呼含光將馬車裡的東西送了進去。

楊嬋和楊懷宣看完自己的東西，好奇地圍著那棟宅子轉。

關氏拘著他們。「看看罷了，不許亂動。」卻朝楊妧笑。「一輩子活成這樣，也算是圓滿了。」少年夫妻相伴到老，有兒也有女，真的可以知足了。

接下來幾日，楊妧閉門不出，天天在家裡做針線，連知味居都沒去。

清娘在家裡閒不住，大清早就到飯館幫忙，關氏每天也會去溜達一趟，所以楊妧去不去無關緊要。

進了八月，暑氣已然散去，除了正午時分尚有些熱之外，一早一晚已經薄有涼意。

國公爺楚釗初七清晨進了城，連衣裳沒換先進宮面聖，直到午時才回府。

吃過飯，張夫人楚楚可憐地跟他抱屈。「我懷胎十月生下的兒子，又辛辛苦苦把他養大，他的親事卻不由我，我這個婆婆還有什麼臉面？」

楚釗掏出帕子給她拭淚。「妳對楊四不滿意？她哪裡不好？」

「從長相到性情都不滿意。為著下聘，小小年紀一肚子心眼，把昕哥兒和娘哄得團團轉，昕哥兒快把觀星樓搬空了，還給了一萬兩銀子。這樣娘還說不夠，以後再往上添……家底都給了昕哥兒，阿映怎麼辦？」

楚釗笑道：「銀子是昕哥兒辛苦小半年攢的私房，他願意當聘禮就由著他。楊四是昕哥兒要娶，日子也是他們兩人過，妳不想讓昕哥兒娶個中意的人？」

「昕哥兒懂什麼，就是被美色迷了心。」

「妳別生氣，他是隨我。」楚釗溫柔地哄她。「我當初就被美色迷住，成親那天一掀蓋頭，還以為是仙女下凡。」

這是變著法兒誇她漂亮。張夫人羞紅了臉，嗔道：「就會哄騙人。」

「我幾時哄騙過妳？」楚釗溫和地說：「妳不喜楊四，可是相中了別家姑娘？」

「原是看好了江西廖家的姑娘，」張夫人將廖十四的事說了遍。「娘一口咬定是廖十四幹的，我都沒法辯解。廖十四端莊大方，跟阿映也合得來，怎麼可能這麼惡毒？」

楚釗目光變得深沈。「拋去這事不提，我也不贊成跟廖家結親。廖家名聲太盛了。妳若是覺得娘有失偏頗，那妳可信夫君？」

張夫人抬眸看向楚釗。

他已年近不惑，肌膚被風霜磨礪得略顯粗糙，帶著成熟男人獨有的沈穩與威嚴，眸光卻是溫柔，含一絲笑意。剛進門時穿的罩甲已換下，此時穿了件家常的佛頭青道袍，英武之中便多了幾分儒雅。

這樣出色的男人，家世顯赫又大權在握，獨自在宣府十幾年，身邊連個伺候的女人都沒有，她不信他又能信誰？

楚釗展臂攬住她肩頭。「昕哥兒長大了，他知道自己要什麼，待楊四進門，妳若想見就見見，不想見就遠著她，千萬別做傻事跟昕哥兒離了心。家裡大事有娘管著，出不了錯，妳只管好好調養身子，說不定咱們還能再生個孩子。」說著彎腰抱起張夫人走進內室。

薄暮時分，瑞萱堂已經掌了燈，卻還沒擺飯。秦老夫人半點不著急，樂呵呵地跟荔枝、紅棗還有莊嬤嬤打葉子牌。

莊嬤嬤抽抽鼻子。「雞湯聞著真香，燉了有一個時辰吧？」

「可不是？」紅棗笑道：「小廚房是申初時分燉上的，用了參鬚和紅棗。」

只要楚釗回來，小廚房肯定要燉一鍋香濃的雞湯，大家都心知肚明。

正說著話，楚釗闊步而入，微笑著喚聲娘。「還沒擺飯？」

紅棗等人悄沒聲地退到外間。秦老夫人一邊收拾葉子牌一邊笑道：「大姑娘在屋裡熬膏脂，說飯好了叫她，昕哥兒去四條胡同送中秋禮，怕是該回來了。」

話音剛落，只聽外間傳來紅棗清脆的聲音。「見過大爺。」

楚昕撩起門簾走進來。

「果然人禁不得唸叨。」秦老夫人笑容更甚，指著他手裡的大包裹問：「這是什麼？」

楚昕眉毛挑得老高，意氣風發地說：「都是表妹給我做的衣衫。」

解開包裹一一攤在炕上給秦老夫人過目。「兩身裋褐，射箭騎馬的時候穿，兩件夾棉馬甲。表妹說宣府風大，冬天不能只穿單衣，馬甲沒袖子，不耽誤使劍。還有件羊皮的。」

楚釗沉了臉。「軍裡都有棉衣，哪用得著這些？你去當兵打仗，不是去享受。」

楚昕道：「表妹說有備無患，萬一冬衣短缺，這些可以應急。」說著，又從包裹裡往外翻。「襪子底用了兩層棉布，鞋底是九層袼褙，冬天穿著不凍腳，表妹沒那麼大力氣，讓清娘幫忙納的。」

眼瞥見帶出來兩個香囊，一把抓起來塞進懷裡。

秦老夫人只當沒看見，嘆道：「做這些活計可費不少工夫。」

「表妹七月就開始準備了，光做鞋子就用了六天。還有副兔毛護耳沒做完，她讓我明天去拿。」

楚釗目光掃過那雙布鞋，玄色三梭布的鞋面繡著兩、三片小小的竹葉，看著不惹眼卻很雅致；鞋底用白布包邊，非常厚實。

楊四待兒子確實用心，楚釗便忍著沒有指責護耳。在邊關，最重要是警戒性，若是耳朵被捂住，身後來了敵兵都聽不見。

楚昕顯擺完，仍收回包裹裡，語氣輕鬆地說：「表妹說前幾天遇到趙家隔房的堂姑娘，長得非常漂亮，別人都說跟元后有幾分像，問祖母可曾見過，如果有機會想結識一下。」

秦老夫人神情一凜。隔房的姑娘，跟趙皇后肖似，那還會有誰？只能是趙未晞了。

秦老夫人壓下心頭驚詫，笑道：「趙家共有四房，除了長房在京都，其餘都在外地，也不知是哪房進京了？過幾天菊花開了，各家花會又要辦起來，說不定能碰見。」頓一頓，拊掌笑道：「我倒是忘了，四丫頭不好出門，等你們成親，肯定有機會見。」

聽到成親，楚昕咧著嘴合不攏，內心的歡喜藏都藏不住。「表妹還說想買幾畝地，我讓含光告訴曹莊頭，用心探聽消息，小嚴管事那邊也囑咐了，讓他幫襯著些。」

秦老夫人道：「曹莊頭打聽了消息傳到京裡來，再告訴四丫頭，黃花菜都涼了，倒不如在曹莊頭那裡放兩千兩銀子，有合適的地買上兩百畝。」

楚昕深以為然，連連讚道：「還是祖母想得周到，明兒讓含光再跑一趟。」

一家人高高興興地吃了晚飯，秦老夫人在院子裡溜達著消食，不禁就想起趙未晞。

那年二皇子成親，宮裡例外在上元節辦了燈會，邀請了不少達官顯貴，趙未晞憑藉那張臉吸引了元煦帝的注意。

正月裡，趙未晞進宮。當年秋天，楚貴妃就開始生病，請太醫診脈只說是脾胃不合，並無大癥狀。

藥一副副吃下去，總不見好。楚貴妃沒有精力再執掌後宮，氣色也越加憔悴。元煦帝探望過幾回，說是太傷感，就再沒去，倒是說趙未晞天真活潑惹人心喜，往麗景軒走得勤。

沒兩年，楚貴妃就薨逝了。

秦老夫人慢慢思量著往事，忽而覺得奇怪。楊妧為什麼會提起這事？是有意還是無心？而且還特地提到跟元后長得像。

她進京才一年，不可能見過趙皇后，又是誰告訴她的？

第一百零九章

上次，楊妧還提過任廣益。一個十四歲的小姑娘不可能有這般的敏銳與見識，莫非她也是重活一世？

念頭乍起，秦老夫人隨即搖搖頭。這太匪夷所思了，先前她曾隱晦地問過護國寺方丈淨空大師，淨空大師搖頭不迭。「若是起死回生還有可能，因為有種假死藥物，可以讓人暫且昏迷，脈象盡沒，可要是轉世為人……古往今來，多少大賢大能之士，若有此能力，他們合該重活一世才對。」

楊妧如果重生，最應該去找的是陸知海。

秦老夫人跟陸家並無往來，卻暗中打聽過楊妧。長興侯府太夫人對楊妧非常信任，剛過門就把家裡中饋交給她，事事聽她指派。楊妧跟陸知海琴瑟相合，還曾生育了一個女兒。至於後面是否再有其他子女，秦老夫人就不太清楚了。

再者，前世何文秀是當了皇后的。

為了前程，楊妧應該與何文秀非常要好才是，可她跟何家姊妹只是泛泛之情，說不上冷淡，卻絕不巴結上趕著。這不太合乎常理。

秦老夫人長長舒口氣。平心而論，她並不希望有人同她一樣能夠窺得先機，哪怕這個人是她的孫媳婦。

這世間，有她自己能夠知曉前世的點滴事情，已經足矣。

沒幾日，秦老夫人就如願見到了趙家這位隔房的堂姪女，是在榮郡王府的花會上。

趙夫人笑盈盈地陪著位少女過來。「三堂叔家的妹妹，在家中行五，一直住在湘潭，六月才進京，名字叫未晞……快見過各位夫人。」

這後一句卻是對趙未晞說的。

秦老夫人仔細打量著她。趙未晞穿件茜紅色素面褙子，頭髮綰成非常精緻的流雲髻，正中用了把繪著四季花卉的梳篦，鬢邊各插一支赤金髮簪。皮膚極其白皙，彷彿能透光一般，眉眼精緻鼻梁挺直，只牙床略有些突出，使得嘴唇嘟著，似嗔非嗔，楚楚動人。

這副相貌，不是以後的趙良嬪又是誰？

秦老夫人拉起她的手，和藹地問：「幾歲了，在京裡可住得慣？」

趙未晞目光流轉，羞羞怯怯地回答。「十月初就滿十三了。京都比湘潭大，人也多，其餘都還好，就是出門動輒要坐車，在湘潭多是坐轎子。」

秦老夫人更加心喜，側頭對錢老夫人道：「這丫頭生得真是標緻，性情也好。」

「再好也沒妳的分。」錢老夫人打趣她。「昕哥兒已經定下親事，妳這個老貨就別惦記了，現如今也不興娶平妻。」

靜雅縣主眼睛瞬間一亮。

聽錢老夫人這意思，以前興過平妻？既然以前曾經有這樣的例，她可以求皇上賜婚，嫁給楚昕做平妻。

她身為縣主，又是聖上賜婚，等站穩腳跟，頭一件事就是把楊妧休掉。

「咦？」清遠侯府的二兒媳錢太太聞言，笑問：「楚世子訂親了，幾時訂的，是哪家姑娘？」

秦老夫人道：「不是別人，就是楊家四丫頭，先前在家裡住過。」

錢太太見過楊妧，拊掌笑道：「親上加親最好不過，楊姑娘模樣也是極好的了。」

秦老夫人瞥一眼面帶興奮的靜雅，話裡有話地說：「相貌倒是其次，我看中她的脾氣，說話細聲細氣的不著惱。昕哥兒脾氣倔，就得找個性情軟和的，否則找個脾氣急的，家裡還不得天天上演全武行，能有個安生的時候？」

「可不是。」錢老夫人附和道：「說親可是有門道。話多的應該找個話少的，要是兩人話都少，一天說不上三句話，這日子還有法兒過？昕哥兒的親事是我作的媒，妳可別昧了我的媒人鞋。」

秦老夫人沒好氣地說：「放心，少不了妳的鞋穿，給妳拿金子塑一雙要不要？」

「要！那我就不穿了，天天擺在跟前看。」

滿屋子人頓時哄堂大笑。

少頃，客人到齊，有愛動彈的，就到翠芳樓賞菊，懶得走動的則在屋裡說話吃點心，女孩子們另有去處，不外乎賦詩作畫吹笛彈琴。

趁著眼前沒人，錢老夫人慢悠悠地說：「妳瞧出來沒有，這位五姑娘很有幾分元后的品格。」

秦老夫人道：「眉眼確實像。」

錢老夫人掂一塊核桃脆嚼著。「妳最近沒出門，這幾天的花會，五姑娘一場沒落過，風頭極足。」

「阿釗回來了，要把昕哥兒帶去宣府，盡忙著給他們收拾東西。」秦老夫人故意問道：「她是想在京都說親？」

「哪裡？人家心氣可高著，是惦記著往那裡去。」錢老夫人往皇城方向努努嘴。「眼下歲數小，趙家想先調教兩年，再就多走動走動搏個豔名……自從元后薨逝，趙家一蹶不振，養精蓄銳這些年，正想借機翻身。」

可不就是翻身了嗎？前世，趙良延連升五級，從名不見經傳的五品小官一步跨到戶部侍郎，正三品的大員。

而趙未晞親生的爹，據說當初考了十年連童生試都沒過，竟然也當上了縣太爺，只可憐宣府上萬將士死在心胸狹窄的趙家人手裡。

秦老夫人神情凝重地離開榮郡王府，隔天就遞牌子進了宮。

楚貴妃思量片刻，換了身衣裙往乾清宮走。

元煦帝正在書房批閱摺子，聽到太監稟報，頗感詫異地說：「有請。」放下朱筆，站起身伸了個懶腰，就看到楚貴妃裊裊娜娜地走來。

她穿寶藍色織錦緞褙子，梳著如意髻，頭戴赤金鑲紅寶石步搖，臉上撲了脂粉，整個人明媚鮮妍，與往常的素淡大不相同。

元煦帝吩咐太監沏了茶，笑問：「妳穿這個顏色很精神。國公府老夫人走了，沒留她吃飯？」

「來之前特意換了，擔心聖上召臣子議事，如果穿得不恰當，怕墜了聖上聲望。在儲秀宮怎麼隨意都好，可出來走動務必要顧及體面。」楚貴妃端起茶盅淺淺抿兩口，嗔道：「怎麼又沏釅茶？聖上切不可喝這麼釅，清淡點才是養生之道。」

元煦帝道：「適才有些睏倦，囑咐他們多放了點茶葉。怎麼想起到這裡來？」

楚貴妃不答，走到元煦帝身後。「臣妾給聖上捏捏背。」將袖子挽上一截，用力按上元煦帝肩頭，捏了片刻，才道：「昕哥兒前陣子訂了親，女方家世不顯。這幾天老夫人出門走動，聽到些不太中聽的話，想求聖上給個恩典。」

元煦帝「哦」一聲。「怎麼個不顯？」

「其實女方跟我家沾著親，就是老夫人堂姊的嫡親孫女，姓楊，在家裡行四。楊四生父早逝，一家人跟隨大伯生活，大伯是濟南府同知，叫做楊溥，是乙卯年的進士。」

濟南府同知，五品官員，還不是生父，確實門楣不高。元煦帝凝神思量，對楊溥沒有半點印象，遂問：「求什麼恩典？將楊溥擢升兩級？」

楚貴妃笑道：「皇上太小瞧臣妾了，官員任用關乎社稷民生，臣妾怎會這般不明事理？楊溥升不升職看他自己的能力，臣妾想求聖上給昕哥兒賜婚。有聖上朱筆，誰還敢隨意指摘？」

元煦帝對楚昕很是親近，而且一道賜婚的聖旨既不費力氣，又不費銀錢，正好給鎮國公和楚貴妃個臉面，捎帶著抬舉下楊家。

元煦帝爽快地答應了，走到書案前鋪一卷黃綾，問清楚楊妧是哪兩個字，提筆蘸墨筆走龍蛇地寫下聖旨，召司寶監用了印。

聖旨有兩份，一份給國公府，另一份送到楊家。

司禮監見元煦帝興致頗高，有意湊趣，挑了個相貌周正的太監前去宣讀旨意。

楚貴妃謝過皇上，又提起第二件事。「明兒是中秋，臣妾記得剛進宮時，風華廳坐得滿滿當當……宮裡有七、八年沒添人了吧，該挑幾個新人來伺候聖上，再者為了社稷著想，聖上也該添幾個龍嗣。」

元煦帝沈吟不決。

楚貴妃再勸。「宮裡來來回回都是幾個老面孔，聖上沒看膩，臣妾都看夠了，每天對著鏡子裡滿臉褶子，恨不得給自己換張臉……挑幾個年紀輕的，看著她們，臣妾心裡也舒坦。」

元煦帝看一眼楚貴妃雖然保養得當，卻當真有了皺紋的臉，笑道：「如果妳不怕朕寵別人冷落了妳，就看著選吧。用不著興師動眾，挑十幾個就成。」

楚貴妃搖著元煦帝手臂。「臣妾跟聖上不能算是患難夫妻，可也陪伴著過了三十年，已經知足得很。聖上對臣妾有情有義，怎麼會冷落臣妾？聖上既然不許興師動眾，不如菊花會，臣妾挑幾個好顏色、性情也好的，擬出單子讓聖上過目。若是聖上也覺得好，傳旨接進來便是。」

楚貴妃正跟元煦帝商議挑人，四條胡同卻亂成一團粥。

闞氏聽說有聖旨來，腦子都不轉了。

女人不能接旨，好在家裡還有個楊懷安，可楊懷安也是兩眼一抹黑，壓根兒沒接過聖旨，抖著手不知道該怎麼辦。

還是楊妧稍微鎮定些，一面讓人請太監進門，一面手腳索利地擺出了香案。楊懷安和楊懷宣跪在前排，闞氏和楊妧姊妹跪在後排。

灰衣太監輕咳聲，尖聲道：「濟南楊氏聽旨……」

第一百一十章

「……楊氏女名妧，恪嫻內則品行淑良，特以旨許配鎮國公世子楚氏名昕，擇良辰完婚。欽此。」

「欽此」兩字拖得格外長。

楊懷安站起身，用力在袍邊擦擦手，低頭哈腰地接過聖旨。

太監笑道：「恭喜楊公子、楊太太和楊姑娘，聖上御筆賜婚可是好幾年沒有過了，這次全憑貴妃娘娘美言。」

楊懷安點著頭再度跪下。「小民替舍妹叩謝聖恩，叩謝貴妃娘娘。」

楊妧盈盈笑道：「辛苦公公。」朝清娘使個眼色，清娘飛快地將一個荷包塞進太監手裡。太監覺得頗為沈手，俐落地收進袖袋，臉上笑容更加濃了。

送走傳旨的太監，一家人又將聖旨展開，對著光，逐字逐句來來回回地看。

關氏笑得合不攏嘴，指著「恪嫻內則品行淑良」八個字道：「阿妧品行好，聖上也是認可的。」

楊妧無語。「娘，這都是套話，像什麼柔嘉維則、敬慎素著，隨便挑幾個寫上去就是。聖上賜婚，總不能寫個無才善妒吧？」

話雖如此，心裡卻很高興。這道賜婚旨意就好像護身符，至少張珮、廖十四等人就別惦記著楚昕了，除非她們想屈身做妾，可做妾也得看她答不答應。

聖旨在正房廳堂供了三天三夜，闞氏小心翼翼地用綢布捲起來，放進箱籠裡。

楊懷安抑制不住見到聖旨的狂喜與激動，寫了長長一封信，寄回濟南府。

消息傳出去，有人替楊妧歡喜，有人心生羨慕，也有人暗搓搓地嫉妒。

靜雅恨恨地將手裡茶盅砸到了地上。

這幾天，她打滾撒潑地說服了安郡王妃，自己想做平妻，母女倆正打算勸安郡王到聖上那裡請旨，豈料竟傳來這麼一樁事情。

元煦帝剛下完聖旨，絕無可能轉頭再賜一遍婚，這不是自己打自己的臉嗎？

安郡王妃耐著性子勸她。「楚世子就算了吧，他模樣雖然生得好，脾氣也是一等一的大，妳可曾聽說他在誰面前低過頭？又是國公府的獨苗苗，你們倆都是不肯服軟的，倘若鬧起來，他有貴妃娘娘撐腰，妳能占了先？倒不如挑個家世稍普通一點的，就憑咱們這門第，什麼樣俊俏的郎君不由著妳挑？還能挑個知情知趣會體貼人的。」

靜雅不太情願，可也知道自己跟楚昕的確沒希望，忿忿地說：「家世也不能太差，否則我的面子往哪裡擱？」

「好好好，」安郡王妃連聲答應著。「娘當然要為妳挑個好的，妳是聖上親封的縣主，可不能委屈了。」

靜雅抿著唇，得意地笑了。

一場秋雨過後，各種菊花次第開放爭奇鬥豔，又到了菊花會舉辦的日子。

楊妧訂了親，便沒去湊熱鬧，秦老夫人帶著楚映，錢老夫人帶著余新梅都去了。

廖十四和何家姊妹也都拿到了請帖，趙未晞則因未滿十三，錯過了這次機會。

這次菊花會比往年熱鬧得多，男賓那邊自不必說，文人對詩聯句，武士耍刀弄槍各有彩頭，女眷這邊也設置了才藝展示，有彈琴的、有賦詩的，還有左右手各握一支毛筆寫字的，各顯其能。

元煦帝與民同樂，興致勃勃地觀看了才藝，又拿出一對金簪、一對玉珮賞賜給表現最出眾的四位女子。

余新梅手裡捧著茶盅，眉毛挑得老高，興高采烈地跟楊妧說：「平常看著何家二姑娘很文靜，沒想到真人不露相，在御前跳了一支說不出名堂的舞，我都擔心她把腰扭斷了。」

因為何猛第一個姨娘知書達禮溫柔體貼，很受何猛寵愛，何夫人汲取教訓，第二個姨娘便選了個沒有腦子但能歌善舞的，就是何文香的生母。

想必何文香就是跟她娘親學會了跳舞，平常姑娘們聚會多是彈琴畫畫，少有唱歌跳舞的，難得展露出來。

余新梅接著說孫六娘。「她也是個能人，畫了一幅墨菊圖，極具神韻，貴妃娘娘特地賞賜給她一只瑪瑙鐲子。廖十四做了首詠菊的詩，格律倒是工整，意境差了些。」

楊妧笑問：「妳展示了什麼才藝？」

余新梅大剌剌地說：「我沒別的本事，就是眼光好見識多，可再多的見識也沒法跟聖上比啊，所以只能藏拙。阿映想畫工筆，但工筆費事，才藝比試都結束了，她一幅菊花圖還沒畫完，懊惱得不行，說要拿回府接著畫。」

楊妧「噗哧」笑出聲，覺得跟余新梅談話有趣極了。

兩人就著叉子火燒吃了蒜泥拌羊臉，喝了熱呼呼的羊湯，然後給明心蘭寫了一封足足有四頁的信。

沒幾天，有消息傳來，元煦帝挑選出十二位女子進宮，其中就有何文香。

楊妧替何文秀可惜。看來她嫁不成二皇子了，何文香服侍皇帝，她這個做姊姊的怎可能去服侍兒子？

果然，二皇子選定了清遠侯府林二娘為妃。

而大皇子如願以償地納了位新側妃，是沐恩伯府的遠房親戚，姓顧，跟著高五娘高秀英去打醬油，沒想到入了大皇子的眼。

消息傳到濟南府，楊姮哭得上氣不接下氣，覺得自己側妃的位置被人占了。趙氏在旁邊陪著掉眼淚，哭一聲，罵一句楊妧。

楊妧一肚子心眼，竟然走到半道裝病又回了京都，早知道她們也裝病，就是賴在客棧不動身，那些侍衛們還能把她們捆上馬車不成？

現在可好，楊妧不但攀上高枝，還讓聖上御筆賜婚，而楊妡遲遲說不到合適的人家。她見識到京都的繁華勝錦，看過勛貴子弟的驕奢富貴，哪還把土裡土氣的濟南人看在眼裡？

母女倆哭了小半天，又嗟嘆了三五日，秦氏看不過眼，拍著桌子道：「一對不知天高地厚的東西，只看到別人的風光，不知道自己吃幾碗白米飯。天上要是掉下個大餡餅，妳有那個本事去接？」

趙氏諾諾不敢語。

秦氏雷厲風行，用了半個月工夫給楊妡議定了親事，來年五月成親。男方是濟南府禮房經承的嫡次子，姓李名豐，李家家世不顯，門風卻正，父慈子孝兄友弟恭極其和睦。

楊妧得知，感慨萬分。前世，楊妡就是嫁給了李豐，進門剛一年便產下麟兒，很受婆婆看重。楊妡腦子笨，卻沒太多壞心眼，長嫂待她也不錯，生活非常安穩。

這年秋天的喜事似乎特別多，當第一場雪紛紛揚揚地降落下來時，靜雅縣主的親事也成了。男方是衛國公的姪孫，名字叫做許明禮。

萬晉朝開國時候賜封了四位國公，太宗皇帝時，安國公被牽扯到謀逆大罪，滿門抄斬。餘下三位，鎮國公仍是朝廷股肱，手握軍權。定國公不如以前顯赫，但子嗣非常旺盛，其中不乏出色之人。衛國公卻真正是沒落了，滿門上下幾十口都沒人領過正經差事。

但不得不承認，許家人相貌都很美。這種美不同於楚昕那種宛如初升朝陽的蓬勃之美，而是帶了些陰柔頹靡。

入了冬，雪便沒停過，一場接著一場，這場雪尚未化盡，亭臺樓閣又被蒙上一層銀白。天氣雖冷，卻阻擋不了人們參加花會的腳步。今兒東家看雪，明兒西家賞梅，人不必太多，五、六家正合適，用幾面屏風將涼亭圍住，生兩個火盆，點一個紅泥茶爐，欣賞外面的雪景，另有一番滋味。

余閣老家就辦了這樣一場花會，沒請別人，只有明家、楚家再加上楊家。長輩們在炕上打葉子牌，幾位姑娘守著茶爐嗑葵花籽。

臨來前，楊妡特地炒了兩布袋，一袋是原味的，另一袋放了糖。下雪的天氣，喝著茶水嗑瓜子，真是最好不過的享受。

楊妡懶洋洋地斜靠在椅背上，臉頰被茶爐烤得暈出一片霞色。「好久沒聽過趙未晞的消息了，她回湘潭了嗎？」

楚映緊跟著道：「以前她最愛參加花會，自從菊花會之後，她好像沒怎麼露面。」

余新梅消息最靈通，淺淺地喝口茶，慢條斯理地說：「沒回湘潭，聽顧夫人說她在家練字。」

顧夫人是顧常寶的娘親，忠勤伯夫人。顧夫人十有八九是從顧月娥那裡聽說的。

趙皇后的字就很有特色，不是橫平豎直的楷體字，也不是亂石鋪街那種大小不一的凌亂美，她的字往左邊傾斜，卻很工整，非常好認。

也不知趙未晞練的是什麼字，楊妡很是好奇。

第一百一十一章

余新梅給大家順次續上茶，笑著看向楊妧。「妳對趙未晞很感興趣？」

「嗯，」楊妧並不否認。「我對元后好奇，想知道她什麼模樣。不是妳告訴我趙未晞肖似元后嗎？」

余新梅嘟起嘴，微微鼓了鼓腮幫子。「做這個動作時特別像。」

楊妧抿嘴笑一笑，壓低聲音。「元后過世二十年了，皇上始終沒再立后，趙未晞跟趙家關係不算近。」

余新梅插嘴道：「趙未晞的父親跟趙良延是同一個曾祖父。」

那就跟她和楚昕的關係差不多，出了四服，是親戚，卻只能算是遠親。

楊妧續道：「她進京後行事風頭十足，可菊花會後突然沈默了，而今年宮裡又破天荒納了新人。」

楚映疑慮地問：「阿妧是說她……」

「我可什麼都沒說。」楊妧眉眼彎彎，語笑叮咚。「上次咱們在同寶泰挑珍珠，沒鑲之前只是散亂的珠子，可串起來就成了花冠或者珠簪。看事情也一樣，表面看著是一件件不起眼的小事，連起來看就完全不同。」

楚映思量片刻，眸光驟然閃亮。「阿妧，我明白了。」

炕上諸人聽著幾位姑娘閒言碎語，秦老夫人含笑看向關氏。「四丫頭這番話說得老道，平常行事也穩重，她自小就省心吧？」

「哪裡？」關氏一臉不認同。「她是我長女，第一個孩子都會嬌慣些，結果養得驕縱了，稍不如意就鬧，越長脾氣越大，也有主見，我說往東她非得往西……姨母往後可得多管教她，不能由著性子想起一齣是一齣。」兩手拍一拍。「唉，總算把她嫁出去了，我徹底沒了心事，小嬋倒比她省心。」

錢老夫人「哈哈」笑。「誰都有左性的時候，尤其十三、四歲，十五、六歲這幾年，且得順著毛捋。我們大娘子也沒好到哪裡去，脾氣說來就來……難得她們幾個投契，每次說不完的話，從沒使過小性子。」

明夫人接話道：「都是一個豬圈養出來的，誰也不嫌棄誰臭。」

「娘，」明心蘭隔著青布簾子嚷一句。「您編排我，可是把您自個兒也帶進去了。」

花廳裡笑意盎然。

楊妧猜想秦老夫人之所以問關氏這句話，是對自己起了疑心。畢竟這接二連三的事情，誰都有可能懷疑。

可她既然敢提醒秦老夫人，也做好了準備。

首先任廣益的事情，是清娘說出來的，她只不過說了句有意思；而趙未晞是余新梅先說起肖似元后，她才感興趣的。

她堅決不會坦誠自己也是轉世為人。

雖然秦老夫人是個慈祥的長輩，可絕非心胸大度之人，否則前世不會因為婚姻嫁娶而三十多年不跟堂姊聯絡，即便同在京都，也不相往來。

因為經過生死大劫，秦老夫人看開了許多事情，才有了現在的豁達開明。可如果得知楊妧同樣經歷過前世，誰知道她會怎麼想？

好在闞氏一番訴苦，多少能夠打消秦老夫人的疑慮。

悠閒的冬月過去，很快就是忙碌的臘月。

去年臘月，闞氏對於京都生活還是惴惴不安，擔心無以為生照拂不了三個孩子。今年，闞氏腰桿挺直了許多，非常有底氣，闔家上下，連主子帶奴僕全都做了新衣裳，年貨置辦得也足，雞鴨魚都買了活物，雞鴨養在後院，鯽魚養在水缸裡，現吃現宰。

還有件值得慶賀的事是張夫人有了身孕。

其實十月底就診出了喜脈，因為頭三個月胎沒坐穩，不好張揚，而張夫人也很害羞，覺得兒子都要成親了，自己卻老蚌懷珠，不願意到處說。

直到送臘八粥時，莊嬤嬤才喜孜孜地告訴闞氏和楊妧。

秦老夫人高興得不行，不錯眼地盯著給張夫人調理飲食，府裡中饋便交給了楚映。

楚映看過楊妧理事，又有莊嬤嬤幫襯，加上國公府的下人都是用慣了的，凡事有章可循，不管是臘八節，還是準備年節禮，楚映都處置得像模像樣。

秦老夫人越發開心，跟張夫人唸叨。「先前只擔心大姑娘撐不起門戶，現在看來是多慮了，就是高門大戶的長媳宗婦也能擔當得起。」邊說邊扳著手指頭數算哪家有相貌和人品都能入了眼的適齡小郎君。

張夫人在楚昕的親事上沒有絲毫發言權，沒想到秦老夫人主動跟她商議楚映的親事，心情大為舒暢，連帶著懷相也好，能吃能睡，這次懷孕懷得舒服極了。

此時的宣府卻是冰天雪凍。

一位兵士用筷子敲打著手裡的碗，罵罵咧咧地道：「又是水煮菜，連點肉絲都沒有！娘的，嘴裡都淡出鳥來了。頭兒，這幾天空閒，不如進趟山？」

另外一位嘴角長痦子的兵士「呿」一聲。「這種天氣，連兔子都不出窩，能打到毛？」

先頭的矮兵士道：「摟不著兔子打幾隻家雀也成，烤一烤能香掉舌頭。頭兒，去一趟唄？」

被稱作頭兒的是楚昕。楚釗給了他一個小官當，從七品的小旗，手底下管著十人。

楚昕看了看湯麵上浮著的幾絲油星，抿抿嘴。軍裡的伙食確實差，自從入冬，每頓不是白菜就是蘿蔔，再沒有第三種。肉難得吃一次不說，就是油也放得少，都是臨出鍋，伙夫才挖一勺白膩的豬油在湯水裡攪動幾下。

想到京都的大魚大肉，楚昕喉結上下滾動，默默地嚥了口口水。吃不到紅燒肉、煨熊掌，吃烤麻雀也多少能解解饞。

可他記著楊妧的話，要收斂性子不擅自妄為，遂道：「待會兒跟孟千戶稟報一聲，若他允許，咱們就進山。」

「痞子」笑道：「我讓伙夫做幾把弓帶著。」

幾人嘻嘻哈哈吃完飯，勾肩搭背地回到營舍。

營舍是大通鋪，二十人住一屋，到了晚上，磨牙的、打呼的還有說夢話的，熱鬧至極，更兼一股臭腳丫子味，熏得人腦仁疼。

頭三天，楚昕愣是沒合過眼，第四天終於熬不住，衣裳沒脫就睡了。

在大通鋪住了一個月，孟千戶把他和另外兩位小旗，再加含光安排在一間小屋。

楚釗也在軍營裡睡，不過他每三天回一趟在鎮裡的總兵府。而楚昕十天才能回去一趟，洗個熱水澡，換上乾淨衣裳，以及吃頓稍微像樣的菜。

此時，屋裡另外兩位小旗還沒回來，含光從懷裡掏出一封信。「鄭小四送來的。」

鄭小四是在楚釗跟前跑腿打雜的。

看到封皮上娟秀的四個字「楚昕親啟」，楚昕心頭便是一喜，迫不及待地撕開信皮，展開信紙。

果然是楊妧寫的。

寫到余閣老家賞梅，可大家只圍著茶爐嗑瓜子，讓丫鬟折了幾枝插瓶就算賞梅了。前天做了桂花餅，這次用的是冰糖，比蜂蜜味道更好一些。顧常寶打發人送了一石精米和幾樣黃米黍米等雜糧。她按照范真玉說的方法，把曬乾的秦椒切碎在油鍋裡炸，嗆得滿屋子人流眼淚……絮絮叨叨足足寫了三頁紙。

楚昕看一遍，再看一遍，彎起唇角小心地把信折好仍塞入信皮，再打開床底下的箱籠，鄭重其事地放進花梨木匣子中。

匣子裡已經放了一厚摞封信，有楚映的，有顧常寶的，甚至還有周延江的，可最多的還是楊妧寫的。

楊妧隔上五、六天就寫一封。夏天路好走，差不多三天就能收到，而冬天雪封路，往往七、八天甚至半個月才能收到。

上封信還是冬月二十五收到的，而現在已經是臘月十三，馬上要過年了。

楚昕不由懷念起京都。上元節有燈會，如果他在京都，肯定要約楊妧一起賞燈，一起猜燈謎，一起吃小食，說不定楊妧還會讓他抱。

中元節他就抱到了，那種感覺至今還在腦海盤旋，軟軟的又很香。這種香味絕非脂粉香，而是姑娘家的體香。

甚至，楊妧沒準還會讓他親一下。

住大通鋪的時候，兵士們晚上最愛談論的就是女人，說世間最美味的三口都在女人身上，又說知恩院的紅杏姑娘腰有多軟，腿有多長。

知恩院在鎮上的沁香胡同，兵士們發了糧餉都喜歡到沁香胡同溜達，因為沁香胡同好幾家妓館，不等入夜，妓子們就打扮得花枝招展地站在樓前攬客。其中知恩院是最出名的一家，而紅杏姑娘又是知恩院最當紅的妓子。

楚昕沒去過沁香胡同，連經過都沒有，可聽到兵士們談論女人，他會臉紅耳熱，會不由自主地想到楊妧的相貌，那雙漂亮的杏仁眼溫柔地看著他，唇角翹起好看的弧度。

「楚世子——」門外女子清脆的喊聲，打斷了楚昕的浮想聯翩。

楚昕忙定定神，撩開厚重的夾棉門簾走出去。

門口站著位十五、六歲的少女，身材高䠷，目光明亮，穿一身火紅的箭袖長衫，頭髮也像男子般高高束在頭頂，手裡攥著馬鞭，一副英姿颯爽。

是竇參將的女兒，閨名叫做笑菊。

「有事？」楚昕問。

竇笑菊歪著頭，神情嬌俏。「我聽說明天你要進山，我也去。」

「不行。」楚昕拒絕得毫無餘地。「我不帶女人。」

「噯，為什麼呀？」竇笑菊瞪大眼眸，水汪汪的眸子裡盡是不可置信。「你瞧不起女人？我的馬術比你還好，不信就比試一下。」

楚昕抬眸，瞧見不遠處甩著尾巴的白馬。馬體型高大，通體白色，沒有一根雜毛，而且鬃毛很長，看起來非常神駿。

他讚道：「馬不錯。」

竇笑菊笑了。「馬不錯，那人呢？」

楚昕打量她幾眼，昂起下巴。「醜！」

「沒眼光。」竇笑菊撇下嘴，不但沒生氣，臉上笑意反而更濃，眸光亮得驚人。「世子是故意的吧？宣府鎮可從來沒人說我醜。你敢不敢跟我比，不往別處，就在校武場，兩圈定勝負。贏了，你帶我進山，輸了我自己進山。」

「沒興趣。」楚昕不再搭理她，轉身回到屋裡。

竇笑菊在外面跳腳。「不敢比就是我贏，明天我一定要進山！」

楚昕從鼻孔輕輕出口氣。「哼！」往硯臺裡注了水，研出一池墨，鋪一張宣紙，提筆給楊妧回信。

信裡沒寫軍裡有多苦，只寫令人開心的事，諸如上月進山打了一隻野豬，燉了足足兩鍋肉還灌了血腸；血腸既香且嫩，美味極了。

又寫宣府當真比京都冷，雪下得也大，他已經把夾棉馬甲穿上了。這幾天他學會了滑雪，腳下踩塊木板，手裡拿兩根木棍維持平衡，在雪地上滑行，比走路和跑馬的速度快很多，只是不當心會摔個大跟頭。

又把顧常寶誇了誇，告訴楊妧少米少麵儘管跟他說，今年的糧米生意，顧常寶肯定又賺大發了。

最後仍然叮囑楊妧多給他寫信，最好每天寫，讓她多吃飯，多長個子，因為他比秋天又高了一寸。

終於寫完了，楚昕心滿意足地塞進信皮，用蠟油封上交給含光。

臨近年關，又是大雪封路，驛站已經不願接信件了，但有些滯留的客商會找機會回京，含光便是去客棧裡找幾個可靠的人。

走出門，看到竇笑菊仍舊站在外面，含光幾不可見地皺了皺眉。

第一百一十二章

楚昕生得好，家世也好，被女孩子青睞並不意外，可一般姑娘知道他訂了親都會打消心思，竇笑菊卻絲毫不避諱，仍舊死乞白賴往前湊，這就很令人討厭了。

而竇參將好像不知道似的，縱容著女兒整天往軍營裡跑。

竇笑菊長相不錯，渾身上下帶著女孩子少有的英氣，在軍裡也頗受士兵的追捧，甚至得了「宣府一枝花」的美譽。楚昕見慣了京都的嬌花，說不定會被這種野玫瑰吸引……

相較而言，含光覺得楊妧更出色，更適合楚昕。

兩年前的楚昕是什麼樣子，含光最清楚不過。炮筒子似的，點火就著，每天沒有正經事情做，除了到西郊跑馬就是在滿京都溜達，看見不順眼的事情就愛伸手摻和一下。往好聽裡說是「路見不平拔刀相助」，實際上是閒得無聊給自己找樂子，單是鬧到御前的官司，每年至少五、六次。

自從楊妧進京，楚昕彷彿變了個人，不再像先前那般頑劣，而是學會了承擔責任。

修繕倉場那會兒正是大夏天，哪怕在樹蔭下坐著不動都是一身汗，楚昕卻騎著馬到鄉野間因為一根木條是三百文還是四百文，跟農夫們爭吵得臉紅脖子粗。

好幾次，含光以為楚昕會半路撂挑子，沒想到他硬是堅持下來，把差事做得相當漂亮。

這其中，楊妧功不可沒。

含光親眼看到楚昕怒氣沖沖地回來，可到霜醉居待上片刻，總能眉開眼笑地出來。

有時候他也會好奇，楊妧到底對楚昕說了什麼，會有這麼大的功效？楚昕完成一樁差事再接一樁，樁樁辦得圓滿，而且如願以償地來從軍，放到兩年前，誰會相信？

一夜北風緊，待到天明，卻是豔陽高照。路邊積雪經過這幾天風吹日曬，已然盡數化淨。

含光夜裡歇在總兵府，大清早先到客棧溜達一圈，跟送信的客商交代幾句，又馬不停蹄地趕去軍營。

楚昕在馬棚裡。棗紅馬剛吃完黑豆跟乾草，正舒舒服服地讓楚昕幫牠梳毛。瞧見含光，棗紅馬先打了兩個響鼻。楚昕側頭問道：「安排妥了？」

含光「嗯」一聲，謹慎地回答。「是真定府販毛皮的行商，姓武，在宣府和京都都有分號。信會轉到京都分號，再送到漆器鋪子。」到了漆器鋪子，掌櫃自會打發夥計送往四條胡同。

兩人說了會兒話，「痦子」等兵士才陸陸續續地過來牽馬，一行人策馬走出營帳，大門口赫然等著竇笑菊。

竇笑菊穿件大紅色羽緞斗篷，裡面是寶藍色緞面長衫，墨髮用寶藍色綢帶紮起，高高地束在頭頂，看上去英姿颯爽。在她身邊，站著兩個同樣做男子打扮的侍女。

「世子早。」竇笑菊笑靨如花，抱拳向他行禮。

楚昕臉色沈下來。「我沒說帶妳。」

「世子真小氣。」竇笑菊嘟著嘴，歪頭道：「順路還不成？嶺山又不是您家開的，難道只能世子去，別人都不許去？」

楚昕冷冷地打量她兩眼。「那妳先走，別跟在我們後面。」

「走就走。」竇笑菊翻身上馬，輕笑道：「楚世子，山底再見嘍！」甩起馬鞭，喝聲「駕」，白馬疾馳而去，瞬息不見了人影。

楚昕舉起馬鞭。「收隊回營！」

「痦子」不解地問：「頭兒，咱們不去打獵了？」

「去個屁！」楚昕掃視一遍幾位同樣目露不解的兵士，沈聲道：「如果這是打仗，咱們的行動計劃已經洩漏了，瓦剌人已經在前面設了埋伏，你們還要去送死？」

「痦子」賠著小心道：「竇姑娘怎麼能說是瓦剌人，她天天在軍營裡轉悠，兄弟們誰不認識她？」

「平常就要按照戰時狀態來訓練。」楚昕傲然看著他。「什麼時候你們嘴上有了把門的，咱們的行動不透露出去再說……回去吧，一刻鐘後校武場集合。」調轉馬頭當先回營。

「痦子」往竇笑菊離開的方向看了看，支吾道：「竇姑娘怎麼辦？」

有位個子稍矮的兵士罵一句。「管她狗屁的竇姑娘！頭兒已經生氣了，真是晦氣，野味吃不上，還脫不過一頓罰。」

一眾人罵罵咧咧地到馬棚栓好馬，接著趕到校武場。

楚昕負手站在一堆沙袋前，北風吹動他的衣襟獵獵作響，而束髮的綢帶就在耳邊飛揚，使得那張俊臉格外多了些冷厲與桀驁。

「綁上沙袋，每人先跑十圈。」楚昕彎腰拎起兩個沙袋，分別捆在小腿上，跳兩下感覺捆結實了，邁開大步往前跑。

一個沙袋十五斤，兩個就是三十斤，跟他們打仗穿的護甲差不多重。平常多練習負重跑，打仗才能衝得上去，撤退也能跑得俐落。

十圈跑完，大家都呼哧帶喘，「痞子」更是滿臉汗珠子，跟剛從水裡撈出來似的。

楚昕卻仍是氣息平緩，冷冷地環視著大家。「去兵器庫選槍，進行刺殺訓練。」

他們練得熱火朝天，城外的土地廟門口，竇笑菊坐在門檻上正翹首以待。

土地廟是從營地到嶺山的必經之路，她已經在此等了一陣子了，卻仍舊不見楚昕的人影。

竇笑菊吩咐侍女。「六月，妳回頭迎一迎，看怎麼回事？」

六月拍馬沿著來時路往回走，跑了約莫五里路，又轉回土地廟。「姑娘，沒見人來。」

竇笑菊霍地站起身，二話不說，上馬往軍營裡奔。

隔著老遠，就看到楚昕帶著他那幫手下在演練槍法。大家穿一式的暗紅色裋褐，繫著同樣的綁腿，可楚昕硬是比別人更挺拔些，身姿也更矯健。

竇笑菊滿肚子鬱氣頓時煙消雲散。

她喜歡這個少年，不單因為他是楚釗的兒子，是鎮國公世子，更是因為他身上那種略帶驕縱的滿不在乎。

他剛來時，還未公開身分，大家以為這麼俊俏的男人肯定是個軟蛋，笑嘻嘻地拿話激他。楚昕不發一聲地拎起一張兩石長弓，連發五箭，箭頭連著箭尾，支支正中紅心，也射中了竇笑菊的芳心。

後來才知道他竟然是楚釗的獨子，也聽說他訂了親。

可是訂親又如何？萬晉朝規矩不像前朝那麼嚴，就連成親的女子都可以和離，訂了親完全可以退親。

竇笑菊對自己的相貌非常有信心，家世更不成問題。楚釗是總兵，她的父親是參將，兩人共事二十年，從未有過齟齬，若能結成親家，兩家關係只會是蜜裡調油，更加融洽。

竇笑菊一顆心「怦怦」跳得極快，癡癡地看了半晌，一咬牙，打馬飛奔回家裡。

過小年那天，信終於送到了四條胡同。

楊妧迫不及待地拆開信，字裡行間充斥著歡喜與豪邁。

能夠遠離溫室，到關隘要塞去歷練，楚昕一定特別高興吧？她不由彎起眉眼，將信從頭再讀一遍，收進匣子裡。

家裡包了餃子，山東人愛吃餃子，逢年過節都要吃餃子，京都人也是。關氏包了兩種餡，一種是豬肉白菜，另一種是羊肉蘿蔔，兩種餡都極鮮美。

忙忙碌碌中，元煦十二年的春節如期而至。

楊家跟范家互相拜了年，范二奶奶便跟關氏湊到一起，嘀嘀咕咕地商量楊妧的嫁妝。

范二奶奶送了二十疋顏色各異的綾羅綢緞，又把衣裳冊子拿來讓楊妧挑，打算在真彩閣做。

婚期尚沒定下確切日子，但秦老夫人和關氏不約而同地選擇了八月。八月天氣不冷不熱，最容易打扮。

范二奶奶指著一件長褙子。「樣式雖然簡單，卻極出彩，也挑人。太胖或者太瘦，穿著都不好看，阿妧正好。」然後指著收腰短襖。「這件好在盤扣上，四枚盤扣四個樣子，乍看起來覺得彆扭，越看越漂亮，我先前就做過這麼一件。」又指著另外一件七分袖襖子。「這個阿妧穿也好看，袖子短，正好把鐲子顯露出來。」

關氏聽得心花怒放，不斷點頭。「行，這個做一件，那個做一件。」

楊妧忍俊不禁。「不用挑了，乾脆做一本算了。」

「我看行！」范二奶奶哈哈大笑。「這一本連衣裳帶裙子不過四十多件，都做出來也不算什麼，我們江南講究十里紅妝，以後吃的穿的都用娘家的，多有底氣！」
楊妧笑咪咪地說：「我娘就是我的底氣，反正以後若是過不好，我一定要和離回娘家。」
「呸呸！」闞氏連忙啐兩口。「童言無忌童言無忌，大年初一得說吉祥話，你們一輩子和和順順、平平安安。」
范二奶奶笑著接話。「這話說得對，夫妻要和順，日子要過得平安。阿妧聰明，肯定活得通透。」
闞氏反倒嘆口氣。「這門親結得也太順了，讓人不敢相信。妳說世子要是長得醜一點也好，或者門第別那麼高，就只是普通人家……太好了，覺得心裡不太踏實。世子在外面，不知道被多少姑娘肖想呢！」
楊妧只是笑，卻半點不擔心。
既然前世楚昕能終生不娶，沒理由這一世突然變得花心，已經有了未婚的妻子還要去招惹別的姑娘。

第一百一十三章

鞭炮噼啪響，竇笑菊看著院子裡隨風飄搖的花燈長吁短嘆。

宣府天寒加上地偏，賞花燈的氣氛並不濃厚。百姓們寧可花十幾、二十文錢買兩盞花燈在家裡看，也不願在外頭挨凍。久而久之，只有少數商鋪為了招徠客人會在門口掛花燈或者搭一個小小的燈棚，大多數店家乾脆不去花這個冤枉錢，免得燈棚被風吹倒，失火燒了財物。

為了討竇笑菊歡心，竇家每年都會買二、三十盞燈，掛在樹梢上、廊檐下以及特意拉的繩子上，今年也不例外。

可竇笑菊臉上沒有半點笑，事實上她從初一那天就不太高興。

大年初一，家家戶戶都要走動著拜年。竇參將闔家去總兵府道賀新春，楚釗一早趕去軍營當值，只有楚昕在府裡。

他穿件寶藍色織著山水樓臺的雲錦直裰，眉目端秀神情舒朗。

往常楚昕跟兵士們一樣都穿暗紅色裋褐，外面套黑色護甲，這還是竇笑菊頭一次看到他穿直裰。精美的雲錦料子、華麗的圖樣、細密的針腳襯得楚昕越發肩寬腿長，挺拔得彷彿草原上茁壯的白楊樹。

竇笑菊看直了眼。

楚昕卻像沒看到她似的，只對竇參將和竇太太拱拱手，賀了新春。

竇笑菊才容不得他忽視自己，特意擠到他前面，大聲道：「楚世子新春大吉，平安康泰。」又伸出手，笑嘻嘻地問：「我給你拜年，有紅包嗎？」

中堂那幅潑墨山水畫下面的几案上就放著三、四個紅紙包的封紅，竇笑菊早就看到了。大年初一，又是當著她爹娘的面，她非常篤定，楚昕必然會給她一個紅包，哪怕裡面只放一個大錢都可以，她也心滿意足。

誰知楚昕睜著眼說瞎話。「沒有，沒準備。」

竇笑菊決定戳穿他，伸手指著几案。「那兒不是有嗎？」

楚昕拿起紅包，挨個兒捏了捏。「是給別人的。」

「真小氣，我又不多要你的，一文錢就行。」

楚昕眼皮微掀，毫不客氣地說：「我跟妳不熟，為什麼要給妳紅包？」端起茶盅淡淡道：「竇參將想必還要去別處拜年，就不耽擱你的時間了。令嬡年歲已然不小，該好生管教一二，哪有伸手討要紅包的？」

在軍營，竇參將官職比他高，楚昕要聽從他的命令；但在家裡，楚昕是國公府世子，地位還在參將之上，沒必要容忍他的女兒。

竇笑菊臉上的笑再也掛不住，甩手跑出了總兵府。

竇參將面露不豫，竇太太卻仍笑意晏晏，親切地說：「都是我的錯，把她給寵壞了，不過笑菊只是小孩子心性，喜歡玩鬧，並非貪圖銀錢，世子千萬別見怪。」

楚昕冷笑不語。還小孩子心性呢，就連六歲的楊嬋都沒有伸手向別人討過紅包，楚映也沒有，竇笑菊會比楊嬋還小？

想起楊嬋，很自然就想到楊妧，楚昕神情立時柔和下來。

這四個紅包分別是給楚映和楊家三姊妹的，除了楊妧之外，其餘幾人都是八枚大錢，不偏不倚。楊妧的是一張八兩的銀票。

小旗每月除了一石二斗米之外，還有將近二兩銀子。

范真玉曾經告訴他，江南商戶大都是婆娘管銀子。爺們把錢賺回來交給婆娘，婆娘分配好家用，會從餘錢裡拿出一部分給爺們打酒零花，這樣的家庭才和睦。那些把銀錢扣在手裡捨不得拿出來的男人，沒有一個生活美滿的。

楚昕記著范真玉的話，把餉銀都攢下來，打算交給楊妧掌管，只是眼下通信不便利，總得過了正月十五，驛站才開。

而竇笑菊從總兵府離開後，再沒出去串過門，每天在家裡要麼唉聲嘆氣要麼就摔杯子砸碗。

竇太太很能理解她，畢竟楚昕的長相連她這個半老徐娘看了都心喜，何況一個正懷春的女孩子？俊俏郎君人人愛，可悶在家裡鬱鬱寡歡有什麼用？

竇太太溫聲勸竇笑菊。「傻閨女，妳把茶碗茶盅都摔了，楚世子也不會惦念妳半分，我還得花銀子另外置辦。省下這些錢給妳買支釵多好？」

「那我怎麼辦？」竇笑菊被觸動心事，淚水順著臉頰往下淌。「我處處伏低做小，楚世子卻始終不給我好臉色。」

竇太太心疼極了，掏出帕子給她拭淚。「正月裡可不許哭，哭了一年沒好運氣……妳先去洗把臉，娘幫妳出主意。」

竇笑菊點點頭，喚六月跟十月打了溫水過來洗了臉。

竇太太親自動手給她梳了個墮馬髻，邊梳邊對著鏡子裡的人說：「妳模樣像娘，姿容半點不差，非得整天穿成假小子。妳看，這麼梳多好看？」

竇笑菊掃一眼鏡子。她才哭過，眼底仍有些紅，看上去楚楚可憐，確實比往常更顯嬌弱。

竇太太在她身旁坐下，輕聲道：「楚世子這般人物，看他渾身的驕縱就知道，肯定被追捧慣了。京裡什麼姑娘沒有，長相漂亮的、門第顯貴的，還有多才多藝的，楚世子看慣這些，能把妳放在眼裡？」

竇笑菊想起自己受到的種種冷遇，眼圈又是一紅。

竇太太道：「所以呀，咱們要反著來，不但不上趕著，還要跟他對著幹。京裡規矩大，少有姑娘會騎馬射箭，妳就在這兩樣上引起他的注意。」

「我試過，我找他賽馬，他壓根兒不搭理我。」竇笑菊滿肚子都是辛酸。

竇太太無奈地搖頭。「傻孩子，妳別主動找他，得讓他主動找妳……往後去軍營裡，不許再往他跟前湊。」抬眸看一眼竇笑菊鼓著的腮幫子，嘆一聲，續道：「不過也別離了他左右，就找他身邊那幾個親近的兵士，跟他們比箭法。」

前陣子，竇笑菊天天圍在楚昕身邊轉，驟然不往前湊了，楚昕必然不適應，如果兵士們再時不時誇讚幾句竇笑菊的箭法好，肯定能引起楚昕的興致。

竇太太非常有經驗，當初她就是這樣釣到了竇參將。

彼時，她家開間小小的酒肆，她專管打酒，因在家裡行二，大家都稱呼她張二妞。來打酒的大都是男人，經常有人乘機摸她的手，或者撩她裙子。張老娘見怪不怪，她當年就是這麼過來的，只做看不見；二妞也沒當回事，反正只是摸下手，損失不了什麼，反倒能勾著他們再來。

有天，竇參將不知怎麼也來打酒。

竇參將長得鬍子拉碴的，穿戴卻挺闊綽，一身絳紫色緞面長衫，腰帶上掛著好幾個緞面香囊。

能穿得起緞子，都是富裕人家。剛巧正有人藉著拿酒壺捏她手心，張二妞立刻做出貞潔狀，尋死覓活地往外跑，恰恰撞在竇參將懷裡，竇參將當然要英雄救美。

張二妞抹著眼淚向他道謝，一來二去兩人就熟悉了。

那陣子竇參將幾乎天天來打酒，張二妞都是笑臉相迎溫柔體貼，如此月餘突然就板起臉不苟言笑，甚至還消失了三、四天。

等再次出現，竇參將便一把將她摟在懷裡叫「心肝」，口口聲聲要帶她回府。

竇參將已經娶了妻，正懷著身子。她打聽到正頭太太先前也懷過，不知道為什麼在五個多月時掉了，便想出個主意，一邊勾著竇參將，允許他動手動腳卻不叫他得逞，另一邊又使銀子買通竇府的小丫頭。

小丫頭特意在院子裡嘀咕，說聽說竇參將在外頭養了外室，正打得火熱。

正頭太太尋竇參將質問，竇參將當然不承認。兩人大吵一架，竇參將氣急推了她一把，正頭太太原本胎象就不穩，被這麼一推，加上心裡存著氣，孩子又沒保住。

沒到兩個月，正頭太太一命歸西，張二妞正大光明地嫁給了竇參將。那會兒，正頭太太剛過百日祭。

竇太太自認對男人的心思瞭若指掌，豈料楚昕完全沒把竇笑菊當回事，壓根兒不曾留意她是不是跟著自己，倒是管轄的那十個兵士再不敢跟竇笑菊胡言亂語。

畢竟楚昕發話了，平常也要當成戰時，他們小旗的任何行動都是機密，若有違令者，綁著沙袋跑二十圈是輕的，還得連續打掃馬棚半個月。

剛出正月，瓦剌人開始接二連三騷擾邊境，楚昕自動請纓率旗下十人，並京都帶來的八十人去懷安衛協防。

懷安衛位於宣府鎮轄區最北端，是瓦剌人南下的必經之地。楚昕走了三天，竇笑菊才知道這個消息，氣了個倒仰。

遠在京都的楊妧卻很高興。

臨川不僅送來了楚昕的信，還告訴她，大興的曹莊頭終於買到了地，雖然不多，只有八十畝，可都是上好良田。而且離國公府那座兩千畝的田莊不足十里，春耕秋收，田莊裡的農戶順手就可以做了。

臨川問楊妧是否有空去看看地方，馬上要春耕，地裡要種什麼莊稼？楊妧不懂種莊稼，可地是一定要去看的。有了地，就意味著楊家在京都站住了腳。

關氏一刻都捺不住，第二天便雇了輛騾車，帶著全家浩浩蕩蕩地去了大興。

第一百一十四章

楊妧聽臨川說八十畝地不多，還以為隨便走走就能繞個圈，不曾想到了地頭才發現，八十畝根本不小，沿著四周走一趟至少要兩刻鐘。此時地裡已然化了凍，卻仍是光禿禿的，不見嫩芽。

曹莊頭垂手站著，神情恭謹。「差兩天八九，再過半個月就該犁田了。太太和姑娘打算種什麼？」

楊懷宣快言快語地說：「麥子，都種上麥子，包餃子蒸大白饅頭。」

這一年多，他終於放下戒備，展露出孩童單純活潑的天性，知道搶話了。

楊妧微笑地攬著他的肩頭問曹莊頭。「我不懂農事，原先地裡種的是什麼，種什麼收成好？」

「這片都是衛國公府的地，去年種的是高粱還有黃豆，因為照看不太經心，收成一般。府裡那邊種黃豆多，差不多七百畝，高粱、麥子各三百畝。靠近河兩邊種了一百畝水稻，再就黍米、綠豆還有花生亂七八糟的各種了一點。黃豆產量不如高粱，但價錢比高粱貴。」

楊妧看向關氏。「您說呢？」

關氏爽快地拍了板。「那咱們種五十畝黃豆，餘下高粱、麥子和黍米各種十畝。」

曹莊頭憨憨笑著說：「也成。豆子是好東西，能生豆芽、做豆腐，剩下的豆渣餵豬餵馬都很催肥。」

事情就這麼決定了。楊妧要把買種子和雇農戶的錢付了，曹莊頭道：「不用急，世子爺留下的銀子還有，先從那裡墊上。姑娘若是信得過我，秋收也包在我身上，等賣了糧食，我再一筆筆跟姑娘結算細帳。」

楊妧笑道：「曹莊頭是國公府的老人，又是莊稼行裡的老把式，您再信不過，我還能相信誰？」側了頭指著旁邊一片地。「這是誰家的地？」

「程尚書的。衛國公拿出五百畝，程尚書要了三百畝，原本這二百畝清遠侯府裡的費管家要買，我跟他商量一番，勻出來八十畝。」曹莊頭不無遺憾地說：「早知道不去廣平府了，我前腳剛到永年縣，後腳就得知了這個消息，緊趕慢趕仍是遲了半步。」

楊妧寬慰道：「能買到八十畝已經很不容易了，大多數人家就在跟前守著，也未必知道消息。」

曹莊頭眸中隱隱露出得色。這倒是真的，沒有通天的本事，就連八十畝也買不到。

楊家一家在國公府的莊子上用過午飯，才往回趕。

兩個小的吃飽喝足，被馬車顛著很快就睡了。關氏也靠在車壁上，微闔著雙目打盹。

楊妧抱著楊嬋，心中納罕不已。好端端的，衛國公府為什麼要賣地，而且還都是上好良田？要知道，大興的地是捧著銀子都買不到。

她很快便得知了緣由。

余新梅來找她玩，說話間提到此事。「……靜雅縣主婚期定在五月十二，許家正砸鍋賣鐵地湊聘禮。」

楊妧瞠目結舌。「不至於吧？怎麼也是國公府，還拿不出一筆聘禮來？」

余新梅搖頭晃腦地說：「許家是真沒落，安郡王妃也是真敢要，除去各樣物品之外，光是現銀就要一萬兩千兩。妳知道她為什麼特意選這個數？」

楊妧隱約猜到幾分，卻有點不敢相信。

「用不著懷疑。」余新梅笑。「靜雅就是比照妳來的。我祖母後悔得不行，不該在顧夫人跟前多嘴嘮叨這事。可話說回來，聘禮下得多說明婆家重視妳，誰不願意宣揚出去？」

楊妧嘆氣。「想要被重視也得量力而行，逼著別人賣地也太不厚道。」

「豈止是賣地？」余新梅撇下嘴。「五百畝地左不過五千兩銀子，許家為了湊這一萬多現銀，連瓷器、毛皮都抬出去兩箱子。妳不出門不知道，我們可都聽說了，四個小廝抬一個箱子，就差敲鑼打鼓地抬到典當行了。」

這是結親？應該算是結仇吧！媳婦沒進門先把婆家的家產給揮霍不少。許家也是，當東西就悄沒聲地當，何至於大張旗鼓地鬧得人盡皆知？或者聘禮談不攏，就應該商量著把親事退掉，各自另尋良緣便是。

也難怪衛國公府早早就沒落了。

楊妧不再關心靜雅的事，而是問起顧常寶。

余新梅紅著臉道：「原先我是嫌他四六不分沒出息，可他脾氣好，我罵他他也不惱火，湊合著也能過。我祖父堅決不應，說不著急，等後年春闈在杏榜裡看看有沒有合適的。」

「後年？後年妳就十七了，」楊妧當即表示反對。「為什麼非得找個讀書人，學問做得好，人品可未必好，不是有句話叫做『負心多是讀書人』？」

前世，余新梅就是十七歲那年，榜下捉婿嫁給了馮孝全，結果養了一家子白眼狼，住她的房子、花她的銀子，還惦記她的嫁妝。楊妧絕不可能再讓她往那個爛泥坑裡跳。

余新梅苦笑。「誰說不是？可我爹娘都同意祖父的看法，覺得還是應該以詩書傳家，只有祖母覺得顧常寶好。」

好就好在他沒出息，也不是嫡子長孫，不必有多大出息，也不必支應門戶。眼下雙方長輩都還在世，兩人背靠著大山諸事不愁；若是長輩不在，分了家，兩人則關上門過自己的小日子。反正顧常寶手裡攥著銀子，這日子想起就逍遙。

楊妧極力鼓動她。「我覺得顧常寶挺好。顧夫人耳根子軟，沒什麼主意，但是最偏疼小兒子，妳嫁過去肯定也偏疼妳，這條多舒心。我給姨祖母寫信，請她給妳作媒好不好？姨祖母肯定答應。」

余新梅卻猶豫了。「可顧常寶到底能不能靠得住？現在看著還行，已經改了聽戲喝花酒的毛病，誰知道以後怎麼樣？」

「總比那個軟飯硬吃的小白臉強得多。」楊妧低聲嘀咕。

余新梅沒聽清楚，疑惑地問：「妳說什麼？」

「沒事。」楊妧連忙岔開話題。「剛想起來，我二姊也是五月十二成親，大堂哥肯定要回去送嫁，我得準備添妝。妳覺得什麼好，發簪還是玉珮？」說著打開妝盒最底層。「這些是我沒戴過的，妳幫我挑一樣。」

裡頭只有兩只鐲子、兩對金簪，一支赤金鑲碧璽石的髮釵，再就三、四塊玉珮，可挑的餘地少得可憐。

余新梅掃一眼，挑了支梅花頭的金簪，又拿起金釵。「簪子是妳送的，這支釵算是我的禮，回頭我送妳對南珠髮簪。我覺得妳戴珍珠好看，襯得臉色格外白淨。」

「我本來就很白。」楊妧放下金簪，拿起分量更重的金鐲子。「還是送鐲子吧，顯得情分重。」

余新梅捂著嘴「吃吃」笑。「妳要不要一道回？」

楊妧將兩樣首飾另外用匣子盛著放到一邊。「我回去，二姊反而不高興，何苦討那個嫌？再者帶著小嬋和懷宣，路上也不方便，禮到了比什麼都好。」

關氏也不想回，一來一去單程就半個月，再在家裡耽擱些時日，一個月就過去了，鋪子誰照看，楊懷宣的功課怎麼辦？

二月底，楊懷安帶著各人給的添妝回了濟南府。

范真玉打聽到豐臺有賣山林地的，一畝地不到二兩銀子，價錢非常便宜。范二奶奶來問楊妧買不買，如果買的話，兩家可以各買一座小山頭。

青劍跟范真玉往豐臺跑了趟。兩座山其實是連在一起的，都不大，約莫三百多畝，上面零星長著些樹木、荊條藤棘，沒什麼特別的東西。

這本來是一家姓趙的鄉紳的產業，趙老爺眼見沒幾天活頭了，想趁著還有口氣，把家產給五個兒子分了。

其餘田地錢財都好說，祖屋和祭田給長房，別的都是五個兒子平分，剩下這兩座小山頭不好辦。山林地，沒法種莊稼，而且離最近的董家窪還有十多里路。

趙老爺闔家都住在鎮上，懶得天天往這邊跑，也不值得雇人經管，可白放著又可惜，所以賣得便宜，連帶山腳下三、四座破爛房子也包含在裡面。

范真玉看到山上不少車前子，萌生出種草藥的想法，諸如桔梗、升麻、蒼朮等藥草不要求土質，對水分的要求也不大，在山地完全可以生長。

董家窪的人口不多，百十來戶，都是本分的老百姓，不會懂得分辨藥草。而小山頭上除了野兔、野雞、黃鼠狼還有松鼠之外沒有別的野物，除了砍柴，不會有人上山溜達，也便省得找人看管。

楊妧卻想起前世吃過的一種果醬，是用沙棘果或者蜂蜜熬的，可以兌水喝，也可以拌飯或者抹饅頭。寧姐兒秋天犯咳嗽，挖一勺用溫水兌上，喝完就能輕緩不少。

這種果醬賣得不便宜，一小罐就要一兩半銀子，據說是因為沙棘果少，得漫山遍野地採，特別費時費力。如果在山上種一片沙棘果，以後熬成果醬或者釀酒喝，不知道能不能發財？

楊妧覺得自己鑽進錢眼裡了，但又捨不得放棄這個點子，便去跟范真玉商量。

范真玉認真聽完她的想法，給她出主意。「京都這邊吃沙棘果的不多，好像是因為味道太酸。甘州、酒泉那邊的沙棘果更甜，我立刻寫信給甘州那邊的朋友，讓他幫忙打聽哪裡的樹苗好，如果快的話，四、五月運過來，正好種上。若再晚點，天氣熱了怕是不容易成活。太早也不成，甘州那邊地未化凍，挖樹苗怕會傷根。」

聽起來，也就這個時機最好。

楊妧笑道：「那就多謝二爺了，只是，我也吃不準成不成，萬一白費工夫怎麼辦？」

「這有什麼？」范真玉爽朗地笑。「做生意總是有虧有賺，能賺自然好，即便虧了，也不差這幾百兩銀子。」伸手指了范二奶奶。「她娘家伯祖父一直在嘗試造船，打算開了海禁跑船運，這些年砸進去十萬兩銀子了吧？」

范二奶奶道：「不只。幸好家裡的茶葉鋪、綢緞鋪都營著利，否則闔家近百口都得上街討飯了。去年……不對，算起來是前年了，有個福建客商得知伯祖父在造船，看過草樣子，當即拿出厚厚一摞銀票，足足有七、八萬兩，說要入股和伯祖父一起做。聽說已經快造成了。」

江南富庶，由此可見一斑，他們談起七、八萬兩銀子好像很稀鬆平常似的。這多少給楊妧增加了一些豪氣。

買山頭花六百兩，買樹苗差不多四百兩，先按照一千兩銀子打算。這事如果能做成最好，萬一做不成，山頭總還是自己的，那就按照范真玉的想法種藥材。

楊妧委託青劍買了山頭，拿著買賣文書到官府更改了魚鱗冊，開始等甘州那邊的回信。

此時的懷安衛，仍舊春寒料峭。

衛所最盡頭的一座石屋裡，「痦子」坐在炕邊「哎喲哎喲」地喊疼。「這真不是人受的罪，大哥，您手下輕著點，太疼了！」

「這點傷至於嗎？」幫他包紮傷口的王安鄙夷地說。「箭頭蹭破點皮，筋骨根本沒事，聽你嚎得跟殺豬似的。」

「十指連心，我傷在肩膀，離心口更近，你覺得不疼，我扎你兩下試試？」

王安沒搭理他，將紗布打個結。「行了，回去吧。」

「我啥時候來換藥？」

「不用換，今兒夜裡能結痂，兩、三天就沒事了。」

「痦子」還想再說，忽聽裡屋傳出一聲悶哼。他掀開青布簾子，探頭瞧了眼，頓時呆在當地。

楚昕坐在椅子上，護甲已經卸下，裋褐褪去一半，露出右邊肩頭，上面赫然半截斷箭。

軍醫一手摁住他脊背，另一手拿把尖刀正順著箭身割旁邊的肉。

尖刀剛在火盆上燒過，觸到肌膚，發出輕微的「嘶啦」一聲，有淡淡的焦糊味傳來。

這情形看著就讓人感覺疼。

「痦子」倒吸一口冷氣，下意識地後退兩步，卻捨不得不看，又往前湊了湊。

軍醫動作極快，手起刀落，已經把皮膚割開。血不斷地滲出，順著肩頭往下淌，在肌膚上留下一道道鮮紅的痕跡，看上去怵目驚心。

第一百一十五章

軍醫放下刀，伸手從藥箱取出數根金針和一支青色瓷瓶，問道：「要拔箭了，你要不要咬條帕子，免得傷了舌頭？」

楚昕抿抿唇，低聲道：「沒事，我受得住。」

「那行。」話音剛落，軍醫伸手抓住箭桿猛地一拔，就感覺楚昕的身體晃了晃，隨即便穩住了。

血噴湧而出，只數息，裋褐已經被血染紅半邊，屋裡充斥著濃濃的血腥之氣。軍醫絲毫不敢懈怠，右手極快地將金針扎進周遭穴位，而左手拿著瓷瓶，將藥粉像不要錢似地灑在傷口處。

藥粉被血流沖得到處都是，再過片刻，滲出來的血才漸漸止了。軍醫長長舒了口氣，只覺得掌心所觸之處一片汗濕。

先割開皮膚，然後拔箭，都是常人很難承受得了的痛楚。面前的少年才十八歲，又是錦衣玉食嬌生慣養的長大，卻一聲沒吭過。

軍醫眸中閃過深深的讚賞，揚聲道：「端盆溫水進來，再點個火盆。」

王安不知什麼時候已經備好水，聽到喊聲，將盆塞進「痦子」手裡。「送進去，我去生火。」

「痞子」本想說自己有傷，可看到楚昕脊背上成片的血漬，沒好意思吱聲，灰溜溜地端起銅盆走進去。

軍醫掃他一眼，示意他放到地上，彎腰擰了條棉布帕子將楚昕肩頭的血跡擦拭乾淨。帕子浸在水裡，血漬絲絲縷縷地散開，很快將整盆水染成紅色。

「娘咧！這到底流了多少血？」「痞子」默默咕噥一句，側眸看向楚昕。

楚昕面色白得嚇人，額頭布著層黃豆粒大小的汗珠子，順著臉頰往下滴。他身上衽褐深一片淺一片，斑斑駁駁，辨不出到底是血漬還是汗漬。

王安端了火盆進來，順手將那盆血水端了出去再進來，手裡多了件靛青色的夾棉袍子。

軍醫將楚昕肩上的金針取出，再灑一層藥粉，用細棉布把傷口包紮起來，溫聲叮囑道：「你身上有傷，禁不得苦寒，切記要保暖。三日之內若是不起熱，傷口便可無虞；倘若起了熱，是生是死只能聽天命了，明白嗎？」

楚昕顫聲回答。「明白。」

王安把夾棉袍子給楚昕披上。「是我的衣裳，未必合身，世子爺將就著穿。」

「多謝。」楚昕唇角翕動，勉強擠出個笑容。「回頭我賠你兩件。」

軍醫繼續囑咐。「這幾日肩膀不能使力，免得傷口裂開，也不能沾水。明兒一早過來找我換藥，我看看癒合得怎麼樣。」

楚昕低低應著。「有勞先生。」躬身撿起地上半截箭頭，出了門。

懷安衛住所不足，趕來協防的兵士只能自搭帳篷。

兩個時辰前，兵士們剛打完仗，這會兒都疲憊到極點，正心思不寧地或坐或躺，見楚昕進來，齊刷刷地站起來，喊了聲。「頭兒。」

矮個子章駿紅著眼圈道：「頭兒，你沒事吧？都是我不好，不該攛掇大家往前衝。」

他們幾人打得興奮，不管不顧往前衝，豈料不知從哪兒飛來的冷箭，勁頭十足。他們以為躲不過去了，楚昕策馬疾衝過來，揮槍挌開，結果又有冷箭射來，沒能擋住。

「我馭下無能，應該承受教訓。」楚昕沈聲回答，把手裡半截箭身扔在地上。

箭頭乃烏鐵打製而成，落在凍得冷硬的地上，發出清脆的「噹啷」聲。

眾人不約而同地後退兩步。

楚昕目光掃過他們，冷冷地開口。「這是重弩，射程在三百步開外……瓦剌人天生力大，前來犯邊的這批人至少有三人能使重弩。你們誰能開兩石弓、兩石五呢？隔著三百步，準頭跟力道絲毫不差？」

章駿等人低著頭，沈默不語。

在新兵裡，他們小旗算是訓練最辛苦的，成績也最好，幾次新兵較量中，他們不管刀槍還是箭法都是拔尖的。

這次大家抱著立功升職的想法，興高采烈地來到懷安衛，沒想到頭一次正面對上瓦剌士兵，他們就險些喪命。

楚昕默了片刻，續道：「既然沒這個本事，就不要逞強，老老實實地聽從號令，都把衣裳整理索利了，一起去蕭千戶那裡領罰。」說著，褪下夾棉長袍，重新換上乾淨的裋褐，想想軍醫的話，在裡面加了件夾棉背心。

章駿看著他肩頭厚厚的細棉布，抿抿嘴。「頭兒，我們去就行了，您好生養傷。」

楚昕簡短地回答。「一起！」

蕭艮冷眼掃過面前著裝整齊，神情卻明顯發虛的兩排士兵，沈聲道：「章駿等十人罔顧軍紀，罰俸一月，杖責十下。楚昕身為小旗處罰加倍，以儆效尤。念他有傷在身，暫且記著，一個月之後等傷癒再罰。」

立刻有執行兵在外面擺好五條長凳，五人一組五人一組地接受處罰。

聽著外面的板子聲，蕭艮臉上露一絲笑。「這幾個兵還行，沒有嘰嘰歪歪的孬種。初生牛犢不怕虎，打仗時敢往前面衝是好事，罰過這次，下回就長了記性。」

楚昕身姿筆直，肅然站著，心裡卻是納罕。

他聽說過蕭艮的名字，蕭艮為人樸直耿介，治兵甚嚴，凡有違抗者，概不通融。他帶的兵卻驍勇善戰。也因此，這些年把懷安衛守得固若金湯，絲毫沒叫瓦剌人沾著便宜。

來懷安衛之前，孟千戶還特意叮囑他，千萬別觸到蕭艮的霉頭，他可是六親不認的人。

可面前的蕭艮並非傳言說的那樣冷酷，反而還有點人情味。
外頭板子聲聽起來響，但打起人來並不重，那種沈悶的「咚咚」聲才是真正疼。
沒多大會兒，板子聲停下來，執行兵稟告。「大人，處罰完畢！」
蕭艮大手揮了揮。「都送回營帳，有需要上藥的請軍醫酌情醫治。」
楚昕正要告退，蕭艮攔住他。「世子留步。公事辦完，想再談點私事，請稍坐片刻。」
抬手指著面前已經曬得發紅的松木椅子，待楚昕坐下，拱手長揖。「我常年戍邊，未能輕易進京，多謝世子照拂舍妹跟外甥。」
楚昕目露疑惑。「令妹是……」
「前年過世的平涼侯呂信是我妹丈。」蕭艮解釋。「侯夫人是我幼妹，蕭坤是我二弟，任懷安衛鎮撫。我爹娘早已過世，臨終前叮囑我與二弟照看幼妹。可從她嫁到京都十年，我只在成哥兒出生那年去過一趟……」說著，眼圈已略微泛紅。
原來蕭艮是平涼侯的舅兄。
平涼侯是五月過世的，懷安衛戰事緊，蕭艮不可能脫身，而鎮撫更是忙碌。難怪下葬時，呂夫人娘家只來了兩位管事，一個正經主子都沒到。
楚昕恍然，開口安慰道：「呂文成年紀雖小，但行止言談很有風範，將來肯定能支應起呂家門戶。」
蕭艮抿唇笑了笑。「借世子吉言，如此，呂家有後。」

回到營帳，楚昕感慨不已。

平涼侯曾經征戰過沙場，蕭艮又一直戍邊，幸好當初他聽從楊妧的話去吊唁平涼侯，否則豈不是寒了呂家和蕭家的心？

想起楊妧，楚昕猛地一驚。

中元節那天在護國寺，楊妧凶巴巴地說，如果他傷了腿或者傷了手，她決計要退親另許他人，還說他如果落下疤，她也是不嫁的。

那天，她說是臉上有疤不嫁，還是身上？楚昕記不太真切了。

腦海時常閃現的只有她那張白淨的小臉，和水光盈盈、蘊藏著無限情意的眼眸。還有被他箍在臂彎裡，溫軟馨香的身體。稍微低頭，就能聞到她髮間清清淡淡的茉莉花香，纏纏綿綿地在他鼻端縈繞，聊得他心癢難耐。

祖母說，要趕在中秋節之前把她娶進家，高高興興地過個團圓節。

他的媳婦才只抱過一回，絕不能讓她飛了。

楚昕糾結了整整一個晚上，身上能不能留疤，連傷口的痛都忽略了，不等天明，穿起衣裳急匆匆地找軍醫。

軍醫也剛起身，嘴裡含著水，見到楚昕，忘記吐出水，「咕咚」嚥下去。「是不是起熱了？」

「沒有。」楚昕連忙搖頭。

軍醫不放心，用手背在他額前觸了下。是溫的，薄有涼意，遂安下心，問道：「世子是急著來換藥？」

「不是。想問問先生，我身上的傷會不會留疤？」

軍醫失笑，無奈地搖搖頭。「身上有塊疤算什麼，又不是臉上。你問問衛所的駐軍，只要來了兩年以上，哪個身上不帶疤？蕭千戶身上大大小小二十多處傷疤。」

那就是說肯定會留疤。楚昕蹙眉。「先生有沒有祛疤的藥，或者讓疤痕淡一點，看不出來？」

此時，太陽已經升起來，金黃的光線斜斜地照著，映在他精緻的眉眼上，彷彿給他蒙了層薄紗，漂亮卻又不失英武。

想到昨天拔箭時候的堅強剛毅，軍醫目光變得柔和，聲音也慈愛了許多。「在戰場上，能盡快止血，促進癒合就是最好的傷藥。我這裡都是救命的藥，沒有別的。不過世子也無須擔心，剛開始傷疤看著可怕，過幾年顏色淡了，就不太明顯了。」

還得過幾年，哪裡能等得？楚昕只好悻悻然地換了藥，回到營帳。

今天兵士們自覺，雖然昨天受到杖責，可一個偷懶的都沒有，衣衫整齊地在空地上練習對打。就連最愛磨嘰的「痦子」也握一桿長槍，有模有樣地揮舞著。

楚昕站在旁邊看了片刻，腦子忍不住又飛到楊妧身上。

這事還是先瞞下不說，等回到京都當面跟她坦白。楊妧最是縱容他，每次只要他耍賴，楊妧總是依著他。

楚昕微笑，唇角慢慢漾出連自己都不曾察覺的溫柔。

兩天後，竇笑菊得知楚昕中箭的消息，兩眼哭得通紅，當即要收拾行裝包裹趕往懷安衛。

竇太太非常支持。受傷的男人正是心靈最脆弱的時候，如果有個女人在身邊溫柔照顧，就算貌如無鹽，男人也會愛上她。

何況照顧病人要幫忙換藥、伺候湯水，免不了肌膚相接，事情傳出去，兩人之間哪能掰扯得清？就算楚昕訂了親也沒用，要麼退親，要麼乾脆兩頭大。

有她在旁邊出謀劃策，竇笑菊定然能把楚昕的心攏過來，到時候五歲的兒子竇永山就能藉助國公府的勢，尋個好前程，早點離開宣府這個窮地方。

竇太太不但幫她挑了五、六身款式不同各有特色的衣裳，而且收拾出一大包人參當歸阿膠紅棗等補品，讓竇參將指派一個總旗護送竇笑菊去懷安衛。

竇參將幾乎要懷疑自己的耳朵，瞪大雙眼問道：「妳知道懷安衛是什麼所在？妳知道楚世子在哪裡紮營？離懷安衛不足百里就是瓦剌人經常遊牧的地方，妳還敢讓閨女過去？萬一遇到瓦剌人怎麼辦？」

「所以才讓你派人護送。」竇太太瞪著他，目光似嗔非嗔。「閨女老早就惦記楚世子了，正好過去照顧幾天。聽說楚世子還受到了處罰？」

竇參將道：「處罰還沒實施，他倒是立了功。他身邊叫含光的侍衛帶著一幫人抄了瓦剌人的後路，射殺四十二人。國公爺怕瓦剌人集結大軍捲土重來，正要調派孟千戶去增援。笑菊這個時候過去，別人怎麼看我？」

竇太太想想也是，只得勸竇笑菊作罷，倒是將那包補品送到了總兵府，另外還估摸著楚昕的身量做了兩身衣裳送去。

此時的京都，桃花已經開得繁盛，梨花也綻開了花朵，不等桃花開敗，杏花便趕著湊熱鬧。

整個三月四月，都是花開的季節。

闞氏帶著問秋和念秋在後院的地種上了黃瓜、茄子等菜蔬，自然也少不了向日葵。

楊妧正對著窗口繡楚昕的喜服。

他指名要白頭富貴的圖案，楊妧當然要順著他。

白頭富貴是兩隻比翼的白頭翁在牡丹花間嬉戲，牡丹花繡成粉色，用金線勾邊，白頭翁的身體則用黑線夾雜著黃線和綠線繡成，眼睛則要用黑線混雜著銀線繡，這樣在陽光或者燈光下，才會明亮有神。

看著白頭翁的眼，楊妧情不自禁地想起楚昕灼灼的目光。

昨天，她收到楚昕的信了，信上寫他立功升到了總旗，總旗轄五十人。

他是從那本《戰事偶得》得到的啟發，因沒有權力調兵遣將，就讓含光帶著他的八十名私衛做了配合，沒想到效果不錯。

總旗往上就是百戶，再往上是千戶。百戶和千戶都是世襲制，以後可以傳給兒孫。

楚昕不無遺憾地說，可惜最近瓦剌人忙著耕種，暫時無心戰事，而地裡有了青草野菜可以充饑，一時半會兒不會再打仗，否則他想再立此大功，給兒子掙個百戶當當。

字裡行間充斥著說不出的意氣風發。

楊妧完全能想像到他那種傲嬌的神情，唇角輕輕地彎成個美好的弧度，手裡動作愈加輕柔卻靈活。

成親之後，楚昕必然還要再去宣府，上次太過倉促，她做的衣衫不多，趁現在有空，想給他多做幾雙鞋襪。天天舞刀弄槍的，衣衫鞋襪肯定磨損特別快。

一晃眼就到了五月，靜雅縣主風風光光地嫁到了衛國公府，而宮裡接連傳出了好消息。

何文香和另外一個姓梅的美人相繼診出喜脈，元煦帝龍心大悅，不但厚厚地賞賜了何家和梅家，還重賞了楚貴妃，因為她管理後宮極有成效。

何夫人總算在京都站穩了腳跟，成為各家花會的常客，開始把何文秀的親事提上日程。

秦老夫人考慮過楊妧的建議，覺得余新梅和顧常寶還真是不錯的一對。不提前世馮孝全那副嘴臉，單說今世，楊妧和余新梅是手帕之交，楚昕和顧常寶合夥做生意，相處挺融洽。

這幾個月楚昕不在府裡，顧常寶隔三差五來請安，是個厚道孩子。

秦老夫人認真地擔當起媒人的職責，先去了忠勤伯府。

顧夫人求之不得。她早就想娶個書香門第的兒媳婦，余新梅又是她看著長大的，品行再清楚不過。她告訴秦老夫人，只要能娶到余大娘子，余閣老家裡提什麼條件都同意。

錢老夫人本來也有意思，又見顧夫人這般痛快，跟秦老夫人嘀咕大半天，拍板同意了此事。

等余閣老下衙回家，信物都已經交換了。

得知這個消息，楊妡高興得不行，忙提筆寫信告訴楚昕。

第一百一十六章

楚昕已經回到宣府鎮，在總兵府書房裡，神情不安地看向楚釗，心裡有些忐忑。

三月初受傷後，他又行過一次險招。

因瓦剌人犯邊總是小股敵人，百八十人為一隊，騎著高頭大馬，搶到東西就走，來回不過個把時辰，速度極快。他決定以身為誘，帶著十五輛馬車打扮成行商的富家公子。

馬車裡一首一尾是貨物，其餘皆拉著士兵，有八十人，另有四十人扮成鏢師跟車護衛，果然被瓦剌人盯上了。

瓦剌人先用重弩射殺兩匹馬，趁商隊慌亂之際，疾馳過來掠奪。

楚昕早做好防備，不等瓦剌人靠近，弓箭手已經張弓拉弦，一輪箭雨過後，死傷十餘人。

只是那批瓦剌人足足有三、四百，先頭吃了虧，很快回過神，叫喊著衝上前。一輪廝殺後，楚昕等人漸感不敵，蕭艮率軍及時趕到，將瓦剌人殺了個潰不成軍，剿滅五十多人。

面前的少年，皮膚不如之前細膩，膚色也不像以前白淨，可五官仍舊精緻，眉宇間除了少許的嬌縱，更多了果敢與剛毅。

想到連續幾次戰報中，蕭艮對他的肯定與激賞，楚釗心底升起一種與有榮焉的自豪感，目光隨之變得溫和。「兒子長大了。你肩膀的傷怎麼樣，還疼不疼？」

「早不疼了。」楚昕黑眸裡閃動著孺慕。「拉弓射箭完全沒有影響，跟從前一樣。蕭千戶說下次我再去懷安衛，他告訴我怎樣開重弓。」

楚釗親切地說：「重弓開不好，很容易傷肩膀。你別著急，先休養幾個月把力氣練足……祖母寫信讓你回去商議親事。」抬手將書案上的信皮遞給他。

裡面另有兩個信皮，已經開封的是楚映的字體，另一封尚未開的顯然是楊妧寫的。

楚昕臉色紅了下，先把楊妧的信塞進懷裡，才打開楚映的信。

信上主要說張夫人身體日漸沈重，六月中要生產，問楚釗能否回京陪伴？又寫先前商定八月迎娶楊妧，具體日期還沒選，聘禮也沒下，問楚昕幾時回來拿主意？

戍邊的三品以上武官，家眷需留京為質，而楚釗身為總兵，無詔不得擅自離任，回京就更不可能了。

楚釗拍拍兒子肩頭。「你先回去照看你娘，家裡有個男人，她能安心些。你娘這些年不容易，四姑娘以後怕也是獨自在家的時候多，聘禮再怎麼豐厚也不為過，只別出格就好。等這邊事情稍作安頓，我請旨回京一趟。不過若是趕上你娘生產，恐怕就不能看你成親，中間差兩個月，沒法兩全。」

「我明白。」楚昕重重點頭。

往常楚釗回京，連路途才五、六天的工夫，絕無可能在京都待上兩個月。

楚釗笑道：「你回去收拾東西，明後天就走，讓含光承影都跟著，別讓祖母擔心。受傷的事，我沒提，你別說漏嘴。」

楚昕應聲好，回屋吩咐蕙蘭和劍蘭收拾包裹，自己則掏出楊妧的信。

楊妧很興奮地告訴他，顧常寶和余新梅訂親了，婚期定在明年三月；又告訴他，兩人的喜服都繡好了，但是吃不準他是不是又長高了，所以長衫底邊沒封，想等他回去試一下。

楚昕走到穿衣鏡前打量著。個子沒怎麼長，可肩膀寬了不少，皮膚曬成小麥色還有些粗糙。

想到顧常寶那張白嫩的胖臉，楚昕皺眉。不知道楊妧喜不喜歡曬黑的自己？如果能讓顧常寶也變黑就好了，兩人站在一起就不那麼明顯。

楚昕鋪開紙打算給楊妧回信，可如果明天動身，信還不如人快，寫了也沒用，遂又把筆墨收了起來。

蕙蘭上前，含笑指著炕上的東西。「世子爺，您過下目，看有什麼要添減的？」

那一堆都是楚昕得閒時候買的，給老夫人的刻著壽星老的癢癢撓，給張夫人一套茶具，給楚映的梳篦，還有狼牙手鏈、駝鹿角扳指等小玩意。

另外就是幾張皮子，有狼皮、羊皮，最難得還有三張狐狸皮，皮毛油光水滑非常漂亮。

楚昕看向兩個大小不等的紙包。「那是什麼？」

蕙蘭答道：「三月賣太太送來的補品，小包的是三七粉，大包是當歸，還有兩根參收在木匣子裡。」

「誰讓妳收的？」楚昕沈下臉。

蕙蘭連忙解釋。「門房送進來的，說嚴管事已經過了目……往常竇參將時不時也會送一罈酒或者兩樣野味過來，嚴管事都是收下，而且回了禮的。」

「送到嚴管事那裡，我不要這些東西。」楚昕臉色緩了緩。

蕙蘭忙將那幾包藥材挑出來，小心翼翼地問：「世子爺回京，我們要不要一道回去？」

楚昕掃她一眼。「不用，妳們留在這裡伺候。」

女流之輩，帶著麻煩。當初他沒打算帶兩人來宣府，是秦老夫人託商隊往這邊送東西，順便叫她們跟了來的。

蕙蘭沒再言語，把東西都收進箱籠，過會兒，含光會找順路的客商捎到京都。

翌日，楚昕不到寅正便起了身，將水囊灌滿，再讓廚房烙兩張雞蛋餅，藉著朦朧天色出了門。

一路快馬加鞭，中午歇了半個時辰餵馬，下午繼續趕路。到了順天府地界，楚昕精神仍極旺盛，棗紅馬卻蔫了，跑著跑著，馬腿開始打顫。

捨不得再累著馬，他翻身下來。

含光四下打量著，辨認出方位。「已經過了昌平，離京都大概還有二十里。」

天色漸暗，很顯然在城門關閉之前趕不回去。楚昕乾脆不著急了，拿出雞蛋餅咬兩口，再喝幾口水。

沒多久，暮色完全籠罩下來，一彎新月掛在天際，散發出清淺的光芒，微風吹過路旁麥田，麥稈揮動著低垂的麥穗沙沙作響。不知哪裡藏著一對蛐蛐兒，「吱吱吱吱」地叫個不停。

楚昕搖搖水囊，將裡面的水盡數喝完，霍地站起身。

含光跟著站起來問：「世子爺想連夜進城？」

「我先回去看看，你們等到明早再進城。」楚昕拍一拍身旁的棗紅馬。「先將就歇一夜，回家給你加黑豆。」

含光道：「我和承影陪世子爺回去，讓他們幾個找地方暫且歇一晚。」

楚昕想了想，沒再推辭。三人腳程快，運步如飛，二十多里路，小半個時辰就到了。

城門樓上亮著燈，有士兵舉著長槍在四下巡視。

含光見楚昕掖起衣角，猜出他不想叫門，遂壓低聲音。「夜裡守門的有八人，城門樓旁邊的屋子裡有十六人，每兩個時辰換一次崗。若有險情，兵士會發送信號，不到一炷香的工夫就有援兵趕來。」

從前他經常闖城門，這些事情門兒清。

楚昕點點頭，抬頭望了望天。幾片烏雲悠悠飄蕩，正慢慢朝月牙移動。

三人極有耐心地等著，眼看烏雲就要遮住月亮，含光往城門樓扔一塊石子，三人不約而同地飛身躍起，如大鳥般掠過城牆，悄無聲息地隱在黑影裡。

守門的兵士趕到石子落處看了看，罵幾聲娘，又端著槍在城門樓上轉悠。

含光指指旁邊小巷，矮了身子，野貓似地躥過去。楚昕和承影跟隨其後，直到穿過小巷才又站直身體。

還沒到宵禁的時候，有人在街邊搖著蒲扇乘涼，再點一堆艾草薰蚊子。淘氣的孩子不肯睡覺，拿根木棍去撥弄艾草，挑出一串火星，惹來大人好幾句罵。「小兔崽子，閒得手癢癢？」

楚昕輕聲道：「我想去四條胡同看看。」

含光應好，對承影道：「我陪世子爺去四條胡同，你回府說一聲。」

老夫人和夫人那邊都稟告一聲，還有觀星樓，將近一年沒回來，得把床鋪好，還要備上水洗漱，趕了一整天的路，泡個熱水澡解乏。

承影逕自回國公府，楚昕和含光加快步伐趕到四條胡同。

倒座房亮著燈，那是青劍的屋子。

楚昕只打算悄悄看上楊妧一眼，略解相思之苦，不願驚動別人，索性繞到東牆根，動作輕巧地翻過牆，含光在外面替他把著風。

團團竄過來「汪汪」叫兩聲，認出是楚昕，沒再叫喚，搖著尾巴回自己的狗窩了。

正房院已經熄了燈，東廂房卻還亮著，窗扇半開，透出細細碎碎的說話聲。這聲音宛如一塊大石，瞬間在楚昕心湖裡激起巨大的水花。

楚昕抿抿唇，眼眶莫名地發熱。

他想楊妧了，很想很想。

楚昕矮下身子挪到窗下，悄悄探出頭。

透過糊窗的綃紗，瞧見清娘捏一把錐子在納鞋底。旁邊，楊妧低頭正往鞋面上繡花。她穿件輕薄的銀條紗襖子、蔥綠色綢布燈籠褲，褲腿短，露出半截小腿，腳上鬆鬆垮垮地勾著繡鞋。

繡鞋是墨綠色緞面的，襯著腳腕欺霜賽雪般白。

楚昕忙縮回頭，心「怦怦」直跳，明知道不該看，卻是忍不住想再看一眼。正要探頭，就見清娘猛地吹滅蠟燭，緊接著一陣破空聲迎面而來——

第一百一十七章

楚昕反應極快，躲開凌厲的風聲，再借勢展臂將錐子收在掌心。幾乎同時，清娘已自門內躥出，怒喝道：「無恥——」

「蟊賊」兩字尚未出口，清娘認出楚昕，生生嚥了回去。

楚昕被抓了個正著，羞愧難當，只覺得臉頰熱辣辣地燙，所幸月光淺淡，瞧不出來，分辯的話一句卻說不出口，低著頭，反握著錐子遞給清娘，扭頭要走。

只聽正房的關氏略帶睡意的聲音問：「是誰？」

清娘一把將楚昕推進廂房，答道：「太太，是我，屋裡太熱，出來涼快一下。」

「哦，外頭蚊子多，妳拿個扇子撲打著，少待會兒就早點睡。」關氏叮囑兩句，再沒說話。

清娘看著手裡錐子，忽然笑了，伸手扯下搭在竹竿上的一條帕子，輕輕拍打著蚊子。

楊妡已將外頭動靜聽了個清楚，影影綽綽地瞧見楚昕，低低喚聲。「表哥，你回來了？」

「嗯。」楚昕應一聲，手足無措地靠在牆邊。「妡妡，我不是成心偷看，我、我只想看妳一眼……妡妡，我想妳想得緊。」聲音幾多委屈。

楊妧怎可能不了解他，他行事有時衝動有時乖張，心胸卻坦蕩蕩透亮亮，沒有半點卑鄙猥瑣的想法。

她心底驟然湧起一股酸楚，夾雜著絲絲縷縷的柔情，在胸口流竄，藉著朦朧月色，走到楚昕面前，張手環住他。

楚昕本能地回抱著她，緊緊地緊緊地將她箍在懷裡。她是那麼軟，沒有筋骨般，溫順地貼著他，又那麼香，清清淺淺的茉莉花香，薰得他迷醉。

是他夢裡多次聞到的，屬於她的味道。

楚昕埋頭在她鬆鬆綰起的髮髻間，忽而想到什麼又推開她。「跑了一天馬，身上髒。」

楊妧輕笑。她聞到了，一股汗味還有像是雞蛋餅的味道，不好聞，卻讓她安心。

楊妧往前挪了半步，仰起頭，輕聲問：「早晨幾時走的？」

「寅正出的門，本來以為能趕在關城門之前到，沒來得及，我惦記妳，翻城牆進來的。」

屋裡光線暗淡，唯有自窗口映進來的一縷月色，楚昕的臉隱在暗影裡，雙眸卻明亮，熠熠地發著光。

楊妧暗暗吸一口氣，踮起腳尖，輕輕吻在他唇上。柔軟、清甜，略略有些涼。

楚昕腦子「嗡」一聲，像有煙花炸開般絢爛一片，周身的血液頃刻間沸騰開來，焦灼地到處流竄。

不過一瞬，那抹略帶薄涼的柔軟便移開。

楊妧低聲道：「你快回去洗漱一下，滿身都是汗味。」

楚昕傻愣愣地站著，兩腿軟得一步都挪不動，也不想走，手指扣在楊妧腰間不願鬆開。

楊妧扯開他的手，嗔道：「哼，真是出息，還學會跑到姑娘窗前偷看了。以後不許這樣，否則我再不理你。」推著他離開。

楚昕暈頭暈腦地離開，直到回府泡在溫熱的水裡，才恍然明白發生了什麼。

原來女孩子的唇是那麼細膩芬芳，好像浸過蜜的花瓣，碰到哪裡，哪裡就是甜的。

他摸著自己雙唇，傻呵呵地樂了。

匆匆泡了會兒，用皂角把渾身汗味洗乾淨，連頭髮都沒來得及擦乾，略略絞了絞，換過衣裳便往瑞萱堂走。

進了門，撩起袍襬往地下跪。「不孝孫兒給祖母請安。」

秦老夫人顫巍巍地喚聲「昕哥兒」，眼淚已經滾落下來。

張夫人因為精力都在肚子裡的孩子上，不若老夫人那般激動，可也紅了眼圈。

楚昕知道老夫人寶貝自己，可見到此景心裡仍是發酸，上前安慰道：「祖母，您別難過，您看我不是好端端的嗎？」

秦老夫人拭了淚，抓著他的手，仔細端詳好一陣子，終於露出笑。「黑了。」

「祖母——」楚昕有意拉長聲音。「您眼力怎麼這麼好，我哪裡黑了？」

「好，沒黑。」秦老夫人滿臉都是歡喜，柔聲哄著他。「昕哥兒不生氣，昕哥兒最俊俏，誰都比不上。」

這是把他當兩、三歲的小孩子哄呢！

楚昕開口道：「祖母，您這裡有吃的嗎？我餓了。」

「有、有、有！」秦老夫人連聲叫莊嬤嬤。「快吩咐廚房，蒸一條魚、燒隻鴨子，晚上吃的嫩藕很爽口，照樣給昕哥兒炒一盤。」

莊嬤嬤笑道：「老夫人，按這個做法，大爺怕是要下半夜才能吃上飯。我先去廚房看看，有現成的讓趕緊做，等明兒再燉雞宰鴨。」

秦老夫人覺得有道理，連忙揮手。「妳快去，快去。」

沒多大工夫，紅棗端著托盤進來，上面兩碗熱氣騰騰的蝦仁餛飩，一碗肉絲麵，還有秦老夫人特意提到的素炒藕片、紅油萵筍。

莊嬤嬤道：「廚房原本備著給夫人的宵夜，聽說大爺沒吃晚飯，一併都做了。」端起一碗擺在張夫人面前。「夫人也吃一碗。」

張夫人道：「我吃不了這麼多，我跟娘吃一碗。」

秦老夫人見餛飩小巧可愛，只鵪鶉蛋大，湯水上浮著青翠的芫荽、金黃的蛋絲，不由也勾起饞蟲，笑著說：「看著像好吃的樣子，妳分我四、五個嘗嘗。」

紅棗原本就拿了三副碗筷，當即分出來五個另盛在小碗裡遞給秦老夫人。

楚昕是真的餓了，加上許久沒吃過家裡的飯，狼吞虎嚥地吃完餛飩，又將肉絲麵吃得乾乾淨淨。

又把秦老夫人看得眼圈發紅，一迭聲地說：「看把孩子給虧的，這幾天一定好好補一補。」

楚昕吃飽喝足，再給秦老夫人講幾件宣府的趣事，便告退離開，順便送張夫人回正房院。

夜已經深了，月牙升到天際正中，宛如被啃了半邊的煎餅。

紫蘇提著風燈走在前面，燈光照在地上，映出一圈斑駁的光暈。楚昕小心翼翼地攙扶著張夫人的胳膊。「爹已經上摺子請旨想回來陪娘生產，不知道聖上能否恩准，所以先讓我回來。爹說這些年讓娘受苦了，虧欠娘甚多，很對不起娘。」

張夫人輕嘆聲。「這也是沒法子的事。」頓一頓，又道：「你爹極好，我不覺得苦。」

楚釗對她情深意重，從未有過惡言重語，即便兩人聚少離多，她也甘之若飴。

楚昕沈默片刻，開口。「阿妧嫁過來，可能也是獨自在家的時候多……如果她有做得不當之處，娘千萬看在我虧欠她的分上，稍微擔待些。」

張夫人愣住，突然就想起自己剛嫁給楚釗那幾年，秦老夫人對她噓寒問暖，幾乎當親閨女看待。那會兒娘親還在世，經常說她是前世做了善事，才修來今生的福氣。

不知道當年的楚釗是否也曾說過同樣的話？

張夫人吸口氣，溫聲道：「她嫁過來就是一家人，我為難她做什麼？再者還有你祖母和阿映，你祖母早被她哄住了，肯定偏心她；阿映也天天唸叨她，真不知有什麼好？長相勉強說得上是清秀，性情可不算好，比起那個……誰差遠了。」

張夫人想說廖十四，又生生嚥了回去。能想方設法用膏脂害人，不是什麼好東西。

楚昕直將張夫人送進屋才離開，回觀星樓的時候特意從霜醉居繞了圈。

霜醉居大門緊閉，前面的幾株黃櫨卻茂盛依然，有夜鳥棲在樹杈上，咕咕呢喃。

楚昕想起張夫人的話。楊妧有什麼好？

在他看來哪裡都好，從長相到性情，都恰恰合乎他的心意，沒有人比她更好。

第一百一十八章

楚昕睡得晚，起得卻早，在演武場打兩趟拳，射一囊箭，陪秦老夫人吃過早飯，穿戴整齊地往宮裡去。

走到宮門口，摘下腰上繫的荷包往守衛手裡一扔。「受累通稟一下。」

守衛將荷包順在袖袋裡，樂呵呵地說：「世子稍等，這就找人去。」

楚昕和顧常寶是守衛最喜歡見到的人，一來兩人出手大方，動輒就是七、八兩銀子，時不時賞塊玉珮、扳指什麼的；二來兩人不干涉朝政，惹不出麻煩來，不像那些閣老大臣，身上擔著干係。

沒多大會兒，進去通稟的守衛回來了。「早朝還沒退，司禮監張大伴說請世子到御書房外面等。」

退朝之後，元煦帝多半會在御書房召人議事。楚昕在御書房門外等了大約兩刻鐘，瞧見元煦帝和余閣老一前一後地走來。

楚昕一個箭步衝過去，當頭就跪。

元煦帝嚇了一跳，認出是他，抬腳佯踢。「你這兔崽子回來了，起來吧！」

楚昕起身朝余閣老拱拱手，跟在元煦帝後面走進御書房。

元煦帝坐定，隨口問道：「什麼時候回來的？」

楚昕「嘿嘿」傻笑，不太好意思地說：「別人問，我都說今兒早上，可皇上問，那就是昨晚戌時。」

元煦帝眉毛挑起，「哦」一聲。

楚昕連忙解釋。「於國而言，您是君，我是臣，臣子不能不忠。於私而言，您是姑丈是長輩，我是您的大姪子，身為晚輩不能不孝。所以，我得據實稟報，不能瞞著您，也不敢瞞著您。」

這句「姑丈」把余閣老驚著了，嘴裡一口茶險些噴出來。他活了一大把年紀，還沒聽說有人稱皇上「姑丈」，再者皇上也不能算楚家的姑爺，應該算是趙家的吧？

元煦帝卻好像完全不在意，沈聲問：「如此說來，你私闖城門還有理了？」

「這事不能怪我。」楚昕非常理直氣壯。「我不到寅正就出門，跑了一天馬，眼看著就要到家了，總得喝口熱茶、吃頓熱飯吧？」越說聲音越低，到最後氣勢已經萎了，跪在書案前磕頭。「臣有罪，請皇上責罰。」

元煦帝譏誚道：「不是很有理嗎？我是要罰你，否則你不知道什麼是天高地厚。」抬眸，瞧著案前膚色明顯黑了可依舊俊俏，且帶著滿臉委屈的少年，眸光閃一閃。「回去把〈大學〉抄十遍呈上來。」

余閣老又是一驚。〈大學〉是《禮記》的第四十二篇，主要講述修身齊家平天下的道理，與其說是懲罰，更像是提點楚昕。

元煦帝接著問道：「聽說受了傷。好了沒有，尋太醫給你瞧瞧？」

「千萬別。」楚昕連忙謝絕。「這事還瞞著祖母和母親，太醫若是瞧了，姑母肯定會知道，祖母那邊就瞞不過了……成親之後，臣還得去宣府，臣要給兒子掙個百戶。」

想起元煦帝親筆寫了賜婚聖旨，緊跟著又「咚咚」磕頭。「臣叩謝皇上御賜婚姻，也替楊氏給皇上磕頭。」

六個響頭磕下來，腦門已經見青。

「行了，起來吧。」元煦帝沒好氣地說。「這是你姑母的意思，快去看看她，這一年她沒少唸叨你。」

楚昕應著，眼角瞥見書案上的玉如意，嬉皮笑臉地說：「臣還有一事相求，皇上這玉如意不錯，賞給臣做聘禮吧，以求諸事順遂百邪不侵。」

元煦帝氣笑了。「跑到朕這裡要東西？朕這貔貅鎮紙也不錯，門前兩棵圓柏也不錯，要不要給你搬家裡去？」

楚昕道：「圓柏搬不動，鎮紙我想要。」

元煦帝怒道：「滾！」

見楚昕一個後仰翻出門，臉上的笑意便撐不住。「小兔崽子長了心眼，學會算計朕的東西了。」側頭吩咐張大伴。「這支玉如意朕用慣了，你到內庫找對好點的，連同這個鎮紙送到儲秀宮。告訴楚昕，成親之後就是大人了，得有個大人樣，別天天沒皮沒臉的。」

張大伴笑著答應，自去交代小太監辦理。

楚昕正細細地跟楚貴妃回稟宣府的情況，就見兩個小太監托著匣子來了。

楚貴妃打開匣子，奇道：「這對玉如意還是先前高麗人進貢的，說是他們那裡產的黃玉，看著跟咱們這裡的黃玉不太一樣，卻是占了個稀奇。皇上怎麼想起賞你一對玉如意了？」

「是我討的。」楚昕將適才的話說了遍。

楚貴妃忍俊不禁。「跟誰學的，在皇上面前也敢油嘴滑舌。照我說，皇上該重重掌你的嘴才是。」

楚昕忙把楊妧抬出來。「阿妧說的，她說我面聖時無須太過拘謹，將皇上當成祖母般尊敬即可。皇上聖明，自能分辨我對他的忠心。」

楚貴妃長長嘆口氣。「你倒是傻人有傻福，挑了個好媳婦。」

元煦帝年歲已高，身體卻非但沒有衰老之相，反而很是硬朗，再活一、二十年絕對沒有問題。

可怕的是幾位皇子卻日漸長大了。尤其大皇子已近而立之年，看向元煦帝的眼光隱約有咄咄逼人的意圖。另外兩位皇子不那麼明顯，可他心裡仍舊存了防備之心。

元煦帝對兒子們既警戒，但又渴望兒孫繞膝的天倫之樂。楚昕威脅不到他的龍椅，而且還有那麼點親戚關係，所以元煦帝非常受用他的親暱。

楚貴妃也是近兩年才慢慢猜測出元煦帝的心思，卻不敢透露給楚昕，沒想到楊妧竟然悟到了。

看來比張夫人強得多。

楚貴妃瞧著廊前那盆君子蘭道：「皇上既然賞賜了你，我也不能讓你空著手，把這盆君子蘭帶回去給楊四，跟她說這是前年王洪孝敬我的。」

楚昕高興地答應了。

出了宮門，儲秀宮的兩個小太監把君子蘭和兩個匣子送到國公府，楚昕則打馬逕自往四條胡同去。

一進門，頭一眼就往東廂房瞅，果然瞧見楊妧坐在窗邊低著頭在做針線。

她穿月白色衫子、嫩粉色比甲，額髮梳起，露出光潔的額頭，越發顯得靜謐而美好，像是夏夜月光下靜靜綻開的玉簪花。

察覺到他的目光，楊妧抬起頭，好看的杏仁眼裡驟然散射出細碎的光芒，唇角自然而然地彎起，腮旁梨渦跟著跳了下。

楚昕想起昨天晚上那抹清甜的柔軟，心跳猛地停了半拍，忙調整好情緒，躬身給迎出來的關氏行禮。

關氏笑問：「幾時回來的，路上可順當，在宣府過得可好，有沒有磕著碰著？」

跟秦老夫人一樣，有無數問題，楚昕耐心地一一作答，眼角卻時不時往東廂房瞟。

關氏看在眼裡，揚聲招呼楊妡。「世子過來了。妳不是做好了喜服？正好試試尺寸，我去沏茶。」

憶秋和念秋都在家裡，哪裡用得著關氏沏茶，擺明是要給兩人騰地方。

楊妡用腳趾頭想也明白，偏偏楚昕不懂得，客氣地說：「表嬸不用麻煩，我不渴。」

關氏笑著進了屋。

楊妡舉著喜服在他身上比試。「還好做的時候有意留了半寸，否則該瘦了。長短倒無所謂，底下還沒收邊。」

楚昕看著她瑩白的小臉一點點暈上晚霞的嫣紅，壓根兒沒聽清她的話，伸手捉住她抻著衣衫的手，低低道：「妡妡……我昨晚沒睡好。」

「不許說。」楊妡紅著臉止住他，抬眸看到他眼裡灼熱燃燒的火焰。

那份熱切，看得她心悸不已，有點不敢承受。楊妡忙低下頭。

目光所及是他們互相握著的手，她的仍是白淨細嫩，而他的卻粗糙得多，也黑了不少。

柔情像是微風吹過的麥田，一浪接著一浪，她低聲問道：「在宣府是不是很苦？」

「不苦。」楚昕生怕她問起傷疤，連忙轉移話題。「想到妳就很高興，妡妡，咱們八月初二成親好不好？祖母看過黃曆，初二和十二都是大吉的日子……我想早點成親。」

選兩個日子是為了避開女方的癸水。楊妡的小日子是在月中，初二比十二更合適。

楊妧「嗯」了聲，鬆開楚昕的手，往後退半步，感覺呼吸暢快了些，輕聲道：「這個該由媒人來商議才是。」

楚昕笑道：「我先問清楚妳的意思，下午會去拜見錢老夫人，天氣熱，免得她來回奔波。對了，下聘定在七月十八好嗎？原本我打算再加些聘禮，祖母說不如寫到妳嫁妝裡，回頭我理一理給妳送過來……剛才進宮，姑母送了妳一盆君子蘭，說是王洪孝敬她的，我先替妳養著。」

楊妧先是一愣，隨即想到什麼，應聲好，接著叮囑道：「我估算了日子，夫人就是這幾天生產，你若沒有要緊事，就別到處跑了，多在家裡陪陪夫人。萬一有什麼事，你進出傳話也方便。」

楚昕連連點頭。「那我在瑞萱堂抄書，正好也陪祖母。」

兩人又絮絮談了些瑣事，楚昕才戀戀不捨地告辭。

楊妧把下聘和婚期告訴關氏。

關氏無奈地搖頭。「也是我見識少，真沒見過你們這樣有主見的，既不託付媒人，也不稟告長輩，自己就做了主。」

楊妧笑問：「娘不同意？」

關氏道：「我是覺得英雄無用武之地，滿肚子良策奇招沒用出來。」

母女倆笑成一團。

六月初八，張夫人產下一個白胖小子，重七斤一兩。

生產過程有些曲折，好在秦老夫人老早請了穩婆在家裡，又找了千金科聖手周醫正坐鎮，總算母子平安。

洗三跟滿月那天，闞氏都去了，回來樂顛顛地說：「小傢伙長得跟世子一模一樣，俊俏極了。老夫人愛得不行，別人多抱兩下都不許，非得擱眼皮子底下看著。中午吃席，老夫人高興得差點落淚。」

楊妧完全能理解秦老夫人的心理。前世楚映早逝，楚家家破人亡，這一世，孫子孫女都好端端在眼前，而且還多了個老二，她怎能不歡喜？

小嬰兒名叫楚暉，楚釗最終沒能回來陪產，只寫信取了名字。

滿月禮過後沒幾天就是中元節。

楊妧出嫁在即，闞氏拘著她不許出去亂逛，母女倆在家裡把喜服、蓋頭、喜被等等再清點一遍，覺得沒有差錯，該收的收進箱籠，該用的都疊好擺在架子上。

定下婚期後，闞氏分別往濟南府和嘉興寫了信。

楊妧估計楊懷安必然要趕回來，至於其他人，楊妧也不確定是否會來。畢竟楊姮成親時，二伯母柳氏已經去過濟南府，沒得剛過兩個月，再千里跋涉從嘉興奔波到京都。

至於大伯母趙氏，她肯定不來。

楚昕也沒去逛廟會，在家督促著小廝把松濤院、摘星樓和覽勝閣三處屋舍裡裡外外清掃了一遍，不管是窗櫺還是桌腳，都擦得纖塵不染。

顧常寶和余新梅到廟會逛了大半天，回來後特意拐到國公府顯擺。「阿梅給我買的摺扇，玳瑁的，特別適合我的氣度。上面的字是古篆，你認識嗎？」

楚昕掃一眼扇面，那排鬼畫符只有第三個「于」認識，其他都認不出來，可氣勢半點不輸。「幾個字有什麼了不起，我不稀罕認識。」

顧常寶得意地搖著腦袋。「阿梅認識，這叫做鳳凰于飛。鳳凰于飛你懂嗎？就是夫妻恩愛，比翼連枝。」

楚昕「哼」一聲，高高地挑起眉梢。「再過三天我下聘禮，八月初二成親。」

而顧常寶的婚期定在明年。

顧常寶頓時灰了臉，隨即又得意起來。「你都沒開過葷，知道怎麼成親嗎？對了，我有本極好的畫冊，花大錢買來的，借你看兩天。」

第一百一十九章

隔天，顧常寶果然用藍布包著兩本冊子帶了來。「這本薄的是從宮裡要的，沒什麼意思，送給你了。這本厚的是我費了好大力氣淘弄的，你看完得還給我，我自己還要看呢。」

「什麼冊子，至於寶貝成這樣？」楚昕不屑地翻兩頁，眼頓時直了。

窗外桃花灼灼，窗內幔帳半開，一位妙齡女子身著紗衣斜倚在墨綠色靠枕上，神情慵懶，滿頭烏髮凌亂地散著，男子袒著半身俯在女子胸前。

楚昕福至心靈，突然就明白了營帳裡那些兵士說的話是什麼意思。

他們說這世間最美味可口的三樣都在女人身上。

楚昕臉色漲得通紅，燙手般將冊子甩了出去。「趕緊拿走，我不看！」

「哎，別給我扔壞了。」顧常寶愛惜地撿起冊子。「嘖嘖，瞧你這慫樣，青瓜蛋子一個。這本我拿走了，不看別後悔，那本留給你，不用謝我。」將冊子仍舊用藍布包裹著，塞進懷裡，搖著鳳凰于飛的摺扇邁著方步離開。

時值黃昏，風從洞開的窗欞吹進來，掀動著書頁「嘩嘩」作響。

這本是宮裡出的畫冊，為的是教導皇子們敦倫，筆觸細膩精緻，不但動作畫得逼真，連人物的神態都豐富而真切。

楚昕心跳得厲害，血液像煮沸的水一般，咕嚕嚕地冒著泡。他既想看，可又不太敢，眼角瞟幾眼，急忙便縮回來，索性將冊子一把塞到靠枕下面，箭步如飛地走到演武場。

葉動婆娑，夾雜著松樹獨有的清香，多少讓楚昕鎮定了些。

他走進兵器庫取一桿長槍，練兩套槍法，出了滿身大汗，終於平靜下來。

下聘前一天，老太太秦氏帶著楊懷安和楊婉正好趕到。

秦氏早聽楊懷安提起，關氏在京都置辦了一棟不錯的宅子，原本以為楊懷安誇張，可親眼見了，才知道這宅子比她以為的更加體面。

進門是雕著倒福字的青磚影壁，繞過影壁是前院，地上鋪著青磚，倒座房最西頭兩間單獨隔起來是劉吉慶母子的住處，當中一間住著楊懷安，一間住著青劍，最東頭是門房。

垂花門前種一排月季花，進了垂花門是後院，仍舊是青磚鋪地，正中一棵如傘蓋的桂花樹，樹下擺著石桌石椅。

正房雖然只有三間，沒帶耳房，但房間較之平常的屋子要寬大，東西廂房也都很開闊，門窗新漆過，喜慶而氣派。

最令人意外是後面有塊頗大的菜地，種著各樣菜蔬，生機勃勃。

秦氏默默合計著，這棟宅子連同全套的花梨木家具，沒有三千多兩下不來。

她原以為長子楊溥一家會先在京都置業，沒想到竟然是三房一家。

看到宅子，楊婉尚不覺得如何，可看到東廂房隨處可見的綾羅綢緞、花斛賞瓶還有擺得幾乎插不進腳的箱籠，楊婉是真的酸。

祖母跟母親嫌棄三房累贅，想方設法把他們分了出去，誰能想到他們竟然過這麼好。都是因為得了國公府老夫人的青睞。早知道，當初她就該尋死覓活地跟著來，這一切肯定都會是她的。

及至聘禮送來，楊婉眼紅得連笑都笑不出來了。

楚家知道楊家地方狹窄，含光跟臨川等人提早一個時辰趕到，先在地上鋪了青磚，再鋪一層木板，盛著聘禮的箱籠就一個摞一個地疊在上面，整整擺了大半個院子。

秦氏不無擔心地說：「但願這幾天別下雨。」

臨川笑道：「老太太放心，欽天監監正親自算的，這半個月都沒有雨。就是下雨也不怕，我們還帶了氈布，厚厚地蒙一層就是。」

另一邊，含光跟關氏低低細語。「雕著海棠花的二十個箱籠您留下，都是平常用得著的東西。其餘六十八個雕著石榴花，要添在四姑娘的嫁妝裡。世子爺又讓送了八千兩現銀，您都收著，以後小少爺舉業、六姑娘出嫁，少不得花費。」

「不用。」關氏堅辭不受。「上次給的還有一大半沒用。我有飯館，有幾十畝地，足夠花用的。銀子多了，免得把孩子慣出毛病來。」

含光道：「這是世子爺的吩咐。」硬是將盛著銀票的匣子塞進關氏手裡。

楊婉豎著耳朵聽了個一清二楚，當夜便跟秦氏嘀嘀咕咕地傳小話。「除去今兒這些箱籠，還給了八千兩銀子，三嬸竟然不打算要。他們一家賴在我家吃喝好幾年，她不要，可以給我。」

秦氏沈聲道：「聘禮有一半要添在嫁妝裡陪送回去，哪有給妳的道理？妳消停點，如果惹出閒話，趁早回濟南府。」

訓完楊婉，心裡也有點生氣。

這次來京都，她明顯感覺到闞氏跟楊妧待她不如往日親熱，如果楊婉不提這八千兩銀子，闞氏肯定不打算告訴她。難道跟她說一聲，她還能腆著臉皮討要不成？

闞氏也沒有把東屋讓出來給她住，而是讓楊懷宣搬到倒座房跟楊懷安住，她跟楊婉擠在西屋。

按道理，她是婆婆，不應該住東屋？東廂房擺著箱籠插不進地方，楊婉可以跟楊嬋住西廂房。她年歲大，覺輕，稍有動靜就會醒，哪裡能跟人合住？

可她剛到京都一天，還沒站穩腳跟，不能給人留下個愛挑剔的印象。

隔天，范二奶奶過來，和楊妧、清娘一道比著楚家的聘禮把嫁妝單子又修正了一遍。

這已經是楊妧第三次更改了，先頭秦老夫人送來一匣子首飾，瑞安瓷器行送了一箱籠各色擺設，楚昕還從宣府帶回一箱籠當地的土布都已經加進去了，昨天的聘禮又多出不少東西。

三人忙活一上午，終於把嫁妝理順了。

蠅頭大的簪花小楷，共寫了十八頁，別人都是三五頁的嫁妝單子，楊妧這算是嫁妝冊子了。

除去東西物件，現銀有兩萬六千。關氏終歸沒收那八千兩，楊妧也不勉強。她把屋契給了關氏，家裡又有飯館又有地，關氏手頭約莫兩千兩現銀，一家人能夠過著不錯的生活。

楚昕給她的銀子，她還是帶回楚家為好。

范二奶奶看著嫁妝冊子，不無遺憾地說：「可惜沒有適合的鋪面，如果能陪嫁兩間鋪子或者幾百畝地，那就算得上十全十美了。」

楊妧笑嘆。「好事哪能盡落到我一人身上，我還發愁到哪裡找抬嫁妝的人。」

范二奶奶抿著嘴笑。「不用愁，楚世子一準兒安排得好好的。前兩天妳娘還跟我抱怨，她原先準備大展身手，哪知道從訂親到現在竟是半分力沒使上，全是楚世子來來回回地張羅。」

果然，發嫁妝前一天，含光送來一口袋新鑄的銅錢和一口袋封紅，告訴關氏。「世子爺從軍裡挑了二百四十個相貌周正、身強力壯的兵士，辰正準時到，封紅是打賞抬嫁妝的，銅錢是迎親時候用。」

楊妧把裝著喜服的包裹交給他，順口問道：「世子爺最近忙什麼？」

含光笑答。「除了忙活這些雜事就是看書。」

楚昕終於按捺不住好奇心，趁著夜深人靜把那本冊子翻完了，直看得血脈賁張，連著好幾天半夜裡沖冷水澡。

偏偏秦老夫人覺得他不懂情事，讓特意趕回來參加兒子婚事的楚釗再去搜羅一本。

楚釗才不去折騰。他當初也不懂，不也順利地入了洞房？倒是叮囑楚昕。「你力氣大，手底下沒數，姑娘家都細皮嫩肉的，切不許由著性子胡來，也不許沒有節制。」

八月初一，闞氏穿戴整齊，喜孜孜地照看著發嫁妝，楊妧則在東廂房和幾位好友說話。

明心蘭四月成的親，梳了個婦人的圓髻，鬢間插一對赤金鑲綠松石的髮簪，打扮雖簡單，氣色卻極好，一看就知道過得很如意。

余新梅是明年開春成親，而何文秀和孫六娘都還沒有訂下親事。

讓人意想不到的是，楚映竟然也來了。

明心蘭「吃吃」地笑。「妳來幹什麼，哪有小姑給嫂子添妝的？」

楚映拿出一只瑪瑙石手鐲，理直氣壯地說：「我也是阿妧的好姊妹，怎麼就不能來了？我瞧瞧妳們都送了什麼，若是不合我的心意，回去重新換過。」

「現在還輪不到妳挑，等妳當新嫁娘再說。」余新梅笑著懟她，一邊把自己的添妝找了出來，是對南珠耳墜子。

眾人也紛紛把自己的添妝亮了出來。楊婉熱切地看著她們毫無間隙地有說有笑。

這些都是達官勛貴家的嬌女，可跟楊妧非常親熱，而且每個人都很大方，金銀玉石好像都看不在眼裡似的。
以前的楊妧可沒有這麼受歡迎。
在濟南府時，最受歡迎的是大姊楊嬿和她，而楊妧只知道往何家跑，濟南府的官員家的千金都不怎麼搭理她。如果她早點來京都，這些人肯定都是她的朋友。
就在楊婉的自怨自艾中，嫁妝發完了，幾位姑娘用過午飯告辭離開。
楊妧把第二天要穿的衣裳、要用的東西再檢查一遍，天色已經暗淡下來。
關氏懷裡揣一本畫冊，做賊般溜進東廂房。「臨睡前翻翻。不用怕，疼是疼，咬牙忍忍就過去了。」
楊妧明知故問。「娘是什麼意思？為什麼疼？要不要請太醫？」
「請太醫做什麼？」關氏紅著臉嗔一聲，卻不作答。「妳多看兩遍就知道了。女人頭一遭沒有不疼的，實在忍不住也別硬抗，告訴世子爺收著點。」
楊妧還要再問。
關氏道：「少問那些有的沒的，反正世子爺應該明白。」站起身，落荒而逃。
楊妧忍俊不禁。分明該害羞的是她好不好？
而且關氏總說英雄無用武之地，這會兒用了用武之地，卻又不戰而敗。
她掃一眼紙張明顯泛黃的冊子，已經不記得前世關氏怎樣教導她的，也不記得當年看的是不是這本冊子。印象裡，成親前一天因為緊張，她翻來覆去直到大半夜才睡著，第二天坐花轎被顛得直打盹。

楊妧決定早點睡覺，將冊子原樣收進了包裹裡。

這一覺睡得沈，連夢都沒有作一個，直到卯正時分才醒來。

關氏笑道：「我緊張得夜裡醒了好幾回，妳倒是心大，比平常還晚小半個時辰。趕緊吃飯，吃完飯仔細洗漱，劉太太巳初過來……吉時定在申初三刻，我估摸著世子未正三刻來迎親，妳應該能趕上吃中午飯。」

劉太太是錢老夫人的長媳，家中父母公婆俱在，膝下雖然沒有女兒，但是生了三個兒子，算是極有福氣的，經常被人請去當全福人。

楊妧膚色白淨，寒毛也不濃，劉太太略絞幾下就罷了手，開始給她上妝，邊塗脂粉邊感嘆。「四姑娘塗上胭脂還不如不塗好看，可惜這副好容貌被妝粉遮蓋了。」說著用帕子將脂粉擦掉，只在兩腮打了胭脂，再用螺子黛精心地畫出兩彎遠山眉，然後梳了個富貴的牡丹髻，將一應鳳釵步搖全插在髮間。

鏡子裡的楊妧粉面桃腮，眉眼彎彎，紅唇微翹，自帶三分笑意。

劉太太誇讚不已。「四姑娘生得喜慶，一看就是個有福氣的。」

到了正午，關氏和秦氏陪著劉太太吃飯，問秋端來只湯碗，裡面盛著十幾個桂圓大小的湯圓，正好一口一個。

楊妧吃了七、八個，放下碗，對著鏡子把嘴唇塗了，就聽到外面鑼鼓喧天。

楊懷宣興高采烈地喊：「娘、姊，姊夫來了，姊夫來了！」
團團也跟著汪汪叫個不停。
楊妧看了眼更漏。才剛未初，從楊家到國公府約莫半個多時辰，用得著這麼早？
劉太太笑道：「來得早說明心誠，想早點把新娘子娶回家，不過咱可得沈住氣，不能一催就上轎，至少得催三回。」
話音剛落，只聽密集的鞭炮聲響起來，夾雜著高亢喜悅的嗩吶，這是第二次催轎，意思是新郎要進門了。
鞭炮聲剛停，楚昕清越的聲音隨之響起。「岳母在上，小婿前來迎娶四姑娘。」
劉太太一把抓起喜帕蓋在楊妧頭上。
只聽楊懷安朗聲道：「我們家嬌滴滴養大的姑娘，豈能輕易讓你娶了去？」
又是楚昕。「在下既得四姑娘為妻，此生必赤誠相待白首同老。」
「你能對我姊好，不惹我姊生氣？」聲音稚嫩，這是楊懷宣。
「那是自然，我會待四姑娘尤甚自己。」
楊懷宣跟楊懷安商議。「要不要讓姊夫進門？對了，還沒要到紅包呢。」緊接著是快樂的歡呼。「多謝姊夫。」
丫鬟們七嘴八舌地道：「謝姑爺賞。」
看樣子他們都得了封紅。

楊妧忍不住彎起唇角。都是些不靠譜的，說好要為難楚昕，這麼快就繳械了？

劉太太低聲在她耳邊道：「姑爺進屋了。」

透過喜帕下面的縫隙，楊妧看到一角大紅色的袍襟，有人正正地停在她面前，長揖到底。

「在下楚昕來迎娶姑娘上轎。」

楊妧瞧不見此時楚昕的相貌，楊婉卻是看呆了眼。

第一百二十章

面前的男子眉若墨染，鬢似刀裁，黑亮的雙眸被大紅喜服上閃爍的金線、銀線映著，宛若流霞。尤其喜服是件廣袖深衣，在英武之外平添幾許儒雅。

楊婉從沒見過這般俊俏的男子，也從沒想到國公府世子會是這般漂亮。

楊婉再次嘆息，假如當初她堅持跟著來京都，結果肯定會不一樣。她的相貌比起楊妧只會更好，性情也更討人喜歡，貴妃娘娘必然也會給她一對紅珊瑚擺件添妝。

楚昕壓根兒沒注意屋裡還有哪些人，眼裡只有面前蒙著喜帕的身影，纖細而窈窕。很快，她就要成為自己的妻。楚昕心跳得厲害，不由自主地又躬了身子。「妧妧……我一定會待妳好。」

情急之下，這是把心裡話都說出來了。

劉太太抿嘴竊笑，推一把楊妧。「四姑娘當心腳下，現在是要拜別長輩。」

秦氏和關氏端坐在廳堂，楊妧跪在蒲團上分別拜了三拜。

秦氏囑咐幾句要她孝敬公婆、順從夫君、友愛小姑的話，關氏思量片刻，開口。「阿妧素來有主見，以後多跟世子商量著來，不可任性妄為。」頓一頓，補充道：「可若是過得不如意，也不必非得忍氣吞聲委曲求全，娘能養得起妳。」

前世，因為楊妧是高攀了陸知海，關氏跟秦氏都是要她以陸知海為尊，小心侍奉。楚家比起陸家權勢更盛，關氏卻說如果受到委屈，願意讓她大歸。或許這才是關氏心中原本的意思。

這一世，關氏能當家作主，想接她回來就可以接她回來。

楊妧輕輕舒口氣。

即便以後楚昕另有所愛，那她眼不見心不煩，和離歸家便是，完全沒有必要受這種骯髒氣。

思量間，聽到楊懷安的聲音。「四妹妹，我揹妳上轎。」

楊妧俯在他背上，楊懷安兩手托著她的腿彎，穩穩當當地往外走，沒走幾步，聽到楊懷宣稚嫩的聲音。「六妹妹，以後妳成親，我可以揹妳。」

周圍人發出善意的嬉笑聲。楊妧也忍不住彎起唇角，真好，一切都比前世好！

出了角門，鞭炮聲再一次響起來，夾雜著高亢的嗩吶和歡快的鑼鼓。

楊妧聽到顧常寶的喊聲。「再使點力氣，小爺加倍賞！」

還有周延江的聲音。「新娘上轎嘍！銅錢呢，趕緊撒錢。」

劉太太將楊妧扶上花轎，垂下轎簾，轎子被穩穩地抬了起來，一路喜樂不斷，時而悠揚，時而激烈，竟是沒有停過。

每當經過路口，周延江都會大聲吆喝。「鎮國公世子成親，都來沾沾喜氣！」接著銅錢像落雨般撒出去。

也不知路上到底撒了多少銅錢，終於到達國公府門口。踢轎門、跨火盆，再然後三拜九叩，繁瑣的禮節終於結束，劉太太和國公府請來的喜娘一左一右地攙扶楊妧到了新房。

劉太太笑著告訴喜娘。「今天也算開了眼，楚世子請了兩套喜樂班子，這邊奏完那邊奏，一路沒停過，銅錢也沒斷著，怕是幾百兩銀子撒出去了。」

喜娘驚嘆不已。「這府裡也是，從喜房到門口都鋪著紅氈，樹上掛了紅綢，我也是頭一次見到這麼體面的親事，新娘子真正有福氣。」

楊妧默不作聲地聽著，心裡恍然，難怪鑼鼓聲格外響亮，竟然是兩套班子，楚昕真會折騰。

過了片刻，門外有丫鬟招呼。「世子爺回來了。」是青菱的聲音。

伴隨著穩定有力的腳步聲，楊妧看到面前多了一抹紅色衣襟，心裡莫名有點忐忑。

喜娘把包著紅綢布的秤桿遞給楚昕。「快瞧瞧新娘子。」

楊妧感覺喜帕抖了兩下，才被挑開，蝴蝶般輕飄飄地落在地上。

突如其來的光亮讓楊妧瞇了會兒眼，等再睜開，對上了楚昕的雙眸。

那雙漂亮的眼幽深黑亮，含著些許緊張，不過一瞬，很快變成了由衷的歡喜。

這歡喜感染到楊妧，她抿了抿唇。

喜娘笑著打趣。「新娘子漂亮吧？看把新郎官高興的。來，新郎官坐到新娘子旁邊，該喝合巹酒了。」

楊妧下意識地伸手想去攏衣襟，伸出一半，又縮了回來。

楚昕腳步微頓。

喜娘解釋道：「不知道哪裡傳的習俗，要是新郎官壓了新娘子衣襟，日後就要壓新娘子一頭。都是玩笑話，當不得真。」

楚昕坐下，順手把自己的衣襟塞在楊妧裙裾下面。「阿妧壓著我，我聽妳的。」

劉太太輕笑出聲，楊妧鬧了個大紅臉，狠狠地瞪了楚昕一眼。

喜娘也忍不住笑，從桌上倒出兩盅酒，分別遞給兩人。「飲過合巹酒，子孫不用愁。」

楊妧嘗了口，覺得味道清甜，著實不錯，遂一口喝乾了。楚昕也仰頭飲盡。

合巹酒之後是撒帳。

喜娘抖著帳簾，紅棗桂圓等四樣乾果像落雨似地從楚昕和楊妧肩頭落下，喜娘嘴裡的吉祥話成套成套地往外冒。

繁瑣的禮節終於完成，喜娘拍著手道：「禮成了，恭喜兩位百年好合、早生貴子！」

屋內丫鬟跟著賀喜。

莊嬤嬤請了劉太太和喜娘去飲酒，丫鬟們也都識趣地離開屋子。

楚昕舒口氣，輕聲道：「剛才掀蓋頭，我有點擔心，生怕不是妳，還好沒娶錯人。」

楊妧「哼」一聲。「你以為是誰？」

「沒以為是誰，就是有點怕。」楚昕看著楊妧如同染過雲霞般的臉頰，笑著說：「妧妧今天真好看。」

楊妧立刻想起適才壓襟時的情形，當著外人的面，說什麼聽她的不聽她的，心裡三分惱卻有七分喜，嘟了嘴道：「家裡還在宴客，表哥不去招呼客人？」

「這就去。」楚昕站起身，卻不忙走，低聲道：「妳餓不餓？我跟阿映說了，待會兒她來陪妳吃飯。頭上鳳冠重不重，我幫妳摘下來？」

鳳冠是秦老夫人當年戴過的，去銀樓重新炸過，共有六隻鳳，每隻鳳口裡都銜著蓮子米大小的紅寶石。

因是老物件，分量非常足，楊妧早就想摘下來，礙於楚昕在這裡，不太好意思，便催促道：「我讓青菱進來，表哥去待客吧。」

楚昕道：「好，我到外面看看，很快回來陪妳。」這才一步三回頭地出了門。

青菱和青藕進來幫楊妧摘掉鳳冠，把繁瑣累贅的喜服也除了。

剛換好衣裳洗掉脂粉，楚映走進來，後面跟著兩個丫鬟，手裡各提一個食盒。菜有六道，兩碟是小菜，四碟是熱炒，應是剛出鍋，還冒著絲絲熱氣，濃香四溢。

楊妧中午只吃了一小碗湯圓，整個下午湯水未進，確實有點餓，吃了大半碗米飯才覺飽足。

楚映笑道：「妳可算來了。最近我鬱悶得不行，祖母跟娘張口暉哥兒長，閉口暉哥兒短，三句話不離弟弟，都沒有人搭理我。」

楊妧忍俊不禁。「家裡好久沒添丁，突然多了個二少爺，當然高興。」

楚映繼續抱怨。「但弟弟每天吃飽了睡，睡夠了吃，哪有那麼多話說？還有，祖母張羅要替我說親，提到的人我都沒見過，誰知道長得怎麼樣？如果長得太醜，我是不應的。」

楊妧笑問：「都提了哪些人家？」

楚映扳起手指頭。「高五娘的三哥，大理寺卿的嫡長孫，文定伯的嫡次子還有東平侯的二公子。」

聽起來都還不錯，起碼家世相當。

楊妧道：「秦二公子跟表哥素有來往，他應該不錯，就是年齡稍大了幾歲。要不讓表哥打探一下，回來給妳畫出來就是。」

「我哥……」楚映欲言又止。「我哥不把人畫成豬就不錯了。」

楊妧笑得差點噴飯，突然就想起之前讓楚昕畫大雁，結果畫成大鵝的情形，更覺好笑。只可惜最近收拾東西，不知道把大鵝放到哪裡去了，否則真應該找出來給楚映瞧瞧。

兩人正說得熱鬧，楚昕闊步而入，帶著股淺淺的酒香。

楚映難得識趣，站起身道：「阿妧，我先回去了，明兒再過來找妳。」

楊妧應聲好，等她離開，給楚昕倒了半杯茶。「表哥喝了很多酒？」

「不多。」楚昕喝兩口茶，目光灼灼地看著楊妧笑。「二皇子、三皇子都來賀喜，不得不喝幾口。顧老三這次仗義，替我擋了不少酒，等他成親，我也得替他擋酒。」

恐怕顧常寶打的就是這個主意。不過楊妧也沒想拆穿他，笑盈盈地問：「我伺候表哥洗漱？」

「不用，我自己來。」楚昕兩三下除掉喜服，露出裡面月白色中衣。

中衣是劍蘭的針線，非常合身，越發顯得他猿臂蜂腰結實健壯。

楚昕將喜服搭在椅背上，邁開大長腿走進淨房，淨房裡隨即響起「嘩啦」的水聲。

楊妧把床上散落的乾果收起來。

青菱拿出一個匣子，支支吾吾地說：「莊嬤嬤說這個……這個要鋪在褥子上。」

裡面十有八九是元帕。楊妧紅著臉接過，輕聲道：「妳們累了一天，下去歇著吧，我這裡不用伺候。」

「我不累。」青菱笑笑。「我在外面聽使喚，能繼續伺候姑娘，太高興了，一點都不累。」說著離開，順手把門掩上了。

楊妧打開匣子，將裡面四四方方的白布鋪好，用被子蓋住了。

楚昕從淨房出來，走到拔步床前，看著並排放著的兩個枕頭上鮮豔的喜結連理圖樣，心頭狂跳不已，卻仍強作鎮靜地說：「時候不早了，安置吧。」

楊妧將其他蠟燭吹滅，只留下龍鳳喜燭。「表哥習慣睡裡面還是外面？不如我睡外面吧，起來端茶倒水方便。」

楚昕忙道：「我睡外面，妳喝茶吩咐我就好。」

楊妧從善如流，脫掉繡鞋上了床，楚昕緊跟著上去，小心翼翼地躺在她旁邊。

窗扇沒關嚴，有風自窗縫進來，帶著松柏的清香，隱隱約約還有茉莉花的香氣。香氣淺淡卻持久，絲絲縷縷縈繞在他鼻端。

楚昕腦海閃過無數幅曾經在書上看到的畫面，可身體卻僵直得一動不敢動，手腳也不知道往哪裡放，平躺側躺都無比彆扭，終於找到一個還算舒適的姿勢，偷眼瞥向楊妧。

楊妧平躺著，被子只蓋到胸口，露出身上顏色極淡的粉色中衣。這跟冊子不一樣，冊子上的女子只披薄紗，或者什麼都不穿。

楚昕抿抿唇，問道：「阿妧熱不熱？」

楊妧回答。「有風，不熱。」

已是初秋時分，天氣開始涼了，何況又是夜裡，哪會感覺到熱？

楚昕懊惱不已。他習慣開窗睡覺，早知道該把窗子關上……不是，他不應該這樣問，應該更直接一點。

他攥緊拳頭，默默地給自己打氣，可不等張口，便鬆開拳頭——他問不出來。

一隻手攥緊鬆開，鬆開又攥緊。

喜燭恍似也等不及了，「啪」地爆了個燭花。

楚昕終於鼓足勇氣，期期艾艾地說：「阿妧，我能不能幫妳脫了衣裳？」

楊妧愣了下，臉「唰」地紅了，極快地回答。「不能！」

這個憨貨，怎麼能問出這種問題？讓她怎麼回答？她難道要說「好，有請」？

可是心裡卻柔軟得要命，又有絲絲甜。這個人分明在感情上宛如白紙，卻獨獨喜歡了自己，而且全心全意。

想到他一趟趟頂著大太陽往四條胡同跑，想到他每每望著她時灼熱的目光，想到他無比細緻地幫她置辦嫁妝，楊妧心底柔情滿溢。

她側過身，隨意地問：「前幾天聽含光說，表哥經常在家裡看書？」

楚昕沮喪地「嗯」一聲。

書上都是騙人的，沒有哪個女孩子會什麼都不穿，不可能。

楊妧看著他精緻眉眼裡明顯的挫敗，暗罵聲「傻瓜」，輕輕開口。「有點口渴，表哥幫我倒杯茶吧，想喝熱的。」

「好。」楚昕立刻起身，到外間喚人倒茶，又顛顛端到床前。「稍有點燙，妳小口喝。」

楊妧道：「那就先放旁邊涼著，我等會兒喝。」

楚昕把茶盅放在矮几上，掀開帳簾上了床，發現楊妧把整條被子都裹在身上，包得越發嚴實，心裡更覺懊惱，老老實實挨著床邊躺下了。

楊妧又罵聲「傻瓜」，學著他的口氣問：「表哥你冷不冷，要不要進到被子裡來？」
楚昕搖頭答道：「我不冷，妳自己蓋吧。」

第一百二十一章

楊妧無語之極。這個笨蛋怎麼不動腦子想一想？

他不想蓋被就算了，她正好清清靜靜地歇一夜。

她轉過身，面朝牆邊闔上眼，楚昕突然福至心靈，抬手扯開被子，鑽了進去。指尖所及之處溫潤滑膩，恍若上好的羊脂玉，他腦中轟然炸響，一片空茫。

楊妧身上略有些涼，可楚昕卻覺得如同烙鐵般，灼得他渾身的血液幾近沸騰四處亂竄，身體僵硬得不知如何才好。

那股緊張與無措，楊妧一下子就感受到了。

她輕輕嘆口氣，回身，順勢滾進楚昕臂彎，輕聲道：「我讓你親，但是你不許弄疼我。」

燭光透過大紅帳簾照進來，楊妧臉上像是鍍了層紅色的柔光，有種難得的豔麗，那雙烏漆漆的黑眸中水波瑩瑩，蘊著深深情意。

楚昕猛然低頭，吻在她的唇上……

寅正時分，窗戶紙上開始透出魚肚的白色，微風習習，薄帶寒涼。

屋子裡溫暖如春，龍鳳喜燭仍在燃著，燭光溫柔，靜靜地看著帳內相互依偎的兩個人。

楚昕早就醒了，卻不敢動，眸光癡癡凝在楊妧臉上，唇角微翹，帶著連他都不曾察覺的溫柔。

楊妧還在沈睡，烏壓壓的頭髮散亂著，襯得那張小臉如雪後晴空般純淨，鵰翎般細密的睫毛垂著，遮住了那雙總是溫暖明亮的眼睛。

睡熟的她纖弱乖巧，讓人愛憐，可醒著的她聰明靈動，叫人沈迷。

楚昕小心翼翼地拂開她腮邊一縷碎髮，目光觸及她微微張開的唇，心驟然又熱了。

原來親吻是這般美妙的事，相呴以濕，相濡以沫。原來成親也是這般美妙，他中有她，她中有他。

楚昕滿足地輕嘆聲，伸手攏了攏被子，再度將楊妧嚴嚴實實地包裹在懷裡。

窗戶紙又白了幾分，松柏林傳來鳥雀歡快的鳴叫，門外有人輕聲低語。「大爺跟大奶奶還沒醒？」是莊嬤嬤的聲音。

「許是沒有，沒聽到喚人進去。」

「夜裡要水了沒有？」

「要了，青菱姊姊說要了兩回。」

「妳們倆輕點聲，別吵醒大奶奶。老夫人吩咐不用急，讓多休息會兒。」

楚昕情不自禁地咧開嘴。

要了兩回水。其實，他還想多要幾回，可楊妧抽抽噎噎地喊疼。是真的疼，她大大的杏仁眼裡全是淚。他捨不得讓她哭，也捨不得讓她疼。

可她又說，今天晚上就會好一些。

不等天色全亮，楚昕已經開始盼望著天黑。

楊妧也聽到了門外的說話聲，臉驟然紅了。

其實昨晚並不特別疼，只是楚昕像個精力無比旺盛的大孩子，渾身有使不完的勁，而且每每看到他灼熱期待的目光，她就忍不住心軟。

頭一次容易傷身，她不能縱容他。

楚昕敏銳地察覺到楊妧的動靜，小奶狗般湊過來。「妧妧，醒了？好受點沒有，還疼嗎？」

才睜眼就問這個。楊妧白他兩眼，不回答。

楚昕又急巴巴地說：「妧妧，妳真好，成親真好！」

漂亮的眸子裡是不加掩飾的滿足，神采飛揚。

楊妧壓根兒沒辦法對他生氣。她喜歡面前的少年，也希望這一世，他能夠直情徑行率性而為，不管鮮衣怒馬也罷，衣不蓋體也罷，她願意陪他。

楊妧微笑道：「表哥幫我把衣裳拿過來，就在床頭矮几上。」

「好。」楚昕撩起帳簾，伸長胳膊去搆衣裳。

他上身赤著，線條優美流暢，不是那種遒勁的肌肉，然卻緊實，肩膀處一塊明顯的暗紅色傷疤。

楊妧眯眼瞧了瞧，穿好中衣，點著那塊傷疤問道：「這是怎麼回事？」

「哪裡？怎麼了？」楚昕強作鎮靜，若無其事地扭著脖子看兩眼，語調輕鬆地說：「哦，以前的舊傷，早就沒事了。」

楊妧才不信。疤痕至少過一年才可能稍微變淡，楚昕肩頭的傷還是暗紅色，肯定不到半年。

楚昕覷著她臉色，賠笑道：「妧妧，妳別生氣……不當心中了箭，只是小傷，根本不礙事。」

楊妧緊抿雙唇。「什麼時候傷的？」

「就是二月底三月初，青黃不接的時候，我忘記哪天了。」楚昕趕緊把自己的中衣找出來，極其俐落地穿好，彷彿只要沒看見，那塊傷疤就不存在似的。

楊妧沈著臉。「那你寫信的時候怎麼沒說？」

「我沒敢，怕妳擔心，也怕妳反悔。」楚昕心虛地張開胳膊將她抱在懷裡，小聲道：「妧妧，我已經是妳的男人了，妳可不能隨隨便便地不要我。」

他的心跳得急促有力，就響在楊妧耳畔，他身上還殘餘著昨晚歡好過後的味道。

就是這個懷抱，把她如珠似玉般緊緊摟著。

楊妧偎在他胸前，深吸口氣，慢慢呼出來。「表哥，我知道你受傷會擔心，可要是你什麼都不說，我更擔心……我會胡思亂想，是不是傷得很重，是不是……」

餘下的話太不吉利，她適時地嚥下去，默了會兒又道：「表哥，我要是傷著，你會心疼，同樣你若受傷，我只有比你心疼一百倍。反正肯不肯顧惜我，由著你，想不想和我白頭到老，也由著你。」

「妧妧，我想。」楚昕低頭吻她額頭。「我想和妳白頭到老。我記著了，以後會當心。」

嘴唇下移，吻她鼻尖，而後落到她唇角，不等深吻，楊妧捂住他的嘴。「不許鬧，再不起就太晚了。」

磨蹭這一會兒，天已經亮了。

楚昕在她掌心輕輕一啄，鬆開她。「我給妳備水洗臉。」

楊妧瞧著他頎長挺拔的背影，唇角彎了彎。

莊嬤嬤帶著四個丫鬟次第進來，屈膝跟楊妧道過喜，去收拾床鋪。

透過妝檯上的鏡子，楊妧看到莊嬤嬤拿起床上的那塊白棉布看了看，喜孜孜地折好放進匣子，青藕則把繡著魚戲蓮葉的床單撤掉，另外換了一床同樣是大紅色，四角繡著百年好合的床單。

楊妧頓時羞紅了臉。

有個面生的丫鬟過來行禮。「給奶奶請安，奴婢名叫柳葉，我伺候奶奶梳頭吧？」

莊嬤嬤笑著介紹。「是針線房杜娘子的閨女，一雙手倒是巧，老夫人吩咐伺候奶奶梳頭。」又指著另外一個約莫十三、四歲的。「那個叫柳絮，去年從真定田莊挑上來的，讓荔枝帶了大半年。還有個桂香、梅香呢？」

柳葉恭聲回答。「她倆昨晚跟著青菱姊姊當值，已下去歇著了。」

莊嬤嬤道：「梅香先前經管燈燭薰香，做事挺仔細。桂香是外頭採買上孫管事的姪女，去年也在瑞萱堂待了一陣子。」

言外之意，這些人都是秦老夫人特地為她挑的，而且調教過，上手就能用。

這樣屋裡伺候的，除了青菱和青藕外，還有柳葉等四人，應該足夠了。其他在院子裡聽使喚的，相對不那麼重要，只要腿腳勤快嘴上嚴實就可以。

楊妧出嫁，只打算帶著清娘，其餘問秋、念秋等人，楊家那邊離不開。而清娘因為是喪夫之婦，頭一個月不便在新房露面。

莊嬤嬤介紹完這幾個人，柳葉把髮髻梳好了。梳的是墮馬髻，但因髮髻梳得高，便格外多了些靈動，再配上赤金鑲紅寶髮釵，整個人活潑而不失穩重。

楊妧左右看看，笑道：「真是不錯，回頭找青菱領賞去。」

柳葉忙行禮。「謝奶奶賞。」

時辰已經不早，她不敢再磨蹭，和楚昕一道往瑞萱堂走。

原先將觀星樓和內院隔開的門敞開著，莊嬤嬤解釋道：「往後這扇門跟二門一樣，入夜後落鑰。白天不鎖了，回頭讓王婆子送把鑰匙過來，大奶奶進出也方便。」

楊妧笑著應聲。「有勞莊嬤嬤。」

瑞萱堂裡，秦老夫人跟楚釗夫婦早就等著了。

張夫人神情不豫地說：「新媳婦進門頭一天就這麼晚，往常這個時候都吃完飯了。」

楚釗臉色沈著，也不太好看。

本來他是想楚昕年滿二十再成親，因為楚昕練的是童子功，保有童元，可以在功夫上更進一層。可秦老夫人催促得緊，他不便多說什麼。

如今看來，楚昕果然耽於女色，都快辰初了還沒到。

秦老夫人將兩人神色看在眼裡，不滿地「哼」了聲。

要不是礙著楚映和下人在，她就該把當年的事情抖出來。楚釗新婚頭一天也是過了辰初才來敬茶，她可是半句怨言都沒有，小夫妻倆剛成親，晚點起床怎麼了？

正思量著，只聽外頭文竹聲音清脆地喊：「見過大爺、大奶奶。」

屋內幾人齊刷刷地朝門口望去。

楚昕走在先頭，穿寶藍色繡大紅寶相花的直綴，唇緊緊抿著，拚命繃著臉想壓住喜氣，可眉梢眼底把那股得意與春色完完全全地透了出來。

錯後半步的楊妧面色倒平靜。

她也穿寶藍色繡寶相花襖子，配大紅色十二幅湘裙。襖子特別收了腰身，而湘裙的裙幅又極寬，被風揚著，襯著那抹腰肢格外纖細柔軟。髮髻上簪著赤金鑲紅寶髮釵，紅寶石約莫龍眼大，被陽光照著璀璨晶瑩，令人一見就難以移目。

大紅配金最顯富貴，若是氣場不足，很容易被衣飾壓了氣勢。楊妧出身不高，卻難得鎮定，一雙黑眸恍若秋日潤水，清湛湛地透著亮，生生奪去了紅寶石的光芒。

秦老夫人暗暗喝一聲采。還是楚昕眼光毒辣，上輩子就給自己挑中個好媳婦。

秦老夫人將視線移到已經繃不住咧嘴傻笑的楚昕身上，既覺無奈又是好笑。前一世錯過了，好在這一世終於得償所願。

地上放著蒲團，兩位新人給長輩磕過頭，荔枝便端了茶壺來。

新娘子要順次給長輩敬茶，並且呈上自己做的鞋子。鞋子最能凸顯誠意和手藝，要做得長短肥瘦都合適，而且腳背不高不矮並非容易之事，用來考驗新嫁娘手藝的通常也都是鞋。

楊妧給老夫人做的是墨綠色鞋面繡金黃色萬壽菊，看上去很端莊。給張夫人的是丁香色鞋面繡鵝黃色忍冬花，看著很雅致。給楚釗的是藏青色鞋幫處繡著一叢蘭草。

花樣簡單，楚釗接到手裡卻感覺格外厚重，仔細一看才知道鞋底是用了十二層袼褙。

袼褙層數越多，鞋底越厚，穿起來也就越舒服。通常鞋子用五、六層袼褙就很好了，經常上山下坡的人需要八層或者九層袼褙。沒想到楊妧竟然做了雙十二層袼褙的鞋。

納鞋底可是樁力氣活。

楚釗視線微垂，落在楊妧手上。肌膚白嫩，手指細長，指甲修剪得圓，塗粉紅色蔻丹，看上去是個手巧的，卻未必有力氣。

可不管怎樣，能有這份心思就很好。

正當鎮國公府熱熱鬧鬧辦喜事的時候，遠在宣府的竇家卻是一片狼藉。

竇太太看著地上的碎瓷片，沈著臉沒好氣地說：「笑菊，好好的茶具，妳摔破兩個茶盅，別的還怎麼用？這套是青花釉裡紅的，換做當初，娘得賣出多少酒才能換這一套茶具？」

竇太太素日很避諱提到曾經賣酒之事，這會兒實在是心疼銀子，又提到了往事。

竇笑菊倒也識趣，止住泣聲，抹著眼淚道：「娘幾次三番說有法子，說幫我想轍子，可楚世子已經成親了。國公爺回京都就是為世子的親事，我怎麼能不難受？」

竇太太默一默。這事確實是她考慮不周，可是誰能想到，楚昕從懷安衛回到宣府，連三天都沒待上，緊接著就回京都了呢？

她就是孔明轉世，人不在跟前，她也沒辦法。

竇太太神情緩了緩，溫聲道：「不就是成親嗎？又不是人沒了。等他回來，妳攏住他的心不就好了？妳得到世子的人，那邊府裡空有個名分有什麼用？」

竇笑菊精神一振。「那我該怎麼做？」

「這倒比以前簡單。」竇太太掏帕子給竇笑菊擦兩把淚。「男人就像家養的貓一樣，只要開了葷，沒有不饞的。世子以後還得回來，他那個婆娘肯定不會跟著來。世子剛十八、九歲，正年富力強血氣旺的時候，能不饞？回頭找個緣由請到家裡，或者在飯館擺桌席面，世子沾了酒，哪裡還分得出是家花還是野花？」

再不成，她手裡還有好東西。當年她曾經放進酒壺裡，用來對付過竇參將。

竇參將喝完酒來了興致，但原配竇太太有孕在身沒法迎合，而原配又是個醋罈子，不允許身邊丫鬟近竇參將的身，所以竇參將對原配甚為不滿，而她卻隔三差五讓竇參將嘗點甜頭，不費吹灰之力就將他的心攏住了。

而楚昕只是個毛頭小子，對付起來更加容易。

竇太太非常有信心。

——未完，待續，請看文創風1038《娘子馴夫放大絕》4（完）

為流浪貓狗加油 和貓寶貝 狗寶貝

廝守終生(一定要終生喔！)的幸福機會

對人來說，貓寶貝狗寶貝只是生活的一部分，
但妳（你）對牠們來說，卻是生活的全部，領養前請一定要考慮清楚——

▲ 討摸成癮的 檸檬

性　　別：女生
品　　種：米克斯
年　　紀：約1～2歲左右
個　　性：膽小親人、脾氣超好
健康狀況：已結紮，已注射五合一第一劑和狂犬疫苗
目前住所：苗栗市（國立聯合大學動保社辦）

本期資料來源：國立聯合大學動物保護社

『檸檬』的故事：

去年寒假，聯大新來了疑似同胎的四隻成貓，貓咪們彼此關係超級好，經常會互相舔毛、互撞額頭，親暱地靠在彼此身上。當時因為其中一隻捲尾巴的比較親人，得以先抓去結紮。沒想到之後因為疫情，改為遠距教學課程，我們無法再抓貓咪去結紮，於是暑假時便收穫了這群貓咪贈送的大禮包——某隻三花貓生下了四隻小貓。

基於優先結紮母貓的原則，幹部某日發現貓咪們的蹤跡後，當即回社辦拿誘捕籠跟肉泥，順利誘捕到貓咪，並依照眼睛的顏色，為一隻綠眼的三花貓取名為檸檬。

在相處的這段時間，我們發現檸檬個性雖然有些膽小，卻有淡定的一面，會默默觀察周遭，很親人也好接近，愛貓人只需要具備擼貓的好技術即可，因為檸檬最喜歡被摸摸，不管是頭、下巴、屁屁都是牠的心頭好。

檸檬脾氣很好，在結紮手術後的照護期間，從來沒有出爪、咬人過，都是認命地被我們抱起來搽藥，完事後還會趴在我們腳邊享受專屬的摸摸服務。不只看醫生表現好，除了貓咪們都會有的喵喵叫反應外，牠的穩定是我們照護過最乖的流浪貓。有沒有人願意收編這麼優質又美麗的貓咪呀～～有意領養者請私訊聯合大學動物保護社FB或是IG，萌貓檸檬等您來愛撫。

認養資格：

1. 須填寫認養評估單（私訊後會傳送檔案），第一次先來確認貓是不是自己喜歡的，如果確定要領養，會要求做好家中防逃措施等等，第二次才能帶貓回家。
2. 須同意簽認養寵物切結書和監護人同意書（未滿20歲者）。
3. 請領養人提供身分證影本（姓名、生日、照片、住址，其他自行遮擋）、健檢單、貓咪健康護照（打疫苗時會給）等證明。
4. 晶片注射請回傳資訊（飼主須登記晶片https://www.pet.gov.tw/web/o201.aspx）。
5. 須配合送養人日後之線上回訪（傳照片或影片），對待檸檬不離不棄。

來信請說明：

a. 個人基本資料：姓名、性別、年齡、家庭狀況、職業與經濟來源等。
b. 想認養檸檬的理由。
c. 過去養寵物的經驗，及簡介一下您的飼養環境。
d. 若未來有結婚、懷孕、出國或搬家等計畫，將如何安置檸檬？

文創風
1037

娘子馴夫放大絕 3

國家圖書館出版品預行編目資料

娘子馴夫放大絕 / 淺語著. --
初版. -- 臺北市 : 狗屋出版社有限公司, 2022.02
冊 ; 公分. --（文創風 ; 1035-1038）
ISBN 978-986-509-295-5（第3冊 : 平裝）. --

857.7　　　　110022673

著作者	淺語
編輯	張蕙芸
校對	吳帛奕
發行所	狗屋出版社有限公司
地址	台北市104中山區龍江路71巷15號1樓
電話	02-2776-5889～0
發行字號	局版台業字845號
法律顧問	蕭雄淋律師
總經銷	知遠文化事業有限公司
電話	02-2664-8800
初版	2022年2月
國際書碼	ISBN-13　978-986-509-295-5

本著作物由北京晉江原創網絡科技有限公司授權出版

定價280元
狗屋劃撥帳號：19001626
網址：love.doghouse.com.tw　E-mail：love@doghouse.com.tw